Meu nome é Salma

Fadia Faqir

Meu nome é Salma

um romance de amor proibido, honra violada e exílio

Tradução de
Alice Xavier

Agir

Do original
My name is Salma

Capa
Marcelo Martinez | Laboratório Secreto

Imagem da capa
Frans Lemmens | Getty Images

Revisão
Taís Monteiro

Produção editorial
Lucas Bandeira de Melo

CIP-Brasil. Catalogação-na-fonte. Sindicato Nacional dos Editores de Livros, RJ.

F223m Faqir, Fadia, 1956-
Meu nome é Salma / Fadia Faqir; [tradução Alice Xavier]. – Rio de Janeiro: Agir, 2008.

Tradução de: My name is Salma
ISBN 978-85-22-00914-5

1. Muçulmanas - Exeter (Inglaterra) – Ficção. 2. Refugiados – Exeter (Inglaterra) – Ficção. 3. Homicídios em defesa da honra – Ficção. 4. Mãe e filhas – Ficção. 5. Ficção inglesa. I. Xavier, Alice. II. Título.

CDD: 823
07-4668 CDU: 821.111-3

08 09 10 11 12 13 8 7 6 5 4 3 2 1

AGIR EDITORA LTDA.
Rua Nova Jerusalém, 345 – CEP 21042-235 – Bonsucesso – Rio de Janeiro – RJ
Tel.: (21) 3882-8200 fax: (21) 3882-8212/8313

Ramesh, Gul e Harry, amigos ausentes, presentes,
este é para vocês

ONDE O RIO ENCONTRA O MAR

OS CARNEIROS BRANCOS salpicavam os morros verdejantes como flocos de lã, e as luzes do moinho solitário flutuavam na calma superfície do rio Exe. Era um novo dia, mas o verde orvalhado dos morros, a brancura dos carneiros, o cinza do céu me levaram a meu passado distante, a uma aldeiazinha de casas de adobe enfiada entre as colinas desertas, até Hima, aos olivais verde-prateados que brilhavam à luz da manhã. Eu era uma pastora que conduzia suas cabras com a flauta de cana, sob o sol escancarado, para os escassos pedaços de pastagem. Naquela época do ano a aldeia de Hima era cheia de camelos, cavalos, vacas, cães, gatos, borboletas e abelhas. Os cavalos galopavam com seus cascos soltando nuvens de poeira da planície. Era a primavera, e já tinha começado a temporada dos noivados. As celebrações de casamento se realizariam pouco depois da colheita. Eu era uma das moças do povoado que estavam maduras e prontas para colher. "Mãe, eu vi a lua à noite", rezei para minhas cabras pretas e marrons, "lá nas alturas do céu. Perdoa-me, Alá, por ter pecado. O calor da paixão me levou a me curvar".

Colei um absorvente na calcinha, puxei-a pelas pernas depiladas e cobertas de óleo e entendi que finalmente estava livre. Tinham ficado para trás os tempos em que eu costumava correr atrás das galinhas, com calças largas e bufantes e vestido solto florido, das cores vibrantes de minha aldeia: vermelho para chamar a atenção, preto para a raiva, verde para a primavera e laranja vivo para o sol escaldante. Se este frasquinho de vidro estivesse cheio de veneno de cobra, eu o beberia de um gole. Passei um pouco de perfume atrás das orelhas e nos pulsos, respirei fundo, joguei por cima do ombro meus cabelos já sem véu nem tranças, encolhi a barriga, endireitei a postura e saí caminhando do Swan Cottage, nome escolhido por Liz para sua casa geminada. Enchi o peito com o ar puro da manhã, inflando as costelas até os músculos das costas ficarem tensos e doloridos. Via fragmentos do céu esbranquiçado entre as luminosas nuvens brancas que se estendiam em formas diversas: a crina de um cavalo, um pezinho, uma diminuta mão enrugada como uma tenra folha de parreira que tivesse acabado de se abrir.

À distância, a catedral parecia escura e pequena. O anêmico sol inglês se esforçava ao máximo para dissolver as nuvens. Passei pelas residências estudantis, pelas grandes casas brancas com jardins bem cuidados e cachorros latindo, pela prisão de Sua Majestade. Olhei os muros altos, a espiral de arame farpado, as pequenas janelas de grade e me dei conta de que daquela vez eu estava do lado de fora do portão negro de ferro, apesar de meus atos tenebrosos e meu passado vergonhoso. Eu estava livre, andando na calçada como uma pessoa inocente. Meu rosto estava negro como se coberto de fuligem, minhas mãos estavam negras e eu tinha coberto de negro a fronte da minha família. O líquido espesso, escuro e pegajoso gotejava do corrimão de ferro que eu segurava o tempo todo enquanto me dirigia à passarela. Sacudi a cabeça tentando afastar o cheiro horrível e olhei em direção ao Exe. Algumas gaivotas estavam batendo as asas, voando em círculo sobre a presa e depois mergulhando na água para o golpe final. Meu prazo de vida estava expirado havia muito tempo, mas por alguma razão eu continuava a viver em tempo emprestado.

Meu nariz seguiu o perfume de flores desabrochadas, mas o cheiro de madressilva que descia morro abaixo foi subitamente dominado pelo cheiro de gordura, a primeira indicação de que a Peter's Plaice, a loja que vendia peixe com fritas, na esquina da Clock Tower, não estava muito longe. Farejei o ar. Um grupo de jovens estudantes estava parado ali gritando "O tempo está acabando para a educação".

– O tempo está acabando – repeti.

Alguns anos antes eu tinha provado pela primeira vez o peixe com fritas, mas meu estômago árabe e montanhês não tinha conseguido digerir a gordura, que ficou alguns dias flutuando em minha barriga.

Salma resistiu, mas Sally tem que se adaptar. De vez em quando eu conferia a palavra *adapt* no *Oxford English Dictionary*: Adaptar: ajustar, mudar. Parece que na Inglaterra a polícia faz você parar na rua e confere periodicamente seus documentos e senso de pertencimento. Um funcionário da imigração talvez decida usar minha capacidade de digestão do peixe como teste de lealdade à rainha. Mastiguei as partes que ainda estavam congeladas e com os olhos cheios de lágrimas disse ao rapaz que comprou a iguaria para mim:

– *Deiliça*! É bom demais!

– Delícia! – ele corrigiu, reprovador.

Em Hima minha mãe costumava me repreender o tempo todo. Salma, você deu comida para as vacas? Limpou o estábulo? Por que não tirou o leite das cabras? *Deiliça*, eu já tirei. Todo santo dia de manhã eu me enfiava em meu vestido bordado de camponesa e minhas calças largas cor de laranja e corria para os campos. Segurava as hastes douradas do trigo numa das mãos e a foice na outra, e golpeava com toda a força. Todo aquele esforço de segurar o milho seco e o trigo deixava minhas mãos esfoladas e as unhas riscadas de sujeira. Mãos ásperas e sujas, as que eu tinha. Agora eu estava balançando a cabeça e esfregando a grande pedra falsa amarela do anel com as mãos macias, sempre cobertas de manteiga de cacau. Suspirei. Ficaram para trás os dias como lavradora, pastora, camponesa. Agora sou uma costureira, uma assistente de alfaiataria numa loja de Exeter, cidade que há alguns anos foi eleita a mais bonita da Grã-Bretanha. Agora Salma, o íris negro de Hima, precisa tentar se transformar em Sally, uma rosa inglesa, branca, confiante, com um elegante sotaque inglês.

Liz, Elizabeth, rainha Elizabeth I, Sua Alteza, minha senhoria, ainda estava dormindo. O cheiro de vinho barato impregnava tudo: o sofá, as poltronas, a mesa da cozinha e as cadeiras, as cortinas e os tapetes mofados. A primeira vez que vi Liz ela parecia alta, com um suéter azul-marinho, camisa azul, calças de montaria creme e botas de couro negro sem salto. Seus cabelos grisalhos, longos e lisos, estavam perfeitamente presos num rabo-de-cavalo e o inchaço dos olhos estava disfarçado com pó compacto. Ficou parada e empertigada, como se inspecionasse a guarda. Eu estava procurando um quarto para alugar. Depois de fazer a pé todo o trajeto até Cowley eu tinha conseguido achar a King Edward Street. Bati educadamente à porta do Swan Cottage. Quando ela abriu a porta eu estava molhada e tremendo sob a camisa leve e o agasalho de moletom. Foi minha primeira tentativa de deixar a hospedaria e sair para o mundo exterior. Tentei dizer bom-dia, mas não consegui controlar o tremor do queixo. Fiquei parada ali, magra e morena, mudando de um pé para outro, olhando para a ponta dos sapatos até finalmente conseguir dizer, "O sol brilhando", embora chovesse torrencialmente. Ela me convidou a entrar.

Quando voltei, Liz estava roncando, então eu me esgueirei para o banheiro e tranquei a porta. O som de um portão sendo fechado, o ruído de passos, a caminhada sobre as pedras frias do calçamento buscando e buscando por ela. A banheira estava cheia, logo acrescentei umas gotas de óleo de banho à água quente. O cheiro de sálvia inundou o pequeno banheiro e me lembrou das longas tardes em Hima, quando tomávamos chá de sálvia, e fiávamos, e tecíamos. Em vez de subir as montanhas à procura de moitas de sálvia, colher as macias folhinhas verdes, que eram lavadas e secas, e ali estavam elas: cortadas, prensadas e guardadas em pequenos frascos de vidro azul-escuro, à disposição da Madame. Com uma lâmina de barbear lubrificada, raspei cuidadosamente as pernas e as axilas. Antes da noite de núpcias eles espalham uma pasta de açúcar fervido com limão entre suas pernas e arrancam os pêlos. Minha avó Shahla disse: "Quando terminaram de fazer em mim, eu estava cheia de manchas roxas, mas tão lisinha quanto uma menina de nove anos. Seu avô preferia tudo limpo. Eu parecia tão pura e inocente, ele dizia." A dolorosa e grudenta depilação com açúcar pertencia ao passado, junto com o casamento, minha túnica negra beduína bordada e os chapéus de moedas de prata, tudo armazenado lá no fim do horizonte, no além-mar. Espuma nas pernas, depois raspar – puf! sem pêlos. Agradável e fácil, e se enxágua num instante, como o amor neste novo país, como o amor no velho país.

Saí do banho e limpei a banheira com água quente, empurrando todos os fios de cabelo negro ralo abaixo. Liz não gostava de ver um só fio de cabelo negro pela casa, mas meus cabelos ficavam caindo em toda parte: na pia da cozinha, no chuveiro, na pia do banheiro, no tapete, nos lençóis da cama, no encosto da poltrona, onde eu costumava me sentar quando ela não estava em casa.

– Você sentou na minha cadeira. Olha aqui! Seu cabelo preto está por todo lado.

Um magro reflexo moreno fragmentado, grandes olhos castanhos, nariz adunco e longos cabelos crespos, escuros e espessos me devolveu o olhar no espelho quebrado. Se eu não tivesse me conhecido, teria dito que eu era Salma, íntegra e sadia. "Eu batizei você de Salma porque é sadia, pura e limpa. Seu nome significa a mulher de mãos e pés macios, para que viva no luxo pelo resto de sua vida. Salma, minha filhotinha, meu coração, que Deus a conserve sã e salva onde você for, querida!" Se eu não tivesse me conhecido, teria dito que eu era Salma, mas minhas costas estavam encurvadas e minha cabeça vivia voltada para o chão. Envolvi meu corpo que tremia na toalha quente e farejei o ar.

– Seus peitos parecem melões, esconda-os! – disse meu pai haj Ibrahim.

– Seu tufo de lã é vermelho – disse minha mãe. – Você é impulsiva.

Meu irmão Mahmoud ficava me espiando enquanto escovava seu cavalo; comecei a curvar os ombros para esconder meus seios, a primeira coisa que Hamdan tinha reparado em mim. Na primeira vez que o vi, eu estava caminhando ao longo do riacho procurando erva-viperina com que minha mãe fazia chá e bebia para aliviar a dor nas costas. Toquei nas águas claras com meus dedos e então vi Hamdan: o reflexo de um rosto moreno, dentes brancos, cabelos crespos e escuros cobertos com um lenço quadriculado vermelho e branco. Quando vi o reflexo de seus ombros na água, apaixonei-me instantaneamente. Quando comecei a regar os canteiros da horta três vezes ao dia e acariciar o cavalo, minha mãe gritou:

– Salma, sua criança tola, você está apaixonada?

Ajeitei o lenço branco na cabeça, puxei para cima as calças largas e fiz que sim com a cabeça.

De saia justa e curta e longas botas de couro negro que lhe subiam pelas coxas, a estrela de cinema ainda estava abraçando seu príncipe encantado sob o mostruário de vidro, no ponto do ônibus em frente ao White Hare, onde o tempo todo eles tocavam rock pesado para os *skinheads*. Neste país o amor vinha embrulhado em caixas de chocolate, em garrafas de champanhe, em drinques de graça. Vinha em bares, ônibus e discotecas, e até pela British Rail, com as asas de sua águia vermelha voando eternamente. O amor primitivo, como o que eu costumava ter por Hamdan, era agora um prisioneiro da tela prateada. Ele raramente acontecia na vida real. Você o via nos velhos filmes preto-e-branco exibidos nas tardes de sábado, e o ouvia nas vozes trêmulas: "Oh! Não vá embora. Por favor, não me abandone." A tela fosforescente, os suspiros, o lenço branco, os soluços: "Eu te amo tanto quanto o comprimento do mar e do céu, a altura da montanha Sheikh e a largura do Saara."

Minha túnica negra beduína, bordada com fios tão coloridos que fariam os olhos lacrimejarem, estava dobrada e guardada, como meu passado, na mala no alto do guarda-roupa. A loja indiana da esquina vendia roupas étnicas, tecidos, jóias e tapetes. O elefante vermelho acima da porta principal carregava uma liteira nas costas. Nas vitrines, duas deusas indianas de madeira entalhada e com mãos para todos os lados estavam sempre olhando os que passavam. A seda bordada era tão colorida, brilhante e alegre que levava a gente de volta ao Taj Mahal. A loja estava repleta de inglesas em seus vestidos floridos e sandálias franciscanas, mexendo nos tecidos indianos que pendiam em cascata. "Quando na Índia, sentadas sob os guarda-sóis de franjas, elas costumavam ficar olhando seus homens vestidos de branco jogando críquete no gramado, enquanto garçons indianos corriam para todo lado servindo refrescos gelados." Minha amiga paquistanesa Parvin soprou a franja do rosto e acrescentou: "O que sobrou do império foram essas pequenas ilhas de nostalgia."

Uma tarde, enquanto ainda estava no albergue de mochileiros, deitada numa antiga cama de exército, ouvi o porteiro dar uma batida enérgica na porta. Olhei em volta: as cortinas estavam abertas e meus sapatos, calças, camisas e roupa íntima estavam espalhados no chão sujo. Eu era um porco-espinho que se escondia em túneis escuros, exalando e inalando o ar viciado.

Usando a chave-mestra, o porteiro abriu a porta e deixou entrar uma moça baixa, magra e escura. Cobri o corpo e metade do rosto com os lençóis encardidos.

Quando olhou para mim, ela só conseguiu ver as fendas dos olhos e o véu branco, então se virou para ele.

– De onde ela é?

– De algum lugar no Oriente Médio. Uma porcaria de uma turca! Viajou de camelo da Arábia até essa lixeira em Exeter – ele disse e deu uma risada.

– Não vou dividir o quarto com uma árabe – ela cuspiu.

Fingi que estava dormindo e que não tinha ouvido nada.

– Este é o único albergue decente em Exeter. É a última cama disponível que temos, srta. Paraffin – ele disse, cauteloso.

– Parvin – ela gritou.

– Pois não, senhorita – ele disse.

– Ela também está cheia de feridas. E isso pode ser contagioso!

– Não é nada grave. É a última cama que temos, senhorita.

– Tá bem! Tá bem!

Pousou a mochila no chão, sentou-se sobre ela, olhou em torno e disse:

– Que chiqueiro!

Olhei seus cabelos lisos e a longa franja e me virei na cama. O cheiro de mágoas e promessas não cumpridas encheu o quarto fortemente iluminado.

Ela era esmeralda, turquesa engastada em prata, seda indiana descendo em cascata dos rolos, uma pérola em sua cama, romã, grãos frescos de café moído num enfeitado almofariz de sândalo, mel e manteiga condimentada envoltos em pão fresco recém-saído do forno, perfume puro selado em frascos azuis, diamantes brutos, planície coberta de orvalho num extenso vale verde aberto e plano, verde azulado nos bordos e azul-mediterrâneo no centro, as moedas de ouro otomanas de minha avó amarradas juntas num torçal preto, o chapéu de moedas de prata do casamento de minha mãe, uma lua cheia escondida atrás de nuvens translúcidas.

Naquela noite tomei um banho de chuveiro, cobri minhas feridas com pomada, lavei as roupas sujas e limpei o quarto, enquanto Parvin me observava deitada na cama. Tentei fazer o quarto parecer alegre, mas era impossível, com duas antigas camas de caserna, uma cômoda velha, um guarda-roupa e um carpete cinza sujo. Quando abri a janela, Parvin se virou e foi dormir. Acendi o abajur na mesinha-de-cabeceira e comecei a inspecionar os jornais locais em busca de emprego. *Procura-se vendedora. Apresentável, com bom domínio do inglês...* procurei "apresentável" e "domínio" no dicionário. Eu não era nem apresentável nem capaz de falar bem a língua. Nada que servisse a uma mulher como eu, sem boa aparência, sem instrução, sem experiência e sem carta de recomendação. Eu também estava doente, muito doente. Peguei minha flauta de cana e comecei a tocar até o som rouco e suave encher o quarto, a cidade, e viajar para além-mar, até chegar aos ouvidos de minha mãe. Parvin abriu os olhos e depois voltou a dormir.

Eu estava parada diante da loja que vende roupas de bebê, coisa que não estou autorizada a fazer sob nenhuma circunstância. O médico disse: "Você precisa cortar suas ligações com o passado; agora você está aqui, portanto, tente continuar sua vida." Fiz um pé recuar, coloquei o outro atrás dele e me obriguei a me afastar, mas não sem antes ter a visão de um vestido branco de cetim e *chiffon*. Uma fileira de pérolas tinha sido costurada cuidadosamente acima de cada babado. Parecia uma luminosa nuvem branca, como a aurora; as pérolas brilhavam como lágrimas de alegria. Era uma promessa de uma reunião, de um retorno. Aquele vestido branco era o lar.

Quando me mudei para sua casa, Liz ficou confusa. Eu era uma locatária, uma confidente ou uma empregada? Seu estado mental se alterava de acordo com a quantidade de álcool que tivesse consumido. Ela limitou meu acesso à cozinha a meia hora pela manhã e uma hora à noite, e se zangava quando eu lavava os talheres e vasilhas de madeira.

– Eu os cobri com azeite e gostaria que o óleo ficasse para proteger a madeira, muito obrigada. Olha só o que você fez!

O que ela não sabia é que no momento em que cheguei à sua casa imunda, minha vontade foi ferver água, despejar num balde, botar detergente líquido e sair andando e esfregando até deixar limpo cada copo, cada peça de louça, cada utensílio de cozinha. Eu também quis lavar a chão, as paredes e o teto e, principalmente, o assento do vaso sanitário, que tinha um pouco de fezes secas grudadas na madeira. Eu era uma maldita muçulmana e tinha de ser pura e limpa. Minha bunda não podia ter nenhum contato com urina, que era *najas*, impura, então eu levantava o assento e me agachava, mas tentava não ter o menor contato com o vaso, o que exigia um verdadeiro malabarismo, ou lavava minhas partes de baixo na banheira com água gelada, porque a água quente só estava disponível entre sete e oito da manhã nos dias de semana. Portanto, na maior parte do tempo eu saía para trabalhar com minhas partes de baixo congeladas, buscando a neblina morna do hálito humano.

Sadiq, o proprietário do depósito de bebidas Omak Khayyam, do outro lado da rua, era moreno, magro e alto, com dedos flexíveis. Antes de começar a falar ele balançava o queixo para os lados, como quem procura as palavras, e depois dizia: "Excelente também." Rezava cinco vezes ao dia. Sempre que eu passava pela porta da loja, o tapete de prece estava estendido no chão, e ele estava de pé, mãos na barriga, olhos fechados, murmurando versos do Corão.

Meu pai haj Ibrahim não rezava regularmente. O tapete aparecia quando alguma cabra era roubada ou quando tínhamos uma longa temporada de seca. Uma noite, quando eu estava sentada em seu colo, alisando sua barba, ele me contou que no inverno anterior não tinha chovido nem uma gota; portanto, eles pediram a todos os homens da aldeia que se reunissem num campo para fazer a Prece da Chuva. Ajoelharam-se em grupo diante de seu criador e imploraram a ele que mandasse a chuva. Antes de terem terminado, os céus se abriram e a chuva desabou. Naquela tarde, encharcados e com frio, eles marcharam através da aldeia repetindo: "Não há Deus senão Alá, e não há profeta senão Maomé." Quando acabou de falar, olhou para mim com seus olhos escuros, passou a mão escamosa em meus cabelos e então beijou minha testa. "Você tem sorte por ter nascido muçulmana", disse, "porque sua morada final é o paraíso. Você vai ficar sentada lá numa nuvem de perfume, bebendo leite e mel."

Ele cheirava a Musk Gazelle, que costumava guardar num estojo de couro peludo. "Alá seja louvado", eu disse e me acomodei no colo dele para aproveitar seu calor e sentir suas costelas subindo e descendo.

Uma nuvem de perfume. Os químicos prometeram que suas tinturas iriam cobrir permanentemente os cabelos grisalhos, que suas loções para o corpo transformariam a pele em seda macia e que seus cremes faciais iriam passar a ferro todas as rugas. Às mulheres inglesas eles prometiam que elas pareceriam "dez anos mais novas". Eu sempre ia para o balcão mais caro, e experimentava sombras, delineadores, cremes e perfumes no rosto e nas mãos.

– Você tem um provador desse perfume?

Eu estava apontando um perfume caro chamado Beautiful. A vendedora fortemente maquiada piscou rapidamente, com os cílios cobertos de rímel espesso, e olhou desconfiada para mim. Ela já tinha decidido: eu não era o tipo de mulher que compraria sua nova linha exclusiva de verão.

– Não, nós não temos o provador desse perfume – respondeu, já me despachando.

Os frascos dos provadores brilhavam como cristal na prateleira de vidro, debaixo dos refletores. Baixei o olhar para meus sapatos gastos de tanto andar e mordi a língua. Quer saber, se eu fosse ela teria atirado uma pessoa como eu para fora da loja, uma mulher como eu, lixo. Minha tribo tinha invadido o país dela em busca de sobras baratas. Se eu fosse ela, teria mandado me prender.

Noura estava segurando um frasquinho escuro, cheio de um líquido verde, que sob o luar frio parecia veneno. Tirou a rolha, inclinou o frasco e deixou cair uma gota no dorso de minha mão. O líquido verde, frio e pegajoso se espalhou e foi absorvido pela minha mão. Tinha um cheiro forte, como se você estivesse sentado numa grande fazenda em que os pés de laranja, limão, castanha, maçã e romã tivessem dado flores ao mesmo tempo. Cheirei o dorso da mão. Ela estava prendendo seu cabelo longo, negro e brilhante numa trança, com os grandes olhos castanhos e luminosos fixados nas grades de ferro da janela alta e pequenina. "Nós ganhávamos isso de graça, do velho que dirigia o bordel, para massagear os clientes com ele. Os fregueses satisfeitos chamavam nosso estábulo de 'a casa do perfume'; os insatisfeitos chamavam de 'a casa do veneno'." Mordeu o generoso lábio inferior dependurado, esfregou o nariz pontudo, passou o indicador pelas sobrancelhas perfeitamente arqueadas e disse: "Eu costumava gostar da densidade dele, do fato de ele poder sufocar, de poder matar a pessoa a qualquer momento." Segurou minha mão, aspirou o perfume e disse: "Eu só quero é ser capaz de perdoar."

Minha queridíssima amiga Noura,

Perdoe-me por estar lhe escrevendo todas essas cartas. Você provavelmente vai chorar quando receber mais uma carta vinda de mim. Mas você recebe minhas cartas? O endereço está completo? Estou sozinha neste novo país e me pergunto sobre o destino final dos pássaros migratórios. Eu me pergunto sobre nós, por que estamos todos aqui e qual o sentido de tudo isso. Qual é, Noura?

Um coração que ficou ligeiramente maior que as costelas ou pequeno demais para lidar com a vida? Uma mãe que lhe permitia nadar na primavera? Um tufo de lã tingida de carmim, em vez de verde, a cor da aldeia? Por que ainda estou viva, e o que me trouxe até aqui?

Com amor e gratidão,
Salma

Agarrei o frasco do provador e me perfumei abundantemente, sob o olhar reprovador da vendedora, carregado de rímel. Em meio a uma nuvem de perfume, fui caminhando de volta para St. Paul's, o lugar para a "ralé de elite", e me sentei numa das cadeiras brancas na calçada do café.

O garçom argelino, que fingia ser francês, veio correndo e me perguntou:

– O que a senhora bebe?

– Água, *y'ayshak*: longa vida a você.

Ele sorriu, fingindo que não entendia o árabe, e desapareceu. Afinal de contas, supostamente era Pierre, cujo avô tinha servido no Exército francês. Parvin me explicou que os norte-africanos eram conhecidos por forjar documentos do Exército para ganhar entrada na fortaleza Europa.

– Qual é seu endereço? – o funcionário da imigração havia perguntado.

Sem entender a pergunta, fiquei puxando a ponta de minha echarpe de cabeça.

– Onde você vai morar?

– Ringlaterra, eu acho – respondi.

– Em que ponto da Inglaterra? – perguntou, paciente.

– O rio encontra o mar – que era a forma como a Irmãzinha Asher havia descrito Southampton para mim.

– Ora, pelo amor de Deus! – exclamou.

– Isso mesmo, pelo amor de Deus!

Exeter era famosa por seu chá com creme. Quando se viam sobre a mesa um bule de chá, bolinhos, geléia e creme com nata, era porque a pessoa que estava comendo era provavelmente alguém do local. Os turistas e estrangeiros, não conseguindo suportar a gordura da nata espessa, pediam café expresso ou *cappuccino*. Chá com creme eu não conseguia engolir; chá com creme eu não merecia. Se você tivesse atravessado terras e mares procurando respostas, procurando por uma filha, procurando por Deus, acabaria bebendo café amargo numa xícara pequena. Era meu dia de fazer compras, tratei de lembrar a mim mesma. Era o dia mais gostoso da semana, quando eu me imaginava com maquiagem parisiense, penteados caros e um vestido glamoroso, bebendo água mineral e lendo *Marie Claire* num café à beira-mar. Levei anos para torcer a língua e pronunciar "Marie Claire" com leve sotaque francês. O árabe aberto dos beduínos que eu falava precisava ser escondido lá na linha do horizonte. Eu costumava dizer a Hamdan: "Seu amor em meu coração está dando coices como uma mula capturada." Ele costumava me abraçar e dizer: "Me ama!", querendo dizer me abraça forte, me aperta mais.

Fiquei sentada, costas retas, barriga encolhida, e beberiquei até a última gota meu café sem açúcar. Ali as coisas eram diferentes. Tudo era medido em colheres minúsculas. Se alguém lhe agradava, você nunca mencionava mulas: apenas sussurrava acima do café ou da água mineral gasosa com delgadas fatias de limão:

– Você gostaria de tomar um café?

Eu oferecia café para todo mundo: funcionários da imigração, policiais, o leiteiro, o carteiro, vendedoras. Minha tenda estava aberta e o café com cardamomo era coado o dia inteiro, seu aroma chamando os amigos e vizinhos. Uma manhã eu abri a porta para o carteiro entregar um pacote para Liz. Em vez de Jack, ali estava um rapaz de cabelos curtos e escuros, grandes olhos azuis e orelhas de abano. Naquela manhã havia geado, então, depois de assinar meu nome, dessa vez Sally Asher, perguntei a ele se queria uma xícara de café quente.

– Tem certeza? – perguntou.

– Sim, deve estar frio aí fora – respondi.

Ele disse que voltaria para o café às seis da tarde. Limpei a mesinha de centro, comprei biscoitos ingleses e coloquei num prato. Ele chegou às seis em ponto, mas não o reconheci. Os cabelos escuros estavam penteados para trás com gel, a camisa era colorida e limpa, a boca sorria, e ele segurou minha mão por um pouco mais de tempo do que deveria. Pedi que entrasse e, levando-o para a sala de estar, eu trouxe uma bandeja com o café e os biscoitos. Ele tomou um gole de café e perguntou:

– Por que você está sentada aí? Venha sentar comigo aqui no sofá.

– Estou bem aqui – respondi e sorri. Ele era meu primeiro convidado.

Ele se levantou, parou diante de mim, colocou os dedos sob meu queixo e levantou meu rosto em sua direção.

Dei um pulo e disse "não".

– O que quer dizer com "não"? Você me pediu para vir.

– Não, desculpe – respondi, abraçando meu peito.

– O que quer dizer com "desculpe"?

Meus lábios tremiam quando ofereci:

– Mais um biscoitinho?

Ele ajeitou a camisa, empurrou os cabelos para trás, esfregou o nariz e saiu da sala. Abriu a porta da frente enquanto gritava alguma coisa que pareceu "Coke tea man"* e foi embora, batendo a porta com um estrondo. Talvez eu devesse ter servido a ele uma Coca-Cola. Liz voltaria para casa em breve, então eu me levantei e com os dedos trêmulos comecei a caçar farelos de biscoito e cabelos negros caídos.

Hamdan e eu tínhamos passado algumas semanas brincando de pique-esconde. Enquanto nossas mães tomavam café certa manhã, a dele se queixou com a minha que seu jovem filho parecia estar rodando

* Confusão com a sonoridade de "cock-teaser", xingamento referente à mulher que seduz os homens e depois os rejeita. (N. do E.)

no mesmo lugar, qual mula de poço. Tomando um gole, minha mãe lhe recomendou: "Faça um chá de camomila para ele." Eu estava deitada na relva debaixo da figueira, cabelos espalhados como um halo ao redor da cabeça, soprando os desejos de meu coração na flauta de cana quando Hamdan veio andando e entrou em meu campo de visão. Parei e olhei para a expressão suplicante em seu rosto. A luz do sol brilhava por entre as folhas, o cheiro de jasmim enchia o ar do fim da tarde e eu ouvia o latido dos cães pastores voltando para casa. Fechei os olhos, mordi o lábio inferior e prendi a respiração. Ele passou os dedos entre meus cabelos e depois, de punhos cerrados, foi embora para voltar mais tarde e reivindicar o que já era seu, me libertando e me aprisionando para o resto da vida.

"MÃE AMERICANA PAGA PISTOLEIRO PARA SEQÜESTRAR A FILHA." Abaixei o jornal e dei mais uma olhada no italiano moreno que estava sentado sozinho tomando seu café expresso. Hamdan, só que em vez da túnica branca e larga ele estava usando uma camiseta branca de modelo sofisticado e jeans. Sorriu para mim, e devolvi o sorriso. A Itália é legal, pensei, enquanto tentava entender a última pesquisa do jornal. Conservadores, atrás. Trabalhistas, 5% de liderança. Eu tentava entender a política deste país.

– Você não pode continuar a ser uma beduína ignorante – dizia Parvin. – Tem que aprender as regras do jogo, droga!

Mas eu mantinha a cabeça baixa, as esperanças acesas, e apoiava os vitoriosos: era isso que me aconselhava meu guia do imigrante *A-Z.*

Meu conhecimento da política britânica começava e terminava com *Spitting Image,** programa do qual eu não conseguia reconhecer nenhuma das pessoas que as marionetes representavam. Foi uma rara ocasião em que eu estava vendo televisão com Liz.

– Aquele era o chanceler do governo paralelo?

– Não, era o primeiro-ministro. O chanceler não cospe – ela respondeu e olhou para a tela da televisão, sem querer ser interrompida.

– Quem são essas marionetes? – perguntei.

– Estrangeiros! Alienígenas como você – esclareceu, e sorriu.

– Como eu? – perguntei.

* Sátira política da televisão britânica que foi ao ar de 1984-1996 (N. da T.)

– Sim, imigrantes ilegais – explicou.

– Eu não é ilegal – reagi, subitamente perdendo meu inglês.

– Sim, você é. Deve ser – insistiu.

– Você aceita um *cuppa**? – perguntei, imitando a minha amiga Gwen e tentando mudar de assunto.

– Não, obrigada – retrucou, soando agora mais irritada. Não gostava de Gwen e de sua influência galesa sobre mim. – Um *cuppa*? Francamente! – ela disse, balançando a cabeça.

Liz tinha razão, eu era a escória.

Sempre que eu subia a montanha Rim – a mais alta de Hima – com minhas cabras, Hamdan me seguia discretamente, saltando para se esconder atrás de pedras e moitas. Ombros largos, manto marrom flutuando ao vento, lenço na cabeça de tecido quadriculado vermelho e branco que escondia parcialmente a espessa cabeleira escura e crespa, ele ficava correndo e tentando me alcançar. Um dia o calor era tanto que a névoa seca desceu sobre nosso vale. Tocando a flauta, fui conduzindo as cabras para o Poço Fundo. Enchi o cocho de madeira com a água fresca e no mesmo instante as cabras começaram a beber. Fiquei atenta para escutar os relinchos do cavalo de Mahmoud. Nem um pio. Lancei de novo o balde de borracha dentro do poço e escutei quando ele atingiu a água gelada, rompendo a superfície e depois afundando nas profundezas. Gritei de alegria sabendo que os olhos castanhos de Hamdan me observavam, seus ouvidos atentos a meus gritos. Escondido nas moitas, Hamdan ficou quieto quando derramei a água do balde na minha cabeça. Enquanto lavava meu corpo, cantei uma das velhas canções de minha avó Shahla. "*Hala hala biik ya walla, hey ya halili ya wala:* bem-vindo, bem-vindo, ó menino! ei, meu amor! ó menino! bem-vindo, minha alma gêmea! bem-vindo, meu futuro marido." Quando o marido tomou uma segunda esposa, minha avó morreu de coração partido. Meses depois meu avô também morreu.

Escurecia e o café logo encerraria as atividades do dia; depois das cinco da tarde, nada de encontros. Às cinco os ingleses normalmente saem correndo para casa, para seus gatos e cachorros e castelos

* Corruptela de *cup*, "xícara" em inglês. (N. do E.)

vazios. Eu os via em suas pequenas cozinhas, enfiando no forno seus *nuggets* de frango congelado e fritando suas batatas fritas congeladas. No começo da noite a cidade pertencia a nós, os sem-teto, os drogados, os alcoólatras e os imigrantes – os que não tinham família ou que tentavam apagar as próprias histórias. Nesse intervalo entre cinco e sete nós nos espalhávamos e dominávamos, como o musgo que cresce entre as rachaduras da calçada. Sorvi o restinho de pó de café e coloquei no pires a pequena xícara de expresso.

– Quer saber, Salma? Nós somos como o herpes. Invisível como serpente. Desliza em torno do corpo da pessoa e subitamente irrompe em sua pele, e depois fica coçando o tempo todo – disse Parvin e caiu na risada.

Eu estava deitada no chão quando Hamdan veio caminhando pelo vinhedo e ficou parado acima de mim. Mesmo sem estar com fome, colhi algumas uvas e comecei a enfiá-las na boca. Quando ergui os olhos, vi sua silhueta agachada bem na minha frente. Segurei os seios com as duas mãos. Uma respiração profunda foi seguida por um brusco beijo nos lábios. A brisa fresca do entardecer rodopiava em minhas calças largas, me lembrando o código de honra de nossa aldeia. Não. "Você ficou louca? Não seja impulsiva!", eu ouvia minha mãe gritar em meus ouvidos. Não. "Eles lhe darão um tiro entre os olhos." Sim. Não. Não. Não. Eu o afastei com um empurrão. "Mais tarde, minha linda, você vai se arrepender muito", ele disse, e arrancando um pêlo do bigode escuro foi-se embora. Quando suas costas desapareceram entre as parreiras, comecei a tremer. O sol havia se posto e começava a fazer frio. Enrolei o xale de minha mãe no corpo e fui andando para casa.

As cumeeiras dos telhados e as janelas de vidro dos edifícios de tijolos vermelhos recolhiam o brilho do sol poente e o devolviam dourado e pálido. Caminhei para o átrio da catedral, onde entre pombos e hinos o homem de cabelos escuros talvez ficasse à vontade para se aproximar de mim. Ele podia ser árabe. Uma congregação de padres cruzou o gramado e entrou na catedral. Pareciam esquisitos, em suas longas vestes negras e colarinhos brancos. Ouviam-se as portas dos dormitórios sendo fechadas. O colar de prata com turquesa que a irmã Françoise me dera estava na caixa chinesa forrada de cetim.

Apontando para mim, um homem de cabelos escuros disse:

– Olá.

Olhei para trás para ver se estava sendo observada. Se meu irmão Mahmoud me visse conversando com estranhos, amarraria cada perna minha num cavalo diferente e depois os faria correr em direções opostas. Ele não estava à vista. Finquei os pés no chão com firmeza para evitar que me levassem embora e sorri. Aqui neste novo país, só os homens falavam comigo.

As irmãs aferrolhariam os pesados portões do convento e o som ficaria ecoando no espaço vazio do interior. Eu correria descalça no piso gelado de pedras, procurando alguém.

– Eu sou o David. Pode me chamar de Dave.

– Sally – respondi, usando meu nome inglês e desfrutando o som de uma voz humana.

– Você aceitaria tomar um café comigo? – ele perguntou com forte sotaque de Devon.

– Sim – respondi dobrando o jornal e, com ele, minhas esperanças de encontrar um árabe por aqui, que me entregaria à polícia ou me mataria instantaneamente.

Fomos caminhando pela rua em direção a uma loja de artesanatos étnicos que faz as vezes de café. Um homem com uma placa que dizia "Não posso pagar e não vou pagar" estava gritando desaforos aos passantes. David me protegeu com o braço esquerdo e me guiou através das portas. Ele insistiu em pagar, então eu me regalei com um copo de suco de laranja feito na hora e uma garrafa de água mineral gasosa. Num café que se empenha muito em passar por clube de jazz da moda, David pediu um chá com creme de leite.

– Você mora em Exeter? – perguntou.

– Moro – eu disse, enquanto olhava para o garçom bonito e jovem.

– Eu trabalho numa academia de ginástica – ele informou.

– Ah! Que interessante! – eu disse, tentando imitar o sotaque da rainha. Liz, minha senhoria, ficaria orgulhosa de mim.

– De onde você é?

Se eu dissesse a ele que era uma beduína árabe e muçulmana do deserto, além de foragida, ele iria se engasgar com o chá.

– Sou espanhola de origem – menti.

– Eu visitei a Espanha muitas vezes. De que lugar da Espanha?

– Granada – respondi. Na escola nos ensinaram muito sobre as glórias da Espanha muçulmana e dos mouros em Granada.

Observando através da janela francesa a escuridão que parecia descer em camadas, subitamente me senti muito cansada. Eu não poderia levar aquilo adiante. Deve ter sido a expressão do rosto de David, cheio de esperança e fascinação. Salma comeu as uvas, enfureceu a tribo e pagou um alto preço. Eu estava muito fragilizada para suportar proximidade, minha pele ainda estava sensível e machucada. Se eu fosse ele, não teria me concedido uma segunda chance. As plantas idiotas estavam ficando cada vez maiores, transformando o café numa estufa. Eu ouvia o tilintar dos talheres no andar de baixo e o baque surdo das cadeiras sendo empilhadas sobre as mesas. As garçonetes estavam ficando impacientes. Eu não conseguiria levar aquilo adiante. Eu não era a neta de minha avó Shahla, que era feita de um metal totalmente diferente, que não tinha vergonha nem medo.

Shahla, minha avó, sempre fazia tranças em seus longos cabelos brancos e finos e dizia: "Sempre siga seu coração, filha minha." Havia feito um casamento de amor. Ela pertencia à feroz tribo Uddayy e ele pertencia à tribo Fursan, que estava constantemente em guerra com a dela. Ele a viu na fonte certa manhã, enchendo o cântaro de barro de água, e sentiu um tremor que lhe percorreu a coluna até a base das costas. "Bom-dia, jovem gazela", ele gritou à distância, temeroso de atravessar para o território da tribo de Shahla. Pelo jeito dele de arrumar a *kufiyya*,* inclinada para a direita e cobrindo o olho direito, ela se deu conta de que ele pertencia à tribo Fursan. Ele começou a esperar por ela de manhã cedo, quando as espigas de trigo cintilavam de orvalho sob o sol matinal. Shahla olhou para seus ombros largos, seu bigode espesso e escuro, sua longa e forte cabeleira negra presa em duas tranças e decidiu que precisava ir ao poço toda manhã, para garantir que os cavalos e camelos da família jamais ficassem com sede. Era muito cedo, certa manhã, quando a silhueta dele gritou para ela: "Hoje à noite eu virei raptar você. Esteja pronta!" Shahla protegeu os olhos com a mão e olhou para a silhueta dele à distância. Alto, moreno

* Lenço quadrado dobrado na diagonal e fixado à cabeça com voltas de torçal. (N. da T.)

e impressionante, ele ficou parado ali bloqueando a luz do sol. O *bait al-sha'ar* da família dela se compunha de quatro tendas feitas de tecido fino de pêlo de cabra, então ela escolheu dormir na tenda de hóspedes, para que a chegada dele não acordasse a mãe dela, cujo colchão fora colocado atravessado na entrada da tenda, como se estivesse montando guarda. Shahla fingiu que estava limpando o braseiro da tenda de hóspedes, até que ouviu a mãe roncar. Sentou-se completamente vestida e se pôs a esperá-lo, e quando já estava cansada demais para manter os olhos abertos ouviu o som de cascos a galope e o relincho do cavalo dele, e saiu correndo para encontrá-lo. Aquele homem mascarado com uma espingarda no ombro estendeu o braço para ela e ela o agarrou, e foi alçada pelo ar e depois colocada firmemente na sela diante dele. Ela se voltou para olhar o acampamento da família, cujas tendas tinham as laterais amarradas firmemente ao redor, com seus cavalos presos ao poste, seus camelos com as pernas dianteiras atadas juntas, as cabras adormecidas atrás da habitação. Shahla chupava o último dente quando disse "*'Tzz'*, aquela foi a última visão que eu tive de minha morada e minha tribo."

O que Shahla teria feito nesta morada? Teria ido jantar com David e permitido a ele "cavalgá-la até deixar as pulseiras e tornozeleiras dela emboladas?" Será que ela estenderia o braço para um completo estranho e fugiria com ele a cavalo na escuridão? Será que a fé pesaria mais do que a dúvida? E o que dizer do passado, aquela sombra escura que fica lhe seguindo?

Segurando com firmeza as sacolas das compras, dirigi-me à entrada principal. Ele me seguiu e disse:

– Você aceita jantar comigo?

– Muito obrigada, mas acho que não.

– Por que não?

– Estou ocupada. Tenho que ir, Dave.

Baixei a cabeça e atravessei a loja sob as palmeiras desidratadas. Entre os pavões indianos, os budas, os papagaios e edredons mexicanos e as mesas chinesas, um novo som estava sendo formado dentro de minha cabeça: "Não", som contra o qual meu manual completo do imigrante sempre tinha me prevenido. Um unicórnio de bronze que saltava no ar tentando alcançar o céu atraiu minha atenção.

Eu disse a David, depressa:

– Não. Desculpe.

E, antes que ele pudesse responder, apressei-me em atravessar a porta africana para a rua fria, aspirando o ar em busca do aroma de casa. O cheiro era cativante e cedi a ele como num transe. O cheiro de comida condimentada sendo frita era meu.

Inalei o cheiro da familiaridade, da liberdade e do lar e ouvi:

– *Balak*: essa moça é do MI5? – perguntou o velho.

– Qual é o seu problema? Os agentes secretos não andam por aí vestidos como uma vagabunda árabe. Eles usam chapéus grandes como Philsy, entendeu? Branco, louro, com charuto na boca – explicou o moço.

– Você quer dizer Philby, seu idiota. E hoje em dia os agentes se parecem com qualquer um, com o próprio Jesus Cristo. Como é que eu vou saber? – retrucou o velho com um sotaque norte-africano.

– Você está paranóico. De noite, quando as folhas se mexem, fica achando que tem satélite americano tirando fotos de você.

– Seja ela quem for, não me agrada que fique por aqui zanzando desse jeito – disse o velho e jogou alguns bolinhos de grão-de-bico no óleo da fritura borbulhante. O ar frio carregava o aroma da saborosa comida frita até o fundo de meu coração. O chiado das frituras, a concha pescando a iguaria, o falafel sendo esmagado no pão árabe quentinho e o cheiro picante do grão-de-bico, da salsinha e do coentro me animaram. Enrolada no xale beduíno preto de minha mãe, no meio de Exeter eu voei sobre as terras, os rios e os mares para as montanhas áridas e ressequidas, um punhado de cabras e azeitonas maduras que fazem os ramos verde-prata envergarem com seu peso. Eu voava muito alto acima de minha terra natal.

– Ela é inofensiva, pai. Fica sentada e calada, farejando o ar frio – disse o moço.

Eu não conseguia ver a frente da picape de cafta no espeto, mas ouvi certa comoção e uma porta corrediça sendo aberta, e depois o som de passos. Antes que eu percebesse, o velho estava parado bem ali à minha frente, onde a névoa branca da manhã encontra o céu azul. Ele era alto e bem magro, os grandes olhos desbotados pela idade, a barba grisalha por fazer, o cabelo ralo coberto por um solidéu branco de crochê, calças pretas largas bordadas e apertadas no tornozelo, babuchas pontudas de couro marrom e a inscrição "Bon Jovi No Pain No Gain" impressa em grandes letras vermelhas na frente da camiseta preta.

Fiquei frente a frente com meu passado e presente.

– Eu busco refúgio em Alá – ele disse.

Apertei o xale preto de minha mãe em torno da cabeça e não disse nada.

– Você veio bisbilhotar a gente. Você é espiã?

No velho país do Levante eu teria me levantado, segurado sua mão direita e, após beijá-la, eu o teria chamado *jiddu* e me apresentado: "Bem-vindo! Bem-vindo! Eu sou Salma Ibrahim El-Musa", mas agora estou no novo país, uma fugitiva com antecedentes criminais, então continuei sentada no banco de madeira fingindo não ter entendido.

Ele hesitou e depois disse:

– Não quero que fique por aqui bisbilhotando. Xô! Xô!

Com um aceno, me mandava embora.

Eu quisera ter podido beijar as veias verdes e protuberantes do dorso de suas velhas mãos escalavradas, a testa e a áspera barba grisalha, mas em vez disso me levantei e saí caminhando através da neblina da noite até ter desaparecido, erva do deserto desenraizada e soprada pelo vento.

VINHAS E FIGUEIRAS

NA ESCURIDÃO OU NA AURORA, mantenha suas pétalas bem fechadas e as pernas bem juntas! Mas, como uma flor imprudente que se abre ao sol, eu recebi Hamdan.

– Salma, você agora é uma mulher... você é minha, minha escrava.

– Sim, sim, sim – eu sempre dizia. Não havia lenço de papel, camisinha nem espermicida, apenas o cheiro fértil da terra recém-arada. Eu lavava minhas calças bufantes no riacho e ia para casa atordoada. Dali em diante, na maioria das noites eu me deitava sob a figueira a esperá-lo.

– Minha puta ainda está aqui! – ele dizia e me tomava rapidamente.

– Mais – eu sussurrava.

Quando Hamdan parou de ficar rodando em órbitas e eu parei de beijar o cavalo, as cabras e as árvores, minha mãe e a dele ficaram desconfiadas.

– Sua vadiazinha, o que você fez? – minha mãe puxou meu cabelo.

– Mãe, por favor.

– Você manchou nosso nome de negro. Seu irmão vai lhe matar com um tiro no meio dos olhos.

– Mãe!

Minhas pétalas foram arrancadas uma a uma. Ela puxou meu cabelo, me mordeu, me surrou com uma correia até eu ficar toda roxa e afundar misericordiosamente na escuridão.

Caminhando sozinha sob os postes de luz cujas sombras iam ficando cada vez mais longas, abracei minha sacola de compras. Não, não era fácil viver na Inglaterra como uma "alienígena", que foi como o funcionário da imigração me descreveu. Certa vez escrevi nas paredes de um banheiro público: "Uma alienígena escura passou pelos céus de Exeter." Toda manhã eu era lembrada de minha estrangeirice. Toda manhã, enquanto a neblina ainda nos envolvia, Jack, o carteiro, acenava para mim e gritava: "Olá, garota!" Aquilo me chateava. Eu queria ser "benzinho", como Bev, da casa ao lado. Apesar de várias vezes ter corrigido – "Salma, Jack. Por favor, é Salma" –, ele acabava esquecendo no dia seguinte e outra vez me chamava de "garota". Mas ele nunca tinha nada que lhe lembrasse, porque eu nunca recebia cartas em que estivesse escrito meu nome árabe, Salma Ibrahim El-Musa. "Salma de mãos e pés macios. Salma tão perfumada como as flores de jasmim branco e tão pura quanto o mel em seu frasco de vidro." Por vezes eu queria que Jack me gritasse desaforos como os *skinheads* no White Hare. "Ei, estrangeira! Você mesma, sua macaca! Por que não volta pra selva? Vá subir num coqueiro! Vá se foder! Volta pra casa!" Eu não merecia estar aqui, eu não merecia estar viva. Eu a decepcionei.

Caminhei pela South Street com seus corretores imobiliários que mal podiam esperar para meter as mãos no bolso da gente. Quanto faltava para me tornar uma compradora de primeira viagem? Três quilômetros? Trinta anos? Uma vida inteira? Ah, o que eu não daria para ter uma casa em Branscombe, onde vivia agora o ministro Mahoney, o quacre irlandês, meu salvador! Um bangalô com aquecimento central a gás, três dormitórios, um jardim, um poodle, um forno de microondas, algumas ovelhas e cabras, e uma vaca para ordenhar toda manhã. Por lá a grama não é escassa, logo, deve ser fácil levar as ovelhas para a várzea, sabe? Eu passaria o tempo cuidando da lavoura, criando ovelhas e tocando flauta. Um bom médico inglês iria me curar de meus problemas. Eu seria feliz e saudável, vivendo com meus filhos. Meu irmão iria parar de me procurar, achando que eu tinha morrido. Meu marido estaria trabalhando no além-mar para nos sustentar. Contaríamos histórias uns para os outros e riríamos: a mãe mais velha e seus lindos filhos.

O sol brilhava sobre a casa do ministro Mahoney em Branscombe. Prateleiras forradas de velhos livros, o sofá já gasto, o velho rádio num canto e a Bíblia com os óculos de leitura dele em cima do estojo de couro. A srta. Asher tinha pedido a ele que tomasse conta de mim porque "eu preciso voltar à região e tentar salvar mais vidas inocentes".

– Salma é muito bem-vinda para ficar por alguns meses – ele disse devagar para eu entender. – Mas eu próprio voltarei ao Oriente Médio no ano que vem.

Quando eu terminava de lavar a louça depois do café-da-manhã, o ministro Mahoney me convidava a sentar na sala de jantar e minha "educação informal" tinha início – duas horas de inglês, matemática e ciências. Depois ele preparava o almoço e eu lavava a louça. À tarde ele saía para dar longos passeios e eu passava o tempo inspecionando a cristaleira de sua falecida mãe, a biblioteca dele e as fotos sobre a lareira. Eu examinava as fotos à procura do rosto do jovem ministro Mahoney. Espanava as porcelanas da mãe dele, pintadas à mão com frisos dourados, repetindo: "prato de jantar, prato de sobremesa, prato de sopa, tigelas de sobremesa, prato de bolo, jogo de cremeira e açucareiro, bule de chá, xícara de chá, xícara de café, pires", que ele me havia ensinado.

– Ela era muito apegada a essa louça Haviland – ele observou ao entrar pela porta da sala de jantar.

Como eu não tinha esperado vê-lo de volta tão cedo, fiquei sentada, subitamente desnorteada.

– Mãe ama seu chapéu de dinheiro – eu disse.

– É mesmo? – ele disse. Tirou a capa de chuva e empurrou as pontas da camisa para dentro da calça.

Olhei para seus braços finos e brancos, suas costas largas, suas pernas espigadas e disse:

– Eu não digna de amor.

– É claro que é – discordou, e se sentou diante de mim.

– Eu fez coisas vergonhosas – confessei.

– Todos fizemos coisas que lamentamos. É parte da condição humana.

– Eu deixa ela pra trás. Eu merece morrer, não viver – declarei e comecei a chorar. – Eu também velha, sem casa, sem dinheiro, sem emprego.

Ele esfregou os cansados olhos azuis e disse:

– Nada continua sempre igual, filha. O respeito, o amor, a dor, a doença: nada continua na mesma. As coisas vêm e vão. Você pode até recuperar o respeito. Quanto à sua família, um dia você talvez resolva voltar, as coisas talvez mudem.

– Coisas talvez mudar? Eu talvez voltar? – perguntei, enquanto enfiava sob o véu branco mechas de cabelo que tinham escapulido.

– Sim, um dia você deveria – ele disse.

– As coisas talvez mudar – eu disse e comecei a tremer.

Ele hesitou, correu os dedos magros sobre os cabelos grisalhos, depois abraçou meu corpo trêmulo e me embalou gentilmente repetindo: "Shhh, *yakfi*: já chega, shh", até que eu parasse de chorar.

Atravessei a rua e fui andando por uma transversal para não ser vista por meu chefe Max, que talvez estivesse trabalhando naquele sábado. "Eu consigo render mais quando vocês não estão todas por aqui tagarelando." Ele ficava o tempo todo rindo com desprezo dos passantes, pela janela impregnada de nicotina.

– Olha só! Olha o cabelo dela! Deve ter tido uma explosão controlada na cozinha – ele dizia e dava risada. Uma risada tão ameaçadora que a gente baixava os olhos e passava duas vezes a costura da máquina na bainha.

– Como você disse mesmo que se chamava? Salamaa? Deus do céu!

Parvin disse que havia um boato de que Max votava pelo Partido Nacional Britânico, que queria matar judeus, árabes e muçulmanos. Sempre que ele olhava para mim com seus olhos penetrantes, um arrepio percorria meu corpo. Certa vez, quando ele conversava com um dos fregueses, eu o ouvi dizer:

– Sally está pra baixo. Os árabes têm obsessão pela tristeza.

Alguém disse que o bar da esquina era muito agradável, com música ao vivo e tudo. Eu preferia o White Hare, onde quase fui agredida por um *skinhead* bêbado. Ele quis dançar comigo e eu não pude recusar. Ele parecia magro e alto, em sua calça e jaqueta de couro negro, os cabelos espetados e tingidos de vermelho vivo como um galo de briga. "Toca! Sacode! *Requebra*!", repetiam os rapazes com a banda, e depois erguiam o braço direito em saudação. O hálito do rapaz fedia a cerveja barata quando segurou minha mão e me puxou para junto de si, até eu poder sentir contra meu corpo o metal frio dos cravos e pinos da sua roupa; depois me afastou num empurrão e quando eu estava longe o suficiente ele me forçou a rodar. Fiquei inteiramente submissa, como a boneca de pano de Liz. A cantoria se tornou mais frenética e o cheiro de cerveja e de hálito azedo encheu o ar. Quando ele finalmente me soltou, fiquei muito triste de ainda estar viva. Eu merecia ser escarnecida, espancada e até assassinada. Eu a abandonei, deixei que a levassem embora.

Segurei com mais firmeza a sacola de compras e continuei a andar. Os alunos estavam saindo da escola aos bandos. Qual seria a sensação de ser um estudante? O que ensinavam aqui na Inglaterra? Seria possível abandonar minha pele, meu passado, meu nome? Seria possível abrir uma nova página, começar de novo com essa complicada juventude gótica? Assim eu poderia me sentar com eles em uma carteira e ouvir o que o inteligente professor tivesse a dizer; depois do recreio eu comeria o sanduíche de manteiga e açúcar e tomaria chá escuro e amargo. Eu cuspiria no sanduíche para evitar que os colegas o arrancassem de minha mão e comessem meu almoço. Assim, quando chegasse aos 15 anos, em vez de ir para a prisão, eu iria para o centro cultural ver um filme francês, segurando a mão de um garoto amável e tímido. Eu podia me imaginar vestida com uma saia preta transparente, uma camiseta preta com a palavra "morte" escrita na frente em letras vermelhas, maquiagem dark e coturnos pretos Doc Martens. Poderia até pintar os cabelos de roxo.

Fazia mesmo muito frio na primeira vez que fui à escola. A estação da colheita tinha acabado e o céu estava cheio de nuvens densas que ameaçavam chuva. Dava para sentir o cheiro do fogo dos troncos nos braseiros e do trigo defumado. Minha mãe penteou meus cabelos e os prendeu em duas tranças; então vesti pela cabeça o vestido preto bordado que foi dela, guardei na bolsa de pano meu sanduíche de manteiga condimentada e açúcar, juntamente com o caderno e o lápis, e saí correndo para a escola. Caminhei descalça pelas filas de oliveiras, depois subi e desci o morro árido até avistar, à distância, as duas salas de aula de adobe que foram construídas pelos homens e mulheres do povoado. As paredes não eram retas, as janelas não eram triângulos nem retângulos, os portais foram modelados com as mãos. A srta. Nailah, "a mulher de lábios selados", estava à nossa espera na porta. "*Yala*! Mexam-se! Vocês estão atrasados", ela costumava dizer.

Segurando meu caderno e lápis, entrei na sala. Sentada numa cadeira quebrada, tentei me concentrar no quadro-negro.

A srta. Nailah disse:

– C de cabeça. S de...?

– Salma – eu sussurrei.

– O quê? – perguntou, agitando a varinha.

Limpei a garganta e disse:

– Salma, senhorita.

Com sua voz cortante ela disse:

– Muito bem. Você sabe escrever seu nome?

– Não, senhorita.

– Já para o quadro!

Fiquei parada junto ao quadro-negro tremendo, com a bexiga cheia e minhas calças bufantes quase caindo no chão.

Ela segurou o giz e escreveu "S-A-L-M-A".

Eu segurei o giz, consciente de dez pares de olhos me observando e comecei a desenhar as letras "Salma".

– Quantos anos você tem?

– Seis, senhorita.

A srta. Nailah exclamou:

– Muito bem!

Corri de volta para casa para mostrar a meu pai o que escrevi: "Salma", "cabeça", "burro" e "homem". Ele ficou tão contente que pediu à minha mãe que preparasse um pouco de chá com uma dose extra de açúcar "para essa menina inteligente".

Aonde quer que eu fosse, avistava igrejas à distância: velhas, decadentes e escuras casas de Deus. Sempre que entrava na catedral ou numa igreja, eu sentia frio, como se elas tivessem seu próprio sistema oculto de ar-condicionado fazendo circular o cheiro de mofo entranhado nas pedras antigas. Elas eram sempre lugares escuros, silenciosos e solitários. Se você não forçasse as pessoas, que razão elas teriam para ir à igreja? É preciso ter um ímã ou um padre forte brandindo uma vara, invocando Deus e prometendo sofrimentos "talhados especialmente para cada coração" caso você não O venerasse. A catedral estava deserta, a não ser pelos padres, que circulavam apressados em seus hábitos negros e colarinhos brancos, por algumas senhoras idosas de cabelos grisalhos bem cuidados e por dois loucos parados ao lado da caixa de vidro de donativos. Podia-se encontrar algum alcoólatra ou sem-teto dormindo nas almofadas de preces espalhadas sobre os bancos compridos de madeira. Neste país a religião era tão fraca quanto o chá. O que sobrou dela foi: "Este é seu nome de solteira ou de batismo?", pergunta que o funcionário da imigração me fez e que eu não sabia como responder.

– Muçulmana, não cristã.*

– Nome? Nombre? *Izmak?* – ele insistiu.

– *Ismi? Ismi?* Saally Ashiir.

– Santo Deus! – ele disse.

A cúpula e o minarete azuis da mesquita, onde o imã ficava parado chamando à oração, podiam ser avistados no alto do morro árido. O chamado para a veneração a Deus e a obediência vinha cinco vezes por dia. "*Allahu akbar!* Alá é o maior. Levantem-se e rezem!" Homens idosos se levantavam ao raiar do sol, faziam suas abluções e caminhavam para a mesquita em companhia de homens jovens, relutantes e semi-adormecidos. O imã ficava lá parado em sua alta plataforma pressionando-os para entrar e pedir seu perdão a Alá.

"Não podemos vender nossas azeitonas antes de receber um *fatwa*** do imã", dizia sempre meu pai. Eu olhava para ele com meus olhos de menina de dez anos e me dava conta de que ele era mais fraco do que o imã. Seu corpo magro, alto e escuro falava de anos de cavalgar, arar e colher. Seus olhos vagos falavam de dias de olhar para o céu, à espera de nuvens trazidas pelo vento, à espera de que a chuva chegasse e salvasse sua lavoura. Por que aquele homem alto e forte deveria ser mais fraco do que o imã? Por que ele deveria consultá-lo antes de vender as caixas de azeitonas que estavam apodrecendo no depósito?

Um arco-íris estava flutuando no rio Exe, prometendo chuva. Meu pai, haj Ibrahim, ficaria empolgado ao vê-lo, com suas faixas coloridas

---

* A personagem interpreta literalmente "Christian name" (expressão que em inglês significa "nome de batismo") como "nome cristão". (N. do E.)

** Decreto religioso islâmico. (N. da T.)

prometendo sacos de trigo no paiol, uma viagem à cidade para vender a colheita, um novo manto de lã de cordeiro. Em Hima, alguns teriam visto nele uma promessa de fazer dinheiro suficiente para tomar uma segunda esposa. "Eu vos louvo e agradeço, Alá", teriam dito. Bem ao lado do lixão da ferrovia ele se mostrou como aquilo que era: um enganador reflexo da luz na água. Enxuguei o suor da testa e amarrei o cabelo para trás com um elástico. Eu deveria assistir a um vídeo sobre dois gângsteres que se escondiam num convento fingindo que eram freiras devotas. Eu também era uma pecadora fingindo ser muçulmana, mas na verdade era uma infiel, a quem nunca deveria ser permitida a entrada na mesquita. Então me lembrei de que Liz me proibiu de usar o videocassete da sala de estar, porque eu desregulava o *timer* e deixava cabelos escuros por toda parte.

Minha senhoria estava bebendo seu vinho barato e esperando que eu chegasse em casa para me dar conselhos sobre coisas variadas. Pousei as compras na calçada e destranquei a porta. Infalivelmente, o cheiro acre de vinho chegou numa lufada a meu nariz. Ela estava bebendo de novo.

– Olá – cantarolei.

– É você, Salma?

– Quem mais seria, Liz?

E então eu já sabia o que viria: uma pergunta sobre o tempo.

– O dia ficou firme hoje?

– Choveu um pouco, mas agora firmou.

Olhei para seus cabelos lisos e grisalhos, os olhos enevoados, a fina rede de capilares vermelhos em suas faces e nariz, a postura reclinada e ligeiramente bêbada no sofá, e disse para animá-la:

– Há um arco-íris enorme arqueado sobre os campos, os morros, e refletido no rio.

Mais um gole do copo sujo foi seguido por um hesitante:

– Será que eu devia dar um olhada?

– Sim, sim, você quer ter cumpanhia?

– Companhia – corrigiu, num imaculado sotaque inglês.

– Companhia – repeti com ela, contraindo a musculatura do maxilar.

– Mãe – eu gritei cuspindo o limão azedo. A parteira estava enfiando hastes de ferro cortantes dentro de mim. Ela raspava e raspava, procurando pela carne em crescimento. As lágrimas não conseguiam apagar o fogo.

– Por favor – eu gritei.

Por favor, ela gritou.

– Eu... eu... – e antes que eu conseguisse terminar a frase, o rosto inflado de minha mãe desapareceu na treva.

Quando acordei minha mãe disse:

– Nada. Ainda está agarrado a seu útero como um verdadeiro bastardo.

Minha *madraqa* estava ensopada de sangue, meus cabelos sujos grudavam na cabeça e meu rosto estava queimando de lágrimas. Com ambas as mãos, comecei a bater na cabeça e chorar:

– O que vou fazer?

– Se seu pai ou seu irmão lhe encontrarem, eles vão matar você.

Amarrei o véu branco em torno da cabeça, me levantei e corri pelo morro árido acima, pelo morro árido abaixo, até a escola. A srta. Nailah costumava dormir em uma das salas.

Bati à porta de ferro chamando:

– Senhorita Nailah! Senhorita Nailah!

– Em nome de Alá, quem está aí?

– Eles vão me matar, me dar um tiro entre os olhos.

– Quem? O quê? Por quê? – ela perguntou enquanto abria o ferrolho da porta.

Entrei correndo e fiquei parada no meio da sala. Batendo no peito com a mão direita, eu gritei:

– Eu me coloco sob a proteção de Alá e da sua, srta. Nailah.

– O que foi?

– Estou grávida.

Ela empalideceu.

– Pobre de você, sua infeliz.

Ajeitou os longos cabelos, colocou o véu, deu um nó apertado sob o queixo, engoliu em seco e depois se sentou na beirada da cama.

Fiquei parada ali, no meio da sala praticamente vazia, tremendo.

Finalmente, ela disse com dificuldade:

– Para começar, você precisa segurar a língua. Não conte a ninguém.

– Você quer companhia, Liz?

– Não. Prefiro terminar isso primeiro.

Levantou o copo manchado de vinho.

Inclinei cuidadosamente o frasco de detergente líquido que mantinha escondido atrás da caixa de cereal no armário que Liz tinha separado para mim, até uma minúscula gota verde pingar na esponja amarela. Eu precisava ser cuidadosa ao lavar minha caneca. Se Liz sentisse qualquer cheiro de limão, teríamos um bate-boca. Eu iria perder a fala completamente e ficar em silêncio, e ela iria despejar em cima de mim seu inglês da Radio Four. "Os talheres e a louça são antigos. Você não deve lavá-los com produtos químicos. O que há de errado com vocês? Ficam lavando e limpando o tempo todo. Não é de admirar que você tenha feridas para todo lado." Ela falava comigo como se eu fosse sua empregada na Índia, onde ela havia morado, e não sua inquilina que lhe paga quarenta libras por semana, mais encargos.

A chaleira estava fervendo, então apaguei o fogo, despejei a água na caneca e coloquei dentro um saquinho de chá, mexendo o líquido. Faixas de cor marrom rodopiaram na água instantaneamente. Estava convencida de que o que estava fazendo não era chá, pois não podia ver as folhas de chá, e porque a água ficou marrom no ato. Toda tarde, em Hima, eu costumava colocar algumas folhas de chá no bule de metal, e então o enchia de água, acrescentava um pouco de sálvia seca ou semente de cardamomo e sete colheres grandes de açúcar, e depois o colocava em cima da fogueira que acendíamos sob a figueira. Quando a água fervia, eu pegava o bule e colocava de volta para ferver mais uma vez, até que o aroma do chá e do cardamomo alcançasse o nariz de minha mãe. Pesquei o saquinho de chá redondo e molhado e joguei na lata de lixo, depois tentei abrir a caixa de leite. Puxei e empurrei as abas, mas ela se recusou a ceder. Eu não conseguia sequer abrir uma maldita caixa! Fiquei furiosa comigo mesma por ser tão estrangeira, e então dei uma estocada na caixa com uma faca, derramando leite em cima do balcão inteiro. Em Hima, sempre que você precisava de leite, pegava uma vasilha e colocava debaixo de uma vaca, e então puxava as tetas dela até que suas mãos ficassem borrifadas do leite fresco e morno. Enxuguei o leite com o pano multifuncional que Liz usava para esfregar todas as superfícies, inclusive o chão. O pano estava sujo, era impuro, então lavei as mãos com água e sabão, tomei um gole do chá agora frio e subi apressada as escadas para meu quarto.

Eu não estava autorizada a colocar a caneca em cima das duas cômodas antigas, que ficavam agachadas no canto como cães pastores. Então, coloquei-a sobre a mesinha-de-cabeceira barata ao lado da cama, que rangia sempre que eu me sentava ou dormia nela. Pus minha televisão, que tinha comprado num brechó por vinte libras, na mesinha antiga que Liz havia fornecido. Olhando pelas cortinas feitas sob medida da minha janela, que estavam abertas, eu podia ver a linha férrea e o brilho do sol poente. Naquele quarto, as cortinas creme e azul eram a única promessa de um futuro melhor, uma possibilidade de ter uma casa e mobiliá-la com novas peças feitas sob medida. Alguns livros e muitas revistas femininas descansavam sobre a prateleira improvisada. Esvaziei a sacola de compras em cima da cama. Dessa vez eu tinha exagerado. Tinha comprado tintura instantânea de cabelos, esfoliantes para o rosto, antisséptico bucal, xampu, creme E45, Big Dum, o limpador de vaso sanitário, que estava no alto da lista de artigos proibidos de Liz, e um vidro de Nescafé. O barulho dos grãos de café induziu a senhora a entrar em ação, a ir pegar emprestado um pouco de açúcar com seu vizinho bonitão e moreno, que tinha acabado de se mudar.

Se eu não estivesse esperando por ele no meio do vinhedo, Hamdan soltava um som estridente como se estivesse chamando seus cães de volta para o estábulo. Quando eu ouvia seu assobio, esperava entre as barras de metal e depois saltava lá para baixo para ir a seu encontro. Eu ia andando descalça junto ao muro, junto aos troncos de árvores, atrás de pedras, com medo de acordar o cachorro. Quando chegava ao vinhedo, eu me deitava em silêncio olhando as estrelas distantes e aguçando os ouvidos para ouvi-lo chegar. Reconhecia seus passos leves, as patas de uma hiena tocando o solo e depois saltando apressada novamente. Ele agarrava meu tornozelo, reprimindo uma risadinha. Sob o céu cor de anil e entre as sombras escuras das árvores, nós nos abraçávamos.

Ele puxava meus cabelos e dizia:

– Você é minha cortesã, minha escrava.

– Sim, meu amo – eu respondia.

Ele se encaixava entre as minhas pernas, e empurrava e empurrava e eu ficava deitada em silêncio, mordendo o lábio para não deixar escapar um grito. Arfando, eu deitava a cabeça em seu peito e ele corria os dedos entre meus cabelos e me cantava canções de amor: "Seu amor me tomou as entranhas, minha alma."

– Meu amor por você está chutando e se sacudindo como uma mula – eu dizia, e ele ria e me abraçava.

Por alguns momentos fugazes eu sentia que Hamdan me amava, que me queria. Um sentimento que eu jamais recuperaria.

– Anime-se! Arrume-se! Venda-se! – Parvin me incitava. – Você agora está numa sociedade capitalista que não é a sua própria.

Ela tinha razão. A maior parte das tinturas de cabelo tinha sido preparada para louras, e uma mulher morena como eu, tornada prematuramente grisalha, tinha dificuldade em encontrar uma cor que fosse a original de seus cabelos. Ontem um homem estava falando no rádio sobre "racismo institucional". Deve ter se referido à lourice de tudo. Uma loura saudável anunciava a pasta de dente, o secador de cabelos e o iogurte light. Quando eu me olhava no espelho ornamentado que Liz tinha trazido da Índia, via um rosto derretido como cera de abelha, um rosto que já não era jovem. Meus cabelos eram escuros, minhas mãos eram escuras e eu era capaz de cometer atos sombrios, pensei enquanto olhava para o bem iluminado vagão de primeira classe do trem de Londres. Ali, nas poltronas azuis, meu futuro marido estaria sentado de terno cinza e camisa rosa lendo o *Financial Times*. Um inglês branco, sensível, generoso e rico, que estava louco para conhecer uma mulher exótica com olhos, pele, cabelos e atos escuros. Eu esfregaria minha pele azeitonada na dele e – puff! Como num passe de mágica eu me tornaria branca. Num átimo, sem passar anos a fio usando um creme clareador de pele, eu me tornaria mais branca e mais loura. Num átimo eu desapareceria.

– Você precisa sair deste lugar imediatamente – disse a srta. Nailah, minha professora.

– Por quê? – entrei em pânico.

– Se não sair, eles vão matá-la.

Ela passou a língua pelos lábios ressecados.

Apertei o rosto molhado nas mãos.

– Para onde eu vou? O que vai acontecer com minhas cabras?

– Esqueça suas cabras. É seu pescoço que estamos tentando salvar aqui.

A srta. Nailah apagou com um sopro a lâmpada de querosene, colocou-a no chão, depois segurou com força meu pulso.

– A melhor coisa a fazer é entregar você à polícia e rezar para que eles a mantenham para sempre sob custódia protetora.

Colocando no beiral da janela do banheiro os artigos que comprei, vi sobre a água os reflexos coloridos das luzes e do velho moinho. As luzes fragmentadas estavam flutuando na água do rio em diferentes direções. Eu reconhecia aquela brisa. Ela estava lá procurando por um lugar de repouso, por um apoio, por socorro. Estava lá cansada e chorando baixinho. Estava me chamando. Apertei os ouvidos com as mãos. Um calafrio me percorreu como se eu tivesse apanhado um súbito resfriado e meus mamilos feios e escuros, que tinham um centímetro e meio de comprimento, o tamanho da primeira fração de meu dedo mindinho, ficaram tesos. Hoje à noite eu não devo ficar em casa. Preciso ir a bares aquecidos e restaurantes bem iluminados, cheios de reflexos cintilantes de luz de velas em taças de vinho, onde eu seria abraçada pelo caloroso hálito de humanos, pelos murmúrios e risadas e pela promessa de encontrar tratamento degradante.

Em Swan Cottage eu ficava deitada na cama observando o reboco de gesso se desprender e depois cair no chão. O quarto era tão úmido quanto a cela na prisão onde tinha passado cinco meses. "Confinamento solitário", eu repetia as palavras da carcereira. O oficial de polícia me disse que eu seria colocada numa cela para minha própria proteção. Minha tribo tinha decidido me matar, eles tinham dividido meu sangue entre eles e todos os homens jovens estavam farejando a terra. "Estamos tentando salvar sua vida", explicou a carcereira. O nome dela era Naima. Eu costumava contar as marcas feitas nas paredes, acrescentar uma a cada dia. Só uma coisa: estava feliz de estar grávida. O que eu teria feito se minha menstruação chegasse? Teria ficado sentada por seis dias em cima de um balde de zinco?

Quando fui para o bar Turk's Head, prendi com grampos uma flor vermelha no cabelo, para ter uma aparência exótica como a garota do anúncio das ilhas Seychelles. Ela tinha longos cabelos lisos e negros, pele trigueira e homogênea, olhos negros e estreitos e seios grandes com mamilos invisíveis. Estava numa praia segurando um coco e balançando a saia de palha ao ritmo da música tribal. "Nossa lavoura dourada, ya ya ya. Colha e deixe empilhada, ya ya ya." As canções de verão assinalavam o começo da estação dos noivados, quando todas as garotas da aldeia começavam a se revirar em suas camas, olhando através das grades de ferro das janelas à procura de sinais da luz do dia. A mãe do noivo viria amanhã para propor casamento, trazendo colares de ouro, esmeraldas, rubis, brocado de seda, lençóis de damasco, vidros de Hebron e perfume puro Attar em frascos de vidro enfeitados. Elas iriam finalmente ficar paradas à sombra refrescante de um homem.

Querida Noura,

Estou feliz, muito feliz. Casei-me com um senhor inglês de muito boa família e estamos esperando uma filha. Nós vimos no ultra-som. Ele também é muito rico. Sua mansão é antiga e espaçosa. Está forrada de livros bonitos, livros coloridos do mundo todo. Os ocidentais lêem muito, não são como nós. Eles também são amáveis e humildes, não como nós. Imagine – os policiais param o trânsito para deixar os patos cruzarem a rua! Nós somos horríveis com nossos animais, exceto minhas cabras, que eu costumava estragar com mimos. Como está minha mãe? Espero que ela esteja cuidando bem de si mesma. Ainda lembro suas mãos ásperas passando sobre meu rosto, me abençoando. Ainda lembro o pão recém-saído do forno, o mel e os sanduíches de manteiga condimentada. Quando fui embora ela estava meio cega de sofrimento, por isso comprei uns óculos para ela. Eles são caros, eu sei, mas meu amável marido me deu o dinheiro e me aconselhou a comprar os bifocais.

Saudades,
Salma

Ela estava gritando por mim. Segurei o coração bem apertado e abri o freezer, retirando uns congelados de peixe, depois coloquei cinco deles no grill, com duas fatias de pão. O peixe quase queimou, mas eu o comeria assim mesmo. Tomei um gole de minha Coca-Cola diet sem gás e comecei a mastigar o peixe, cujo recheio ainda estava cru no meio. Debruçada na janela, distingui uma sombra de lua redonda e perolada escondida por nuvens translúcidas. Abri a janela e estiquei para o céu distante aqueles braços cobertos de escaras secas. A brisa fresca carregava os gritos abafados dela até essa ilha que Deus abandonou. Se eu enchesse as orelhas de algodão talvez não ouvisse nada: o roçar das folhas; os trens mudando no desvio; Elizabeth bêbada e tropeçando nos móveis da sala de estar; os sussurros de Hamdan; as lamúrias e o bater de meu coração.

Eu estava sentada sobre uma pilha de trigo, devorando meu sanduíche de manteiga, quando Hamdan emergiu subitamente de uma nuvem de poeira e se sentou a meu lado. Ele tinha caminhado em minha direção, em sua túnica branca, como uma pantera, sem fazer muito esforço. Seus olhos estavam fixados em meus tornozelos escuros e finos, que quase toda noite ele puxava de sob as parreiras.

– Como está o meu pardal? – perguntou, ajeitando na cabeça o lenço quadriculado de vermelho e branco.

Engoli em seco e disse:

– Eu estou bem.

– Você parece cansada. Eu estou lhe deixando exausta com minhas necessidades? – perguntou num sussurro.

Joguei o sanduíche aos passarinhos e disse:

– Estou grávida.

No piso imundo da cela da prisão, um pacote de carne fazia força para sair. Eu berrei, eu chorei, eu implorei e depois dei à luz uma inchada trouxa de carne, vermelha como beterraba. Mulheres alcoolizadas, prostitutas e assassinas de maridos observavam enquanto eu, a pecadora, dava à luz no chão da prisão Islah. Madame Lamaa amarrou seu lenço rosa, enxugou o rosto com as duas mãos e abraçou Noura, cujas lágrimas corriam livremente pelo rosto quando ela disse uma coisa que não entendi.

– Algum dia você vai... um dia você vai...

CHÁ DE SÁLVIA

DESPI A LINGERIE VERMELHA, comprada numa liquidação, e fiquei de pé, nua, sobre o tapete sujo. "Você tem melhorado recentemente", eu disse a meu reflexo e depois afundei na água. Só em ficar deitada na água quente inalando todos os perfumes do sabonete e dos óleos de banho já bastava. Envolta numa nuvem de vapor e perfume, eu me sentia abrigada e a salvo por alguns minutos; promessas quebradas, traição, vergonha e morte eram empurradas para o fundo da minha mente. Fiquei em pé, enrolada na toalha, e comecei a esfregar o rosto com o esfoliante. Meus dedos contornaram o grande nariz adunco, a testa estreita, a boca larga e as maçãs altas. Esfreguei e tornei a esfregar para chegar aos poros entupidos e abri-los a força. De repente o aroma do café moído na hora, o cheiro das azeitonas maduras e o perfume das flores de laranjeira encheram o banheiro. Eu estava sentada debaixo da figueira com minha mãe tomando chá de hortelã. Minha mãe pousou o copo e passou as mãos ásperas sobre meu rosto, murmurando encantamentos. Toda sexta-feira à tarde a aldeia inteira se reunia em torno do único rádio, diante da casa do xeque, para ouvir a diva egípcia Faiza Ahmad cantar:

> Não diga que nós fomos e que foi.
> Quisera que nada disso tivesse acontecido.
> Quisera nunca ter lhe encontrado, quisera nunca ter lhe conhecido.

Joguei água fria no rosto. O espelho parecia borrado, como se estivesse flutuando no mar salgado.

Contornei os lábios com uma caneta vermelha, tentando fazê-los parecer menores e mais cheios. Borrifei-me com desodorante. O aroma refrescante se espalhou corpo acima e corpo abaixo. Escolhi no guarda-roupa a saia mais apertada e mais curta e me espremi dentro dela, enfiei as pernas em meias pretas transparentes e então calcei meus sapatos pretos e brilhantes de salto alto. Ajeitei o sutiã com armação de arame e puxei as alças para cima, para dar a meus seios uma forma mais jovem e mais generosa. A blusa de crochê preto com miçangas era apertada o suficiente para realçar os seios sem mostrar o abdômen envelhecido. Endireitei as costas diante do espelho e encolhi a barriga. Esses eram os poucos e preciosos momentos da noite em que esquecia meu passado. Aqueles momentos em que olhava meu reflexo como quem olha uma estranha eram os melhores. Minha mente ficaria ocupada encontrando um novo nome e uma nova história para mim.

"Hoje à noite eu serei uma estrela de cinema!"

Se eu continuasse a costurar e a jejuar, se ficasse em silêncio, eu iria escorregar lentamente para fora de meu corpo, como uma cobra que abandona a pele antiga. Eu talvez parasse de ser Salma e me tornasse outra pessoa, que nunca tivesse mordido a maçã proibida. O tempo talvez passasse depressa, de modo a me permitir escorregar suavemente da prisão para o túmulo. Sem sofrimento, resistência ou mesmo tédio. Costurei numa bolsinha de couro a carta de minha mãe juntamente com a mecha de cabelos, transformando tudo num amuleto, que usava pendurado no pescoço como um colar. A pálida caligrafia da srta. Nailah, que escreveu a carta para minha mãe, estava gravada em minha cabeça.

Isto é o que Alá desejou para você. Eu lhe chamei de Salma porque tinha muitas esperanças para você. Eu queria que você fosse capaz de decifrar a escrita, que se casasse com um dos filhos do xeque da tribo, para comer amêndoas e mel pelo resto da vida. Queria que você tivesse uma vida melhor do que a minha. Mas seu tufo de lã sempre foi diferente do das outras meninas da tribo. Você tingiu o seu de vermelho. Você gostava de atenção. Ouvi dizer que você parou de comer e beber na prisão. Não posso visitar você porque seu pai haj Ibrahim e seu irmão Mahmoud me proibiram de ir. Disseram que dariam um tiro em mim também. Quando olho para suas cabras pretas, que parecem perdidas sem você e vão ficando cada vez mais magras, eu digo a mim mesma que Alá possa trazer um fim misericordioso.

Enrolando o xale preto de minha mãe em torno dos ombros, saí de casa na ponta dos pés. Liz estava tendo uma conversa com Sadiq, "o rapaz paquistanês do depósito de bebidas", que fornecia a ela o vinho barato.

– Senhora, este é excelente, uma boa colheita, também. Experimente só. É excelente, também.

Ela dizia gracejos e ria até ficar com os olhos cheios de lágrimas. Esta era sua melhor faceta, quando estava um pouco embriagada e de bom humor. Com a mão no cotovelo dele, ela dizia:

– Sadiq, você devia se envergonhar, ficar flertando com uma velha inglesa feito eu.

Ele balançava o queixo para os lados, como à procura de palavras, e depois dizia:

– A senhora não é velha, também.

O riso dela era muito alto, afetado, algo entre um cacarejo e um soluço. E então ela passava a usar outro idioma.

– *Kaise no tum?*

– Isto não é urdu, senhora, isto é hindi – ele protestava indignado.

– *Theek hai!* – ela respondia e dava de ombros.

Sentada à velha máquina de costura Singer, eu pisava no pedal e a agulha corria sobre o poliéster, o algodão, o cetim. Eu costurava tudo que as guardas da prisão me davam: mangas, calças, colarinhos, a bainha da saia da carcereira Naima, o bolso do casaco do uniforme dela que foi arrancado por uma das detentas. Eu apertava o lenço branco em torno da cabeça e começava a costurar o bolso de volta no casaco. A sala estava abafada e fedia a óleo de máquina e urina. Só se viam cabeças inclinadas e cobertas, e tudo o que se ouvia era o manobrar ritmado das velhas máquinas de costura. "Basta manter esses dedos se mexendo", eu dizia a mim mesma, "e você vai ficar bem". Eu queria consertar minha vida. Eu sempre ajustava os colarinhos com capricho, alinhavando-os à mão primeiramente, e só depois passando a costura na máquina. O que estava escrito na testa, o que foi ordenado, deve ser visto pelos olhos. Ao olhar as peças cuidadosamente feitas, as detentas comentavam: "Ela não é mesmo uma boa costureira?"

Não sabiam que estavam olhando para minha vida desperdiçada. "Eu sempre achei que você não era branca como o jasmim ou pura como o mel num frasco de vidro. Você é uma vagabunda!"

Caminhando ao longo da rua, eu ouvia as manobras dos trens, o som de metal batendo em metal. Tadam! Tadam! "Estava fazendo um friozinho leve", escutei minha voz num inglês "elisabetano" – minha senhoria estava me assombrando como um fantasma. Se eu não me cuidasse, acabaria me transformando numa Elizabeth, numa típica inglesa, numa bela adormecida sem um príncipe. Um imenso placar fortemente iluminado foi a primeira coisa que notei em relação à estação de trem. Eles haviam retirado a propaganda do chá Tetley com a Branca de Neve e os sete anões, substituindo-a pela imagem sofisticada de um Chevrolet vermelho conversível. Uma nova empresa chamada Fax Home tinha ocupado o edifício decadente ao lado da linha férrea. Limparam o exterior com jato de areia, instalaram vidros duplos, trouxeram copiadoras e aparelhos de fax e ofereceram seus serviços a um preço razoável. No escritório suavemente iluminado, eu via a máquina enviando mensagens de fax para pessoas desaparecidas. A sra. Smith do balcão dos correios sorria cada vez que me via entrar rapidamente pela porta, mas era um sorriso cansado. Ela devia estar pensando consigo: "Lá vem ela de novo, aquela mulher morena!" Sempre que eu lhe entregava mais um maço de cartas, ela punha os óculos de leitura e inspecionava os endereços. "A quem interessar possa", ou "Para Noura, prisão Islah, Oriente Médio", ela lia em voz alta, depois abaixava os óculos de leitura e olhava para mim com seus olhos cinzentos penetrantes. "Isso não parece correto." Mas, com o tempo, parou de conferir o endereço. Dava de ombros e dizia:

– Puxa, você deve ter muitos amigos por lá!

– Ah, sim! – eu admitia em tom animado. Eu tinha amigos: minha professora, a srta. Nailah, minha amiga mais querida, Noura, madame Lamaa, o oficial Salim, a irmã Khairiyya, a irmã Françoise, o ministro Mahoney, Gwen e Parvin.

– Quem fez este vestido branco? Eu quero conhecê-la – gritou uma mulher com sotaque libanês para o oficial Salim, o governador da prisão. – Meu nome é Khairiyya e eu quero vê-la.

Ela foi minha primeira visita. Eu me levantei, alisei meu vestido florido e calcei os sapatos de plástico. Fui conduzida pelo guarda da prisão através do labirinto de corredores até o escritório do governador. Um raio de sol iluminava a escrivaninha cinza. Eu piscava e tentava reconhecer as pessoas na sala. Uma senhora baixinha e morena, vestido cinza de gola alta, estava segurando um vestido branco que eu tinha feito havia muitos anos. O oficial Salim disse:

– Sente-se, Salma.

Engoli em seco e me sentei numa cadeira ao lado da mulher.

O oficial estava ficando careca e era alto, mas tinha uma expressão amável no rosto.

– Você fez este vestido branco?

Eu tinha passado horas fazendo aquele vestido branco de menina. Tinha passado horas tentando imaginar a aparência de um lírio branco flutuando nas águas claras numa luminosa noite feliz: Layla. Tentei reproduzir na modelagem do vestido a forma do lírio. Estava desejando que a vida de quem usasse o vestido fosse mais feliz e mais branda do que a minha. A bainha em pétalas, o decote florido, os bolsinhos imitando rosas, as pequeninas mangas bufantes, a faixa de cetim na cintura e as pérolas cintilantes costuradas em torno do decote.

Balancei a cabeça em confirmação...

O imenso galpão de aço onde a correspondência era separada estava brilhantemente iluminado. Eles separavam e entregavam milhares de cartas, mas a minha nunca chegou. Que seria preciso para receber as cartas deles ou, ainda melhor, ouvir suas vozes? Se eu me deitasse atravessada no meio da rua como um quebra-molas, e fosse atropelada por uma grande caminhonete vermelha do Royal Mail, será que eles me notariam? Sempre que eu estava a ponto de ter um ataque, olhava para a janela de grades e recitava diversas vezes a carta de minha mãe, até meu coração parar de bater e o suor em minha testa secar. Eu podia ler nas entrelinhas que minha mãe estava me recomendando que eu começasse a comer de novo, mas não podia dizer isso abertamente, por medo dos homens da família.

– Por que você não usa meu sutiã? – dizia Noura – Ele pode aliviar a dor.

Eu recusava, balançando a cabeça. Apertava de leve os mamilos doloridos para aliviar os seios do leite não usado, e depois mudava as compressas. O leite ressecado dava a sensação de pedras dentro de meus seios machucados. Meus mamilos se tornaram mais escuros e maiores de tanto serem puxados e apertados inutilmente, com todo aquele pesar.

A noite estava fria e seca, mas o Exe corria agitado sobre as pedras que bloqueavam o caminho até o mar. Soava como alguém se lamentando, e depois gritando. O estacionamento do Turk's Head estava cheio de carros com pára-brisas enevoados: carros elegantes, carros caros, o tipo de carro em que eu gostaria de ser levada. Ao longo do tempo, os dois andares do bar acabaram se dividindo por faixa etária. Os velhos subiam as escadas em caracol para o térreo, e os jovens ficavam lá embaixo no subsolo. Pelas janelas enevoadas eu avistava as luzes coloridas de discoteca e ouvia a voz rouca do cantor. Dezenas de rapazes e moças ingleses estavam sacudindo a cabeça e balançando os quadris ao som da música. Alguns estavam bebendo, outros estavam aconchegados entre si, alguns estavam se beijando e outros dançando sozinhos. O cartaz na porta anunciava "Festa de aniversário particular".

– Quero ajudar você a sair do país – disse Khairiyya e depois fez o sinal-da-cruz.

– Por gentileza, apresente-se a Salma – disse o oficial Salim.

– Sou irmã leiga e venho do Líbano. Já salvei muitas moças como você. Rezei por todas vocês durante anos, mas agora eu só viajo entre prisões e tiro mulheres do país. Não consigo suportar a idéia de uma alma inocente ser assassinada. É isso. Dirigir por aí no escuro é meu destino – ela disse apressadamente.

– Salma, você está sob custódia protetora, o que significa que você está aqui não porque fez alguma coisa, mas para sua própria proteção. Se eu lhe soltar e você ficar neste país, vai ser morta em frente ao portão da prisão. Se você sair do país, estará fora de perigo – disse o oficial Salim e apertou os dedos sobre sua mesa polida.

– Eles vão atirar em mim – foram minhas primeiras palavras em semanas. Eu tinha perdido a fala e ficado em silêncio por dias. As detentas me chamavam "a muda da flauta".

– Olhe, eu vou impedir que eles façam isso. Vamos ser extremamente cautelosos e soltar você à noite. Com sua libertação eu não estarei infringindo a lei. No que diz respeito ao Estado, você é inocente.

Khairiyya correu os dedos no colarinho e disse:

– Deus sabe que estou aqui para ajudar. Eu vou pegar você à meia-noite e levá-la de carro para o Líbano.

– E o que será... o que será de minha... minha família?

– Minha filha – disse o oficial Salim –, sua professora enviou aquela carta há seis anos e desde então não tivemos notícia de sua família.

Eu estaria na prisão: no dia seguinte às duas horas, quando soasse o sino da visita – eles tinham parado de tocá-lo, já que ninguém visitava as prisioneiras de Islah –, a carcereira iria gritar no alto-falante: "Uma visita para Salma Ibrahim El-Musa." Eu alisaria minhas roupas limpas que tinha lavado especialmente para a ocasião, calçaria meus sapatos de plástico e me encaminharia orgulhosa para a cerca de arame farpado. Lá estariam eles: meu pai haj Ibrahim, meu irmão Mahmoud e minha mãe Amina chorando e segurando uma sacola marrom de laranjas. Nós iríamos meter as mãos pelo arame e empurrar e empurrar até nossas palmas se tocarem. As mãos de minha mãe seriam ásperas como sempre, e eu as beijaria, através do arame farpado, pondo em risco meus lábios.

Atravessei as portas largas e entrei numa ilha de calor, fumaça e barulho. A voz rouca do cantor reverberava no assoalho de madeira. Uma primeira olhada aos que estavam sentados nos bancos altos vermelhos me informou quem estava na caçada aquela noite. Escolhi um banco no lado mais afastado do bar, para evitar atrair indesejada atenção. O dono, sentado numa poltrona confortável num canto distante, ficava de olho nas numerosas garçonetes. A garota que atendia no bar parecia rústica em sua saia larga e blusa grande; tinha o rosto claro, limpo, sem maquiagem, que emitia honestidade.

– Boa noite.

– Olá.

– O que deseja?

– Um suco de maçã.

A cor do suco de maçã lembrava a cerveja, para dar a quem se aproximasse de mim a impressão de que eu era uma pessoa de mente aberta, e não uma inflexível imigrante muçulmana.

Percebi que bem atrás de mim havia um grupo de homens na casa dos trinta, discutindo alguma coisa. Tomei um pouco da "cerveja" e me virei. Um deles tinha os cabelos longos presos num rabo-de-cavalo, o rosto agradavelmente envelhecido e uma camisa larga azul fumaça. Geração anos 60. Ele apontou para mim e perguntou alguma coisa ao homem de pé ao seu lado. As duas cabeças se juntaram numa consulta. Virei-me para minha bebida. O homem estava a ponto de sorrir para mim. O bar estava cheio de gente em grupos. Eles estavam falando uns com os outros, mas querendo ser notados. Quase todo mundo estava à espera de opções melhores, uma escolha melhor do que aquela encostada em seu ombro e rindo como uma idiota. Olhando para minha bebida cor de mel, pensei que tudo era idiota, inclusive comprar suco de maçã e fingir que era bebida alcoólica.

Khairiyya marcou o dia para minha soltura. Salim sorriu e balançou as mãos no ar em concordância. Pedi um pouco de água. Escoltada para meu quarto na prisão por uma carcereira, comecei a pensar na terça-feira seguinte, quando à meia-noite eu já devia ter arrumado as malas e estar pronta para partir. "Partir para onde?", eu perguntava às paredes manchadas. "Onde?", e, embora não houvesse muita coisa para guardar, ensaiei dezenas de vezes na cabeça a arrumação da bagagem. O objeto mais importante que possuía já estava empacotado e pendurado em meu pescoço qual amuleto: a carta de minha mãe e a mecha de cabelos dela. Suspirei e fui arrastada de volta ao presente pela visão de um suco de tomate sendo servido num copo. Sua vermelhidão me surpreendeu.

– O que foi? – perguntou o ex-hippie, que agora estava parado a meu lado debruçado por cima do bar.

Sacudi a cabeça e disse:

– Nada.

Tentei me animar com a recordação de um anúncio de televisão. O comercial de chocolate me lembrou Hamdan. O comercial do café era melhor, com o casal a ponto de se juntar. Respirei fundo e sorri, mostrando os dentes como numa propaganda de pasta de dentes.

Piscando para seus amigos, ele perguntou:

– Posso lhe oferecer uma bebida?

Seu rosto parecia ter visto dias melhores, e os cabelos escuros estavam ficando grisalhos nas têmporas, mas ele parecia limpo e cheirava a sabão em pó. Gostei de seus dedos finos e das unhas ovaladas. Prendendo atrás da orelha uma mecha solta de cabelos, respondi:

– Suco de tomate, por favor.

– Puro? – perguntou.

– Sim, por favor.

Ele sorriu e com voz incerta pediu as bebidas com sotaque do sudoeste.

– De onde você é?

Previ com horror os minutos seguintes. Quantas vezes essa pergunta me foi feita desde a chegada à Grã-Bretanha? Depois de anos que eu trabalhava em sua loja, meu chefe Max ainda me perguntava: "De onde mesmo você falou? Shaaam? Hiiimaa?"

– Adivinha!

A lista, como sempre, incluía todos os países do planeta, menos o meu.

– Nicarágua? França? Portugal? Grécia? Certamente a Rússia?

– Não. Existe um pedação bem no meio.

– Turquia?

– Não, o Levante.

Ele ficou brincando com o copo. Não sabia onde colocá-lo, consciente dos amigos que o olhavam. Fiel ao roteiro, perguntou:

– Por que você deixou seu país?

Meus pertences, que eu estava empacotando freneticamente, eram: uma flauta de cana, absorventes atoalhados, um pente marrom com alguns dentes quebrados, um Corão, uma túnica preta, o xale de minha mãe, uma colher, uma escova de dente que me ensinaram a usar na prisão, um copo de plástico, uma toalha cinza, o batom dado por madame Lamaa, os dois pentes de madrepérola e o frasco de perfume que Noura tinha me dado de presente. Coloquei o amuleto – a carta de minha mãe e o cacho de cabelos macios e brilhantes – no alto da pilha e amarrei bem a trouxa.

– Por que eu fui embora? Queria explorar o mundo, eu acho.

Ele tomou um pouco da cerveja, sem saber se desistia ou se continuava a azarar a estrangeira.

– Você está morando aqui há muito tempo?

– Sim – respondi, puxando a saia para baixo.

– Você gosta daqui?

– Gosto sim, é legal.

– Você tem família em seu país?

– Sim, eu tenho uma família.

Uma mãe, um pai, um irmão e... e alguns amigos.

– Você tem saudade deles?

– Tenho.

Ele estava se esforçando muito para me envolver na conversa. Eu nunca engoli a isca. Reservo um longo tempo para saboreá-la, mastigar e depois cuspir fora antes que o anzol me rasgue a língua. Tomei um gole do sangue frio e ácido que tinha no copo e perguntei:

– E você?

– Eu moro em Exeter. Tenho minha própria loja de alimentos naturais.

– Onde você nasceu?

– Em Lincoln, mas há anos minha família está vivendo em Lyme Regis. Meu pai era pescador.

Alguém abriu a porta para sair e uma súbita corrente de ar frio me atingiu. Eu conhecia aquele ar. Fiquei sentada ali no banco tremendo e tentando impedir que minhas mãos puxassem para baixo a bainha da saia. Coloquei as duas mãos debaixo das coxas e apertei com força, enquanto ouvia o ruído fraco de água corrente, o tilintar dos copos e o latido distante dos cães.

Uma batida hesitante na porta da prisão me indicou que era meia-noite: hora de partir. As detentas estavam dormindo. Olhei para seus rostos, para o piso frio, as paredes manchadas, os beliches, que tinham sido trazidos meses antes para substituir os colchões de borracha, depois me virei, pronta para sair. Se Noura ainda estivesse aqui teria sido difícil dizer adeus. Segurando a trouxa que continha todos os meus pertences, caminhei em silêncio atrás de Naima. Meus olhos estavam seguindo o piso do corredor no qual eu devia ter o passado pano centenas de vezes. As paredes estavam cobertas de marcas da contagem dos dias. Hoje à noite acrescentei ao labirinto de minhas marcas um traço final com um pontinho embaixo.

– O que é isso?

– É um ponto de exclamação – repetíamos com a senhorita Nailah.

Para minha surpresa, Naima me abraçou e seu rosto normalmente zangado estava coberto de lágrimas.

Eu me compus e disse:

– Muito obrigada e adeus.

O oficial Salim me apressou a cruzar o portão dizendo:

– Que Deus lhe guarde e lhe proteja.

Murmurei muito obrigado e saltei para o carro que esperava, ao lado de Khairiyya, que arrancou imediatamente. O prédio da prisão desapareceu em segundos. Eu mal consegui avistar as figuras escuras de Salim e Naima acenando adeus.

Khairiyya estava concentrada em dirigir.

– Não queremos que você leve um tiro de seu irmão.

Olhando para a sinuosa estrada escura e as estrelas distantes, que eu não tinha visto durante oito anos, eu disse baixinho:

– Não.

– Por favor, pode me chamar de Jim – disse o inglês de rabo-de-cavalo.

– Jim, você aceita uma bebida?

– Eu vou buscar.

– Não, eu vou.

– Tudo bem, um uísque duplo, por favor.

São só nove da noite e ele já está partindo para o uísque duplo, pensei, procurando o dinheiro no fundo da bolsa.

– Vamos nos sentar perto da lareira?

– Vamos.

Fomos abrindo caminho para perto da lareira, onde se ouvia o chiado do gás nos encanamentos. A gente via os troncos acesos, as chamas brilhantes oscilando, e se dava conta de que, como o arco-íris que eu tinha visto pela manhã, era tudo falso, um truque para os olhos. Sentei no sofá de couro e suspirei. Era muito mais agradável para minhas costas cansadas. Olhando para os olhos cinzentos de Jim, eu me perguntava com quantas mulheres ele devia ter dormido. O casal do comercial de Nescafé, depois de dias pegando café emprestado, sorrindo à mesa em jantares, quase desencontros, ainda não tinha se beijado.

– Você trabalha em quê? – ele perguntou, esticando as pernas e mostrando os sapatos confortáveis.

– Sou assistente de alfaiate.

– Ah!

Ele devia estar pensando no quanto aquilo era tedioso.

– E também estudo inglês na universidade em tempo parcial.

Aquilo lhe pôs algum calor nos olhos.

– Também estou fazendo uma eletiva em sociologia e tenho de escrever um artigo sobre os sem-teto. Não sei o que fazer para conseguir referências sobre isso. No pátio da catedral os desabrigados apanhando lixo para comida. Eu ainda dez dias para escrever ele.

– Seu orientador pedagógico pode lhe ajudar.

Meu orientador pedagógico, dr. John Robson, era distante, era ocupado; seus olhos estavam sempre focalizados em alguma coisa que não em meu rosto.

– Converse com os sem-teto.

– Sobre a condição deles? – perguntei.

Imagine a mim: escura, imigrante, ganhando salário mínimo e perguntando aos desabrigados: “Por que vocês dormem na rua?”

– Sim.

Jim sorriu e bebeu a última gota de seu uísque.

Sem querer, puxei a saia para baixo, depois fiquei ruborizada por causa da direção errada de minhas mãos.

A noite em que saí de carro de meu país fazia muito frio, um frio que penetrava a espinha e congelava a respiração. Eu estava usando meu vestido florido, calças largas e sapatos de plástico. Quando comecei a esfregar as mãos, Khairiyya, que estava concentrada na estrada, disse: "Enrole-se no xale!" Envolvi os ombros com o xale preto de minha mãe e olhei pela janela para as luzes distantes. No trajeto, passamos por aldeias inteiras que se compunham apenas de algumas lâmpadas à distância. Meu país era uma fileira de dezenas de luzes seguidas de escuridão. O cheiro da madeira queimando nos braseiros enchia o ar noturno. Minha mãe estaria fiando sob a lâmpada de querosene, em sua casa de adobe; meu pai estaria olhando para o céu na expectativa das chuvas; e ela... e...? Eu estava sendo contrabandeada para fora do país. Apertei com força minha trouxa de pano. Qualquer coisa que eu fizesse a partir dali, para onde eu fosse a partir dali, eu não deveria pensar mais neles.

Eu estava começando a me interessar por este homem maduro de olhos cinza. Nós dois estávamos encolhendo a barriga, nos agarrando à nossa juventude.

– Por que você vem ao bar sozinha? – ele perguntou, passando o dedo afilado em torno da borda do copo.

– Não tenho amigos – respondi.

Eu estava mentindo: tinha Gwen e Parvin.

– Você deve ter vivido aqui durante anos. Como se explica que não tenha amigos?

– Eu passo a maior parte do tempo na loja trabalhando – expliquei, e com as duas mãos puxei para trás das orelhas o cabelo crespo.

Ele sorriu.

Eu sorri de volta.

Nos reflexos do copo de uísque sobre a mesa eu vi a sombra da atriz se virando no cais, sorrindo ao tenente em desafio à aldeia inteira. Eu tinha visto o filme com Parvin em um de nossos raros encontros. À luz das chamas falsas, Jim parecia amável e receptivo como um albergue com cortesias básicas; um albergue cheio dos pertences e do hálito morno de outras pessoas. Um teto sobre sua cabeça; a sombra refrescante de um homem.

Ele pousou o copo sobre o descanso e disse:

– Você tem carro?

– Não.

– Posso lhe dar uma carona?

Hesitei. Por entre as chamas da lareira eu a vi sorrindo para mim, então minha mãe me estendeu os braços, a srta. Asher me deu uma bofetada, o ministro Mahoney me abençoou, depois Elizabeth gritou comigo, e então a neblina escorreu pelas frias vidraças.

– Pode.

Enrolei nos ombros o xale preto de minha mãe e atravessei o grupo dos amigos dele. Estes aplaudiram. Jim sorriu e disse:

– Não ligue para eles!

Khairiyya parecia irreal em seu vestido cinza e colarinho branco; seus óculos prateados, que estavam presos a um cordão de couro, estavam pendurados no pescoço como um colar. Ela dirigia como se um gênio a estivesse puxando com sua força onipotente. Viajávamos em completo silêncio. Camada por camada, a escuridão começou a subir. Noura estaria na Casa do Perfume, entretendo os fregueses; as outras detentas estariam olhando para a janela de grades e sonhando em ver o céu; e ela estaria chorando e gritando por mim. Na linha do horizonte, consegui distinguir os morros verdes e marrons, algumas ovelhas pastando e uma vasta planície coberta de orvalho. O cheiro de grama cortada e fogueiras enchia o ar. Era minha primeira aurora em oito anos. A luz da manhã acendia as montanhas e planícies. Eu me perguntava o que minhas cabras negras estariam fazendo agora. Virei o rosto em direção à janela lateral e avistei a luxuriante planície verde brilhando, extensão que se espalhava até o final do horizonte.

– O vale de Beqaa – anunciou Khairiyya.

O orvalho brilhava ao sol da manhã. Eu estava livre. Com a ponta do véu enxuguei o rosto molhado.

– Adoro o som de água corrente – eu disse enquanto entrava no carro velho de Jim.

Ele sorriu e disse:

– Então há alguma coisa de que você gosta, afinal.

– Sim, o som da água, chá perfumado com sálvia e bolo de chocolate com creme.

Ele riu e disse:

– Que mistura!

Observei o brilho de cera de sua pele, os lábios finos, as orelhas pequenas.

– Chá de sálvia? Sim. Vocês tomam muito chá de ervas em seu país?

– Sim, camomila e sálvia, e hortelã, e tomilho.

– E vocês plantam essas ervas? – perguntou, segurando minha mão.

Minhas cabras subiam a montanha e eu me ocupava em colher ervas para minha mãe. Eu costumava ralhar com os animais se eles comiam das moitas de ervas.

– Sim, plantamos. A camomila, a sálvia e o tomilho crescem em toda parte.

– Eu importo todas elas da Grécia, desidratadas e cuidadosamente embaladas, para vender na minha loja.

A calça dele tinha um corte largo e confortável; seus sapatos eram práticos. Ele parou o carro diante do depósito de bebidas de Sadiq e depois olhou para mim, pronto a dizer boa-noite.

– Muito obrigada – eu disse em voz trêmula e agarrei a maçaneta, pronta para sair do carro.

– Seu cabelo é maravilhoso – disse e tocou nele.

O calor de seus dedos desceu por meus cabelos até a lateral de meu rosto. Apertei com mais força a maçaneta. A rua parecia fria e irreal no pálido fulgor laranja das luzes dos postes. Meu coração estava batendo apressado, as mãos suavam e o queixo tremia quando finalmente perguntei:

– Você aceita uma xícara chá com sálvia?

Ele passou os dedos por entre os cabelos, desceu pelo rabo-de-cavalo, hesitou, depois desligou as luzes do carro, dizendo:

– Aceito.

Não era para acontecer, mas aconteceu. Eu herdei todas as cartas e o diário de Elizabeth. Esqueci-me de entregá-los à sua sobrinha e assim me tornei a guardiã de seus segredos indianos.

Meu avô e meus pais foram convidados para a procissão de casamento da Begum. Era a hora da sesta e a sala de leitura estava escura e agradavelmente fresca. Um silêncio contido nos envolvia e separava do zumbido de uma ou outra mosca. Subi a escada de madeira e peguei um dos livros proibidos de meu avô, que normalmente eram guardados na prateleira do alto. Coloquei o livro na mesa e ele se abriu sozinho nesta página:

"Um dia, enquanto Shahriyar estava fora na caçada, Shahzaman ficou no palácio, muito deprimido pela morte da esposa. Olhou para o jardim e viu a mulher do irmão entrar no recinto com vinte escravas, dez brancas e dez negras. Elas se despiram e revelou-se que eram dez homens e dez mulheres, que começaram a fazer sexo entre si, enquanto um outro escravo, Mas'ud, saltou da copa de uma árvore quando a rainha chamou 'venha, Amo'. Ele a empurrou contra a árvore, sufocou-a com abraços e beijos e depois a montou. Os negros e as escravas seguiram o exemplo,se divertindo juntos até a aproximação da noite. Então eles todos se vestiram como escravas, exceto Mas'ud, que tornou a saltar o muro e desapareceu."

De repente senti sede e caminhei como num deslumbramento até a cozinha, procurando por Hita.

Jim e eu atravessamos o vestíbulo na ponta dos pés e subimos as escadas em silêncio. Pus a chaleira para ferver e o convidei a se sentar. Ele se sentou em uma das cadeiras perto da janela. A luz alaranjada da ferrovia, filtrada pela cortina de renda, fazia com que parecesse um estrangeiro. Tirei os sapatos e o xale e me sentei no chão apoiada no aquecedor frio, abraçando os joelhos.

– Você está com frio? – perguntou, agachando-se à minha frente.

Eu vi o rosto de meu pai, depois o de minha mãe, depois o de Hamdan, depois o de Shahla, depois o convento Ailiyya no Líbano e depois a casa do ministro Mahoney. Os homens da tribo derramaram meu sangue. Minha mãe me bateu. Os muros da prisão eram sujos e fediam a urina e lágrimas. Eu conhecia aquele ar. Ela estava por aí chorando por mim.

– Ah, querida! Deixe-me esquentar suas mãos – ele disse e começou a esfregar meus dedos. A água estava fervendo, enchendo o quarto de vapor. Então a chaleira se desligou. Ele colocou os lábios frios sobre os meus. Eu não tinha para onde correr. Este país era o único lar que eu possuía. Fechei os olhos, afastei o jeito urgente de fazer amor de Hamdan e recebi o beijo dele. Jim era gentil e me acariciava com seus dedos finos como se eu fosse uma jóia; como se eu fosse frágil. Hamdan sabia que eu era forte, que eu podia agüentar, então me tratava com brutalidade e depois me montava com a mão apertada com força contra meus lábios.

– Posso fazer o chá?

– Sim – ele disse e recuou para a cadeira.

Coloquei as duas xícaras fumegantes na mesa. As folhas de sálvia, que estavam flutuando na superfície, ficaram encharcadas e afundaram completamente.

Ele aspirou o perfume do chá, depois bebeu um gole.

– Tem um aroma selvagem e estranho.

Dava para ouvir os roncos de Liz no andar de baixo.

– É a senhoria – expliquei.

Ele colocou a caneca sobre a mesa, me puxou, segurou minha cabeça com firmeza entre suas mãos e me beijou.

O intenso verde do vale de Beqaa; o viço, a amplitude e o esplendor do lugar trouxeram lágrimas a meus olhos. Minha mente estava beijando tudo: o espaçoso céu azul, as planícies verdejantes, as árvores imensas, até os jumentos e os outros carros. Eu estava livre. Khairiyya parou o carro em frente a uma lojinha improvisada.

– Fique no carro – ordenou, e correndo até a loja comprou dois ovos cozidos, dois pães árabes e um copo de chá adoçado. Mal me deu os alimentos, comecei a comer. Ela sorriu e disse: "Em nome do pai, do filho e do Espírito Santo, amém", e começou a comer. Na prisão tinha sempre lentilhas e pedaços de pão seco. As outras prisioneiras me pediam que tocasse a flauta enquanto cantavam:

> De manhã ou de noite: lentilhas.
> No verão ou no inverno: lentilhas.
> Com frio ou com calor: LENTILHAS.

De manhã dei a Jim uma xícara de café e uma tigela de granola e disse: "B & B",* e sorri. Jim era um cavalheiro; tinha seus preservativos à mão; abraçava-me entre os atos e me olhou nos olhos quando disse: "Eu me pergunto: por que toda essa tristeza?" Enquanto estáva-

* "Bed & breakfast", literalmente "cama e café-da-manhã". Refere-se a pousadas que não oferecem serviços adicionais além dos citados. (N. do E.)

mos comendo os cereais na cama, entre lenços de papel sujos, lençóis amassados e roupas espalhadas, nós nos despedimos. Ele me beijou na testa apressado e foi embora. Ouvi-o descer correndo as escadas, bater a porta, ligar o motor e sair à rua a toda velocidade. Continuei a comer a refeição matinal. Nada de arrancar os cabelos, de gritar ou rasgar a roupa. Você se despede com estoicismo. Você fica fria se quiser vê-lo de novo. Nunca pergunta "Me dá seu telefone?" ou "Foi bom?" ou "Será que a gente vai se encontrar de novo?". Você fica na cama ao lado dele a noite inteira fingindo que está contente, fingindo que está dormindo, quando tudo o que quer fazer é se levantar e lavar o corpo com sabão e água, inclusive por dentro, fazer suas abluções e depois rezar pedindo perdão. Mas não, você trata só de mastigar sua refeição fria olhando para as faixas brilhantes de luz entre as cortinas e a soleira da janela, com os lábios apertados. Você sorri porque isto é o que se imagina que seja a manhã depois da bela noite de ontem.

LILÁS OU JASMIM

FRANÇOISE, A JOVEM freira francesa, colocou a bandeja do café-da-manhã na mesinha-de-cabeceira e disse, numa pronúncia sofrível de árabe libanês:

– Bom dia.

Abri os olhos e me dei conta de que já não estava na prisão. A vidraça pintada do convento refletia um arco-íris de luzes sobre a cama. Era minha primeira experiência de dormir em uma cama confortável. Na minha aldeia, a gente dormia em colchões espalhados pelo chão. Na prisão eu dormi primeiro em um colchão, depois em uma dura cama de metal.

– Bom dia – respondi sorrindo.

Na noite anterior nós tínhamos chegado tarde. Khairiyya parecia pálida quando segurou a aldrava de bronze e bateu na porta. Uma mulher idosa e despenteada abriu o portão e nos deixou entrar. Segurando minha trouxa junto ao peito, eu as segui obedientemente, pelos corredores iluminados a vela. Quando a velha freira abriu a porta e disse: "Seu quarto", meu queixo começou a tremer. Meu quarto era um cômodo espaçoso e bem iluminado, com uma enorme cama no centro, coberta de lençóis brancos e limpos, travesseiros e cobertores.

– Não seja boba! – disse Khairiyya, impaciente.

Reprimi as lágrimas e disse:

– Muito obrigada.

Elas fecharam a velha porta de madeira e me desejaram boa-noite.

Abri a janela e vi a lua no meio do céu, acima do vale profundo. Um punhado de luzes cintilava na escuridão. O mar era uma lâmina de prata estendida aos pés do rochedo escarpado. Abri a porta e corri descalça de um lado para outro no corredor de piso de pedra, mas não consegui encontrar ninguém. As velas tinham sido apagadas e o corredor estava frio e escuro. Voltei para meu quarto e olhei de novo pela janela para o mar, onde as ondas se quebravam umas sobre as outras deixando traços de espuma para trás. Onde eu estava? A que distância estava de minha mãe? Muito longe?

Desci a escada na ponta dos pés, para ir à cozinha sem ser notada por Liz. Eu não conseguiria encarar um interrogatório esta manhã. As escadas atapetadas estavam frias sob meus pés descalços. Apertei os braços em torno do corpo. Eu sempre saía correndo da cama vestida com uma camiseta, e só depois me lembrava do quanto fazia frio. Preparei uma xícara de café para mim. A casa estava em silêncio. Fui para a sala de estar na esperança de encontrar a confortável poltrona de Liz vazia, mas lá estava ela, em seu suéter azul-marinho e as calças indianas folgadas, sentada na poltrona, tomando seus golinhos de chá e assistindo ao desenho animado de Tom e Jerry na TV.

– Bom dia.

– Bom dia, Sal.

Eu não gostava de ser chamada de "Sal", que soava como um nome masculino em minha língua nativa. Sentei-me em uma das cadeiras de assento de palhinha, apressando-me em tomar meu café.

– Você se divertiu ontem à noite?

Tom estava caçando Jerry pela casa.

– Sim, obrigada.

– Quem era?

Jerry estava tentando amarrar o rabo de Tom no ferro elétrico.

– Um cara que tem uma loja de produtos naturais.

– Ele tem nome? – ela perguntou, correndo os dedos sobre os botões do controle remoto.

Para minha vergonha, não consegui lembrar o sobrenome dele.

– Tem.

Antes que Jerry fosse eletrocutado, Liz mudou de canal. "Dia frio no sul, com chuvas esparsas à tarde."

Segurei a caneca junto ao peito, incapaz de me localizar, de me centrar.

– Eu manchei de lama o nome de minha família – eu disse a Françoise, a irmãzinha do convento de Ailiyya. Ela estava dobrando toalhas e pedaços de tecido caprichosamente.

– Nada disso, filha, todos nós cometemos erros – ela disse, esfregando o olho esquerdo. Ela era jovem, com um rosto bonito e franco. Eu achava que todas as mulheres estrangeiras fossem louras, mas apesar de francesa, Françoise tinha cabelos e olhos escuros.

– Françoise – eu disse, e sorri, sabendo que minha língua não era capaz de pronunciar seu nome.

Ela sorriu de volta.

– Onde nós estamos? A que distância de meu país?

O árabe falado por Françoise era suavizado, soava estrangeiro, mas ela falava sem hesitar.

– Estamos no norte de Beirute, na costa do Mediterrâneo. Seu país está mais ao sul, quase sudoeste. A algumas horas de carro.

– Então não estamos muito longe.

– Não, mas estamos longe o suficiente.

Limpei a boca, coloquei a bandeja de café sobre o largo parapeito de pedra da janela e disse:

– Um dia eu vou voltar.

Ela olhou pela janela e disse:

– Veja como o sol está brilhando. Vou levar você para dar uma volta pela fazenda, para lhe mostrar nosso vinhedo. Eu lhe trouxe sapatos confortáveis e umas roupas. Você pode ir tomar um banho.

Ela era esmeralda, turquesa engastada em prata, seda indiana a descer dos rolos em cascata, grãos de café moídos na hora num enfeitado almofariz de sândalo, mel e manteiga condimentada envolta em pão fresco que acabou de sair do forno, Françoise, uma pérola branca brilhando em seu traje marrom e branco, bálsamo para as feridas da gente.

Fui para o banheiro do convento e vi com surpresa uma privada alta e uma banheira. Na prisão nos permitiam tomar um banho de chuveiro a cada duas semanas, exceto nos nascimentos e mortes. Usávamos uma privada baixa, um simples buraco no chão, e depois nos lavávamos com água de uma jarra plástica. Usar chuveiro era muito mais fácil do que puxar a água fria do poço, e depois derramá-la em baldes sobre a cabeça. O cheiro de óleo de oliva encheu o velho banheiro. Tirei a roupa e pela primeira vez na vida olhei o reflexo de meu corpo no longo espelho fixado na parede. No canto do espelho estava gravado um cavalo com um longo chifre e uma cauda espessa. Eu parecia magra e escura, e tinha uma cabeleira longa e crespa. Meu rosto era só dois grandes olhos escuros, um nariz adunco e uma boca generosa. Afundei-me na água quente e me deitei na banheira, cuidando de cobrir o corpo inteiro com água e sabão. A luz da manhã ricocheteava livremente das paredes, do piso e da água. Eu ouvia os pardais pipilando para dar as boas-vindas à manhã.

Com a ponta da manga, limpei o embaçado da vidraça da sala de estar.

– É, está fazendo um dia bonito.

Liz continuou a me perguntar sobre "esse cara" que eu tinha trazido para casa comigo na noite anterior.

Eu queria ser gentil com ela, mas não conseguia. Não seria capaz de dizer em qual partido ele votava.

– Você não pergunta às pessoas sobre política no primeiro encontro. É assunto privado.

– Ah! Garota boba! É claro que pergunta. Você não vai querer se envolver com um marxista – cuspiu.

Eu não sabia do que ela estava falando, então mudei de assunto.

– Liz, o tempo hoje está maravilhoso. Por que você não vai dar uma volta?

Eu sabia que ela gostava da palavra "maravilhoso".

Ela passou os dedos por entre os cabelos grisalhos e disse:

– Eu devia. Não é mesmo?

No rebordo da lareira as flores tinham murchado havia dias. Eu devia comprar uns narcisos para Liz. A sala bem que precisava de um pouco de alegria. Subi para meu quarto, apanhei a toalha e corri para o banheiro.

Esfreguei os cabelos com o duro quadrado de sabão até obter uma espuma abundante. As irmãzinhas do convento faziam o próprio sabão. Enchi a jarra de água e lavei a sujeira. A água marrom clara escorreu pelo ralo. Esfreguei o corpo com uma bucha vegetal espessa, até a pele ficar vermelha, despejei água limpa sobre a cabeça até que toda a sujeira da prisão sumisse. Sequei o cabelo e o corpo com uma toalha branca. Sua maciez e calor me trouxeram à lembrança as mãos ásperas de minha mãe. Ela prendia meu corpo com firmeza entre as pernas, massageava minha cabeça com azeite de oliva, penteava meus cabelos divididos em duas tranças, depois me batia no ombro e dizia: "Vista sua *madraqa* e vá correndo para a escola! Não quero que seja analfabeta como eu." A senhorita Nailah me ensinou a decifrar os caracteres árabes e a reuni-los para formar palavras.

– Cabeça, cabeças. Repitam comigo!

Eu memorizei uma palavra, depois mais outra, até acabar alfabetizada. Na prisão, depois que comecei a falar e a ler jornais velhos para as detentas, eu costumava alterar as parcas notícias para fazê-las rir. "Um honorário jumento se casou com uma casta macaca e deram à luz um guarda de prisão." "Uma flor que murchou: com o coração cheio de pesar, anunciamos a morte de nosso gato Mishmish." As notícias alteradas costumavam arrancar uma salva de palmas. Então eu comecei a aprender outra língua. "Quisera que a senhora pudesse me ouvir, Mãe, lendo em *inglese*." Eu via os lábios de minha mãe se juntarem num estalar à maneira dos beduínos: "*Tzu*! Analfabeta você não é mais. Encrencada você está. Falar várias línguas não alivia o peso do coração."

Círculos de luz continuavam a encher o banheiro do convento como pequenos arco-íris. Vesti a calçinha e o sutiã, que eu nunca tinha usado antes. Vesti a calça jeans e a camiseta que Françoise tinha me dado, prendi os cabelos num rabo-de-cavalo, amarrei meu véu branco em torno da cabeça e saí do banheiro: uma nova mulher, limpa e desajeitada, consciente do elástico apertado em dobro dos quadris e do peito. O sol brilhante me recebeu quando eu saí pelo portão principal. Protegendo os olhos, olhei para baixo. O mar verde-azulado se estendia aos pés das altas montanhas marrons. Senti o cheiro do solo fértil e do mar salgado. Aspirando todo o ar fresco possível, saí andando atrás de Françoise, com os toscos sapatos que ela tinha me emprestado.

O vinhedo se expandia até o final do horizonte. Vestidas de marrom e branco, dezenas de jovens freiras ocidentais estavam cavando o solo ou regando as plantas. Todas cantarolavam uma canção estrangeira e trabalhavam em uníssono.

– Elas não deveriam estar regando as parreiras – observei.

– Por quê? – perguntou Françoise.

– Porque elas não precisam de muita água. Se você quiser colher uvas doces, não deve regar em excesso.

Seus olhos escuros estavam sorrindo quando ela disse:

– É claro, você era lavradora.

– E pastora – acrescentei.

Agora meu único contato com o cultivo de plantas eram os vasos de violeta africana e trapoeraba. Eles ficavam no parapeito da janela de Swan Cottage, como uma interrogação. Eu os limpava, adubava e regava abundantemente. Para quem vivia nessa rua, um jardim estava fora de questão. A linha de trem e as garagens nos sitiavam. Pelo menos eu tinha uma boa vista do rio e dos morros; uma boa vista do jardim de outras pessoas. Em New North Road havia uma casa com um jardim grande e bonito. À noite, quando não havia ninguém por perto, eu ficava parada na calçada e enfiava a cabeça pela sebe para dar uma olhada nos canteiros de flores sazonais plantadas ali. A cada três meses, eles mudavam o desenho. Ao passar naquele trecho, dependendo da estação do ano, você sentia o perfume de madressilvas, lilases, urzes ou jasmins.

Eu acordei de manhã cedo, me lavei e troquei de roupa, tomei café com as freiras e fui dar um longo passeio, descendo o vale, depois subindo a montanha. Meus únicos companheiros eram o amuleto pendurado no pescoço e minha flauta de cana. Eu ficava observando o mar despertar ao ser tocado pela luz matinal, com suas cores mudando de cinza para coral, e daí para ouro, depois para turquesa, como o colar de minha avó, que era uma fileira de contas engastadas em prata. O sol combatia a escuridão do mar. A luz do sol levava a melhor, enchendo o ar de luminosidade. O céu azul-escuro, exausto, ficava verde-musgo em torno dos bordos. Esse era o momento de me juntar às freiras no parreiral. Eu caminhava em direção a elas tocando em minha flauta seu hino religioso francês. "Oh meu salvador! Oh meu amado!", elas cantavam em coro. Eu enrolava as mangas e a bainha das calças, tirava os sapatos e, descalça, começava a trabalhar na terra. "Olhem para ela", dizia Françoise, "ela arranca as ervas daninhas como um redemoinho".

O céu estava azul, com alguns trechos de nuvens. Agarrei minha bolsa e corri para fora de casa, batendo a porta. Queria que Liz soubesse que eu tinha saído. Minha amiga Gwen, que normalmente me esperava nas manhãs de domingo, morava no número 18. A porta tinha uma placa de bronze com a inscrição "Docendo Discimus" e lhe foi presenteada pelas colegas quando ela se aposentou. Ela explicou que a inscrição era em latim e significava "aprendemos ao ensinar".

Quando me mudei para a casa de Elizabeth, comecei a passear pelo rio todo domingo. Certa vez, quando eu estava atravessando a rua, vi uma senhora idosa se abaixar para pegar a bengala, então eu a peguei para ela.

– Muito obrigada – ela disse e ajeitou o cabelo penteado no salão.

– De nada – respondi com um sorriso.

– Você mora aqui perto?

– Moro, sim, no número 15.

– Você está indo passear no rio?

– Estou.

– Você se importa se eu for junto? – perguntou sorrindo.

Naquela tarde não paramos de conversar. Falamos sobre a cor do arco-íris debruçado sobre o rio, sobre um cachorro de Gwen que estava muito velho e doente e precisava ser sacrificado, sobre meu chefe Max e sobre amigos ausentes.

Assim que bati à porta, ouvi Gwen arrastar os pés e se demorar abrindo a corrente e a fechadura da porta.

– Bom dia, linda – eu dizia e lhe dava um beijo na bochecha.

Ela sorria, ajeitava os óculos em cima do nariz e me abraçava.

– Pode entrar, Salma. Chegou bem na hora do chá com biscoitos.

Eu me sentava na cadeira da cozinha e ficava observando-a fazer o chá, gordinha e vestida de avental. Ela tinha sido diretora de uma escola secundária em Leeds, cidade que descrevia como feia, bonita, paradoxal e industrial; resolveu se aposentar e morar em Devon. Comprou sua casa geminada, colocou todos os pertences numa picape alugada e saiu dirigindo pela estrada afora.

– Gwen, por que não se senta? Deixe que eu faço o chá.

– Não, eu vou ficar dependente de você. Não posso aceitar isso – ela disse em seu sotaque cantado do país de Gales.

Corada e exausta, colocou a bandeja sobre a mesa da cozinha. Quando limpava os óculos no avental e suspirava, eu sabia que podia começar a falar.

– Eu trouxe geléia de morango francesa e um livro de George Eliot para você.

– Ah! É muita gentileza, mas você não devia me trazer presentes. Não com seu salário.

– A geléia é um presente, mas o livro, não. Você me pediu para lhe comprar *Daniel Deronda*, se lembra?

Ela sorriu e tirou do bolso do avental uma nota de cinco libras. A cozinha era fria e escura, com uma só janela que dava para a ferrovia. Nós nos sentávamos lá para tomar chá e comer nossos biscoitos de coco. O filho dela, Michael, era sempre o centro de nossa conversa aos domingos. Michael tinha feito isso, Michel tinha feito aquilo.

– Ele me mandou um cartão-postal, veja só. A torre Eiffel, mas de cabeça para baixo e usando um par de tênis. Ele está de namorada nova – contava Gwen, ajeitando com a mão trêmula os cabelos grisalhos e curtos.

– É mesmo? E ela é legal?

– Deve ser. Eles foram juntos a Paris.

Tinha ido à França, mas vir a Exeter era caro demais para ele. Para evitar dizer alguma coisa que pudesse magoá-la, eu falei num rompante:

– Ele deve estar feliz.

– Sim, Salma, ele deve – ela disse e puxou para trás das orelhas as pontas dos cabelos grisalhos e curtos.

Quando eu estava grávida esperando você, Layla querida, minha mãe me pediu que eu fosse embora da aldeia antes que meu pai descobrisse. "Ele vai lhe dar um tiro entre os olhos, com a espingarda inglesa. Você tem que ir embora, filha, antes que a matem." Ela correu os dedos sobre meu rosto, murmurando versos do Corão, me beijou e depois me empurrou para longe dela. A senhorita Nailah segurou minha mão e saiu me puxando. De mãos dadas, fomos andando até a delegacia de polícia.

Agora eu moro na Grã-Bretanha. Tenho um emprego, um carro, um marido e uma casa grande. Eu sou rica, tão rica que poderia pagar uma faculdade para você. Um dia você vai me ver bem na sua frente. Tenho certeza de que meu coração reconheceria você, que lhe identificaria mesmo que você estivesse entre centenas de crianças.

Trabalhávamos nas vinhas durante horas, até o apito da madre superiora nos anunciar a hora do almoço. Nós nos reunimos no meio do vinhedo, em torno de uma mesa de madeira cheia de comida. Eu lavava o barro das mãos, pegava um prato e entrava na fila. Comíamos pão fresquinho, tomate das montanhas, pimentões verdes e queijo de cabra com tomilho e azeite. Eu comia depressa, com as mãos, enfiando na boca as fatias de tomate. As freiras riam de mim.

– Ninguém está perseguindo você com uma vara na mão, coma devagar – dizia Françoise.

– *Shwayy, shwayy?* – eu fingia não entender o árabe falado por ela.

Ela sorria.

– Você disse a sudoeste daqui?

– Sim.

Ela começava a recolher os pratos vazios e colocá-los sobre a mesa.

Quando as gaivotas voavam acima de nós, sabíamos que era hora de voltar ao trabalho e deixar os restos para elas.

– Você pode me levar para a sala de estar? – pediu Gwen em voz fraca. Segurei a mão dela e ajudei suas pernas, entrevadas pela artrite, a subirem o degrau entre a cozinha e a sala. Quando ela finalmente se instalou em sua poltrona, entreguei-lhe o livro que iria mantê-la ocupada por alguns dias.

– Veja o que eu teci para sua Layla.

Ela estendeu um casaquinho branco de bebê sobre o cobertor que lhe cobria os joelhos.

Olhei emudecida para o intricado motivo de flores e estrelas. Ela devia ter levado meses para tecê-lo com uma agulha.

– Mas agora ela já deve ter 16 anos. Mas é claro, que tolice a minha!

Segurando suas mãos envelhecidas, eu procurei aquilo que me era familiar em seus olhos azuis, lábios trêmulos e perfume de alfazema. Percorrendo com os dedos suas veias saltadas e verdes, senti meu coração se acalmar e consegui conter as lágrimas.

"Havia, e não havia, nos tempos mais remotos, uma menina chamada Jubayyna. Eles a chamavam assim porque ela era branca como queijo de cabra. Tinha cabelos escuros, faces vermelhas como tomate e olhos grandes. Ficava sempre brincando no quintal com as galinhas, as cabras e os camelos. Todos eles amavam Jubayyna. Um dia, quando ela estava correndo atrás de um cachorro, o gigante mau a agarrou, atirou-a nas costas e levou-a prisioneira para seu castelo distante. Um dos camelos dela a seguiu, ficou parado no vale que cercava o castelo a começou a cantar:

Seu camelo, Jubayyna,
Uma vez ele grita, uma vez ele chora,
ele tenta romper as correntes.

O camelo gritou e guinchou. Jubayyna chorou e chorou até as lágrimas inundarem o vale que cercava o castelo." Nesse ponto minha mãe parava subitamente de falar.

– Mãe, o que aconteceu depois? – eu perguntava, engasgada.

– Talvez o camelo dela consiga salvá-la – ela respondia, me abraçava e me beijava, e depois me cobria com a manta branca de pele de carneiro.

Depois de lavar a louça e arrumar a cozinha, beijei a face de Gwen como sempre e fui embora. Caminhei pela transversal e continuei andando pela avenida, ignorando o caminho feito especialmente para pedestres. E se eu fosse atropelada por um caminhão? Será que alguém, em algum lugar, iria chorar por mim? Minhas mãos tremiam quando preenchi a ficha de doação de órgãos. Dêem qualquer parte de meu corpo, depois de minha morte, a qualquer um que precise dela. Entrar em contato com... Minha família não sabia de meu paradeiro, e eu não sabia do paradeiro de minha filha. Percorri a lista de pessoas que conhecia neste país: Parvin, a srta. Asher, Liz, o ministro Mahoney, meu chefe Max. “Em caso de emergência, contatar Gwen Clayton, King Edward Street, número 18”, escrevi. Se eu morresse, Gwen não conseguiria se virar sozinha e pediria ao filho Michael para ajudá-la, então minha morte talvez os aproximasse.

A srta. Asher, uma das irmãzinhas, a inglesa, que falava apertando a boca, sentou-se ao lado da cama e em seu árabe precário ficou tentando me convencer de que eu deveria ir com ela para a Grã-Bretanha, deixando o Convento das Irmãzinhas Ailiyya no Líbano. Eu era feliz ali.

Uma máquina de costura foi providenciada para mim e eu passava as manhãs trabalhando na vinha, e as tardes costurando fronhas, túnicas, roupas íntimas, anáguas, cintos, cúpulas de abajur e colarinhos. Copiava qualquer coisa que fosse trazida da França. Eu costurava e costurava, mas depois, ao pôr do sol, pegava minha flauta e caminhava para meu local favorito bem no alto da montanha, onde eu tocava músicas alegres, observando o sol mergulhar na água e ouvindo o tilintar das sinetas das vacas e o balido das ovelhas. Uma a uma, se acendian no vale as lâmpadas de querosene. Eu me lembrava de minha aldeia Hima, de minha mãe e minha professora, a srta. Nailah. Ela sem dúvida sairia nadando do castelo para a segurança, e seu paciente camelo iria carregá-la para casa.

Olhando para a tigela de madeira cheia de uvas pousada com segurança no largo parafeito da janela, eu disse à senhora inglesa:

– Não, eu não vou a lugar nenhum, senhorita, estou feliz aqui.

Arianne, a madre superiora, tentou me falar de Jesus, que tinha morrido para salvar o humanidade inteira. Pedi a ela que não me falasse sobre Deus. Ela parou, mas continuou a ser gentil e compreensiva. Tudo tinha sido arrancado de mim: minha dignidade, meu coração, minha carne e meu sangue. O rosto de minha mãe estava iluminado de amor quando me contou a história de Jubayyna. Ela passava o tempo todo me dizendo que eu era melhor do que os demais, até que acreditei nela, e então eu caí, e caí.

Até mesmo o camelo sabia o significado da amizade e dos vínculos.

Sempre que ia a pé para o centro da cidade pela New North Road, eu passava diante de um velho casarão branco, ao lado do clube de tênis, meu favorito por causa de seu amplo jardim. Enfiei a cabeça pela sebe para dar uma olhada nos canteiros de flores bem cuidados. Bem no meio havia uma macieira enorme, o tronco coberto de hera. As cortinas de renda branca das janelas antigas e pequenas flutuavam ao sabor da brisa. De repente, percebendo que a sombra negra junto ao portão era um rottweiler, ofereci-lhe minha cabeça. Ele começou a saltar e latir e então fechei os olhos, na esperança de que ele me rasgasse a carne, tira por tira, que me arrancasse os olhos das órbitas com suas patas negras, que me paralisasse com uma mordida de suas mandíbulas. "Quieto, Raider!", gritou uma mulher pela janela do andar de cima, e eu perdi a chance de terminar tudo.

Certa manhã, uma Françoise cansada e séria veio me visitar. Ainda era cedo e eu estava deitada na cama, tentando decidir se o grito que tinha ouvido era de uma gaivota ou de um corvo. Se fosse de um corvo, algum tipo de separação estava a ponto de acontecer.

– Salma, preciso falar com você.

Sentei na cama e lhe dei um sorriso de bom-dia.

Ela estava olhando para os pés quando me disse:

– Khairiyya me mandou uma carta hoje de manhã dizendo que sua família descobriu que você escapou da prisão. Seu irmão Mahmoud está à sua procura.

Mahmoud? Quando eu era pequena, ele sempre comprava para mim *rahat lokum*, o doce turco de fécula, mas alguns anos depois começou a puxar meus cabelos com seus dedos finos e morenos. Minha mãe o observava com aflição. Sentei-me na cama.

– A Irmã Asher, que é uma das nossas, quer que você vá com ela para a Grã-Bretanha. – Cobri os braços com os lençóis brancos. – Lá você vai ficar mais segura.

Eu queria cobrir a cabeça com o edredom e ficar só deitada e imóvel na escuridão.

Ela esfregou o olho esquerdo e disse:

– Nós não podemos correr nenhum risco. Um policial visitou Khairiyya recentemente e perguntou a ela pelo paradeiro de todas as moças que nós conseguimos salvar. Você tem de ir embora para a Inglaterra com a srta. Asher.

– *Hinglaand? Fayn hinglaand?*

– É longe o bastante – respondeu Françoise e esfregou o olho esquerdo. Se o olho esquerdo tremesse, então a separação estava próxima. Ela pendurou no pescoço o longo rosário de madeira e puxou a borla para baixo.

– *La ma widi hinglaand* – eu disse e a abracei.

– Eu sei que você não quer ir, mas vai aprender a gostar, *habibti* – disse Françoise.

O edifício de concreto cinza da biblioteca pública de Exeter parecia uma caserna, mas suas janelas de vidro brilhavam à luz morna do sol. Quando abri a porta, fui recebida por um súbito silêncio educado, então, pigarreei e disse à bibliotecária de meia-idade: "Eu gostaria de me inscrever na biblioteca", mas minha pronúncia soava inadequada. Eu temia ser rejeitada. Ela procurou um formulário. Um folheto de prevenção contra aids com a inscrição "Mulheres soropositivas: chamem-nos..." estava preso com alfinetes no quadro de aviso. Esperei que a bibliotecária, que estava remexendo nas gavetas, encontrasse uma desculpa para me negar a inscrição. Você é estrangeira, não temos um número nacional de seguro social para você; você não pode entrar. "Mas eu não sou portadora de visto de permanência indefinido, nem portadora de visto temporário, como os albaneses", eu repetia como um mantra, "eu sou cidadã britânica." Jurei lealdade à rainha e a seus descendentes. Ruborizada e constrangida, ela fez um formulário para que eu preenchesse. Senti tanta gratidão por me permitirem a inscrição, por ser tratada como eles, que deixei cair o formulário e a caneta sobre seus reluzentes sapatos pretos.

Eu estava enrolada num cobertor e sentada no chão quando a srta. Asher, a irmãzinha inglesa, anunciou:

– Mudei seu nome para Sally Asher e consegui um documento temporário para você.

Pus a cabeça para fora das cobertas e vi uma mulher de meia-idade e óculos de armação prateada, sandálias de couro e camisa cinza abotoada até o pescoço. A expressão no rosto dela era semelhante à do Jesus crucificado na parede do grande salão.

– Um advogado de Beirute preparou os papéis de adoção para mim. A seção de vistos não gostou da idéia de adoção de alguém na casa dos vinte. Tive uma longa conversa com o embaixador, que é um fundamentalista secular, e contei a ele que você tinha perdido todos os parentes no sul do Líbano e todos os seus documentos, e que estava sofrendo de um sério distúrbio psicológico. Jesus tomará conta dela e nós lhe daremos uma família – ela se persignou e acrescentou: – eu mostrarei a ela os caminhos do Senhor e lhe ensinarei inglês.

Françoise estava traduzindo o que sua irmãzinha inglesa dizia. Agarrando com força minha flauta de cana, eu ouvi em silêncio.

– Aqui estão seu passaporte libanês temporário e seus documentos de viagem. Às três horas nós iremos tomar o barco para Chipre.

Olhei para a camisola branca com bolsos floridos que estava fazendo para Françoise e a grande tigela de uvas e repeti como um papagaio:

– Mas eu estou feliz aqui.

Françoise esfregou o olho esquerdo, segurou com força minhas mãos e disse:

– Filha, você tem que entender que sua vida está em perigo. Você tem que ir embora.

Meteu a mão no bolso da túnica marrom e exibiu um fragmento de céu azul.

– Este colar de turquesas pertence a meu passado distante nas ruelas de Paris. Quero que você fique com ele.

Toquei nas frias contas azuis montadas num pendente de prata e imaginei como seria Paris.

– Eu agradeço muito – eu disse e enfiei o colar na trouxa.

Sentei-me em uma das cadeiras e coloquei sobre a mesa um grande livro ilustrado. A biblioteca estava silenciosa antes da correria do horário de almoço. Uma velha senhora grega, usando um vestido preto de saia larga, uma echarpe negra atada na cabeça, estava pacientemente varrendo o quintal de seu velho chalé branco.

A Grécia oculta era o nome do livro. Qualquer dia desses eu iria até lá tocar minha flauta para as ovelhas, correr atrás das galinhas, perseguir o cachorro e andar a cavalo. As paredes caiadas do mosteiro mantinham isolado o calor do sol. Fechei o grande livro negro e olhei para as cabeças inclinadas dos leitores na biblioteca. Eles sorriam uns para os outros, se cumprimentavam, mas nunca diziam o que o povo de Hima costumava dizer aos estrangeiros: "Por Alá, você tem que almoçar conosco. Não aceito não como resposta."

Arianne, a madre superiora, fez uma prece especial para mim. Abracei-as com força, beijei Françoise, cujas lágrimas escorriam pelo rosto, e desci o morro a pé com a srta. Archer. Tinham me dito que Mahmoud, meu irmão, estaria ali a qualquer momento, sua adaga amarrada ao cinto, a espingarda carregada. Era melhor eu me apressar, insistiam. Mesmo enquanto caminhava em direção ao mar, eu conseguia ouvir seus hinos franceses e ver o oscilar de suas velas acesas. As gaivotas estavam pairando sobre nós como nuvens brancas. Um táxi nos esperava; antes de sentar no banco do passageiro, olhei para cima e acenei para o convento com suas janelas de vidro pintado e Jesus crucificado.

A srta. Asher me puxou pela manga.

– *Let's go.* Vamos embora.

– *Lits goo* – repeti. Aquelas foram minhas primeiras palavras em inglês.

PÊSSEGOS E SERPENTES

O ALBERGUE DE mochileiros estava em completo silêncio. Seus residentes tinham finalmente ido dormir. Enquanto observava os reflexos oscilantes das luzes alaranjadas da rua sobre as cortinas sujas, eu ouvia os suspiros abafados de Parvin, vindos da antiga cama militar. Ela devia estar chorando. Fervi água na chaleira e lhe preparei uma xícara de chá.

– Senhorita, aceita um chá?

Ela olhou para mim com os olhos inchados e vermelhos e disse:

– Não quero seu chá.

Recolhi a caneca quente.

Ela começou a chorar e a repetir:

– Desculpe. Sim, eu aceito, obrigada. Desculpe.

– Beba – eu disse e ela segurou a caneca e tomou um pouco do chá.

– Doce demais – observou.

– Só quatro colheres – respondi.

Depois de tomar o chá até a última gota, ela se sentou e perguntou:

– De onde você é?

– Sobre o mar.

– Você é árabe?

– Sim, beduíno eu.

– Puxa! Uma fodida de uma árabe beduína!

– Eu fodida não permissão – declarei.

Ela sorriu.

Pousou a caneca, endireitou-se na cama, colocou travesseiros atrás da cabeça e suspirou. Disse que não sabia como tinha acabado naquele chiqueiro. O pai dela quis casá-la com um canalha ignorante do Paquistão. Ela tentou dissuadi-lo, implorou à mãe, mas não, ou ela obedecia ou ele iria renegá-la oficialmente. "Parvin não é minha filha." Ela fugiu e acabou indo parar num refúgio dirigido por mulheres paquistanesas, não distante de Leicester, cidade onde morava, mas as mulheres a aconselharam a se mudar mais para o sul, porque algumas das garotas abrigadas ali haviam sido seqüestradas.

– "Seqüestradas" é o quê? – perguntei.

– Eles as levam dali à força. Empurram as meninas para dentro de um carro e as levam embora – explicou.

As únicas palavras em inglês que me vieram à mente naquele momento foram:

– Perturbe seu coração.

Embora seus olhos cor de avelã estivessem brilhantes de lágrimas, ela sorriu e perguntou:

– Perturbar meu coração?

– Não. Não perturbe – respondi.

Ela apertou a cabeça com as mãos e começou a chorar.

– Qual é seu nome?

– Meu nome desgraçado é Parvin – revelou, e limpou as lágrimas com as costas da mão esquerda.

– Eu muitos nomes. Salma e Sal e Sally.

Parvin recomeçou a chorar. Sentei na cama a seu lado e coloquei as mãos entre os joelhos. Ela era magra e baixa, com cabelos negros lisos e brilhantes e grandes olhos cor de avelã, ocultados por cílios baixos, que eram cheios e curvos. Tinha o nariz pequeno e lábios cheios que permaneciam parcialmente abertos, mostrando na frente um dente com um canto quebrado. Ela estava usando *shawar kameez*,*
que enfatizava sua pele escura e sua forma angulosa.

– Parvin, pára chorar, por favor. Suas lágrimas ouro – que era o que minha mãe dizia sempre que eu chorava.

Ela me ignorou.

---

* Roupa tradicional composta de calças largas de boca estreita e camisa ou túnica longa, aberta nas laterais. (N. da T.)

Eu me levantei e fui me sentar na minha antiga cama militar. O que me trouxera aqui? O que a trouxera aqui? Quem velava por ela?

No crepúsculo o pequeno porto parecia assombrado, com barcos cobertos de redes e de pedaços sujos de tecido. O velho pescador libanês cuspiu na água e depois começou a praguejar ao nos ver chegar. Estávamos atrasadas. Joguei a trouxa no barco e depois apoiei o pé na borda para entrar. Quando apoiei o pé no fundo do barco, ele começou a balançar. Agarrei a mão firme da srta. Asher. Quando as duas estávamos sentadas no banco de madeira, no interior da pequena cabine, o velho pescador esfregou as mãos nas largas calças pretas bufantes e puxou a cordinha do motor. Este começou a ronronar e subitamente o barco inteiro começou a chacoalhar.

"*Yala*", ele gritou e o barco correu veloz pelas águas. Segurei na mão da srta. Asher para me equilibrar. Quando consegui olhar para trás, pela portinhola, não consegui ver nenhuma janela acesa, embora já estivesse escuro, e o convento parecia uma grande águia escura, de asas estendidas, bico aberto, empoleirada no alto da montanha.

Minha saia, a blusa, a roupa íntima e lenços de papel usados estavam espalhados por todo o chão do quarto. Qual era o sobrenome de Jim? Todo esse tatear no escuro, só para nos esquecermos por alguns minutos de quem éramos. A cama estava desarrumada, e o forro do colchão, manchado. O quarto estava abafado e cheirava a suor e sálvia. Empurrei a janela para abri-la e me sentei na cama. Pendurada ao lado do espelho indiano, a bolsinha de couro que continha a carta de minha mãe, dobrada em torno de sua mecha de cabelos, parecia um amuleto. Minha proteção tribal tinha sido removida, meu sangue tinha sido derramado e meus braços tinham se aberto em feridas vermelhas. Um calafrio me percorreu, como se eu tivesse apanhado uma súbita friagem. Uma brisa gelada da noite entrou pela janela. Vesti um suéter e comecei a tirar toda a roupa de cama. Coloquei toda a roupa suja e os lençóis na máquina de lavar, no banheiro, e girei o controle até 90°, para ultrabranco. Sentei-me na tampa do vaso observando as roupas serem atiradas de um lado para outro na água com sabão, girarem, depois serem novamente atiradas. Por fim, o zumbido e a vibração da máquina centrifugando a roupa sacudiram o velho piso de madeira.

Eu queria poder colocar a mim mesma no meio da roupa lavada para sair na outra ponta "estalando de limpa", sem manchas secas nem atos obscuros. Sem aprovação dos mais velhos, sem documentos, sem um contrato de casamento, eu fui em frente e dormi com um desconhecido. Eles deviam me cortar em pedaços e deixar cada um deles no alto de um morro para as aves de rapina.

– Salma – chamou Liz do patamar –, preciso do banheiro. Faz uma hora e meia que você está aí dentro.

O som ritmado dos pilões de Hima moendo os grãos torrados de café era um dos primeiros sinais dos casamentos a se realizarem. Este ano era a vez de Aisha. Um agricultor moreno do vale tinha vindo buscá-la em sua carroça. O dote dela era um pedaço de terra fértil junto ao rio. Eu não tinha certeza se deveria ir ao casamento, mas minha mãe disse que, se eu não fosse, as velhas línguas começariam a se agitar. Na sexta-feira eu fui para a tenda das mulheres, cumprimentei a todas, depois me sentei no chão com as outras mulheres da tribo. Fazia tanto calor que o suor me escorria nariz abaixo. Eu era jovem, solteira e estava grávida. A corrida de cavalos enchia a aldeia de nuvens de poeira e gritos de vitória ou derrota. Aisha foi para a venda com o marido. Os homens se deram as mãos e começaram a se inclinar e cantar em uníssono: "*Dhiyya, Dhiyya, Dhiyya*", até que suas vozes não passavam de uma ofegante aspiração e exalação do ar. Um menino veio entregar a eles um lenço branco, e então pararam de cantar e dançar e começaram a dar tiros para o ar, celebrando a honra de Aisha, sua pureza, sua boa sorte. De repente, entre os gritos alegres e ululantes, ouvimos a mãe de Sabha gritar:

– Sabha foi morta a tiro. Ah, meu irmão! Sabha foi morta a tiro.

Sabha era minha colega de escola. Alguns sussurros no escuro se transformaram num boato e depois se converteram num tiro na cabeça. Engoli em seco. Agachada a meu lado, uma velha vestida de branco que fumava seu longo cachimbo murmurou:

– Que faça boa viagem! Limpamos nossa vergonha com o sangue dela!

Ouça o galope dos cavalos, o barulho das adagas sendo retiradas das bainhas, o pio das corujas de cara achatada no escuro, os morcegos batendo as asas, os passos cautelosos, a túnica *abaya* farfalhando ao vento, o ruído sibilante da adaga afiada cortando o ar. Sinta no ar o suor dos assassinos. Escute quando o braço dele agarrar você pelo pescoço e o puxar para trás, a adaga dele cortando a carne e quebrando ossos para alcançar o coração. Ouça o sangue vermelho borbulhar para fora de seu corpo e ficar pingando sobre a areia seca. Ouça as convulsões de seu corpo no chão. Vozes ululantes. Um grito. O rasgar de *madraqas* negras. O ruído rítmico de golpes no peito. Um derradeiro estertor.

A srta. Asher se sentou à luz do lampião de querosene, lendo em voz alta seu evangelho em inglês. O pescador Ali estava cantando em árabe sobre terras longínquas e estrelas solitárias. Sua voz rouca subia e descia com as ondas. Sentei-me aninhada contra a madeira fria, olhando pela janela redonda em busca de sinais de Chipre. A neblina e as ondas me diziam que estava me deslocando para cada vez mais longe de meu país, de minha mãe e, principalmente, dela. O xale preto de minha mãe estava bem apertado em torno de meus ombros, mas eu ainda sentia frio. Sempre que eu apanhava de meu irmão Mahmoud, minha mãe ficava acariciando minha cabeça para me acalmar. "Tudo bem, criança. Está tudo bem, princesa." Ela desmanchava minhas tranças, ungia minha cabeça com azeite, corria os dedos entre meus cabelos, afagava meu rosto com seus dedos ásperos, alisava minhas orelhas, massageava minhas mãos.

– Você é tão fofinha e sadia, Salma, que me dá vontade de morder.

Enquanto eu costurava bainhas, dobrava colarinhos e passava a ferro ternos azul-escuros na Lord's Taylors, sob os olhos vigilantes de meu chefe, Max, sonhava com a brancura. Sentada numa nuvem de vapor e amido, eu sonhava com a felicidade. Sentar na lanchonete de uma loja de departamentos, passando manteiga nos pãezinhos, bebendo meu chá quente e olhando para vestidos e sapatos coloridos em exposição, como se eu pertencesse àquele ambiente. Enquanto eu passava a ferro vestidos e camisas, ia lendo as etiquetas: Dream Weekend, Evening Lights, Country Breeze. Sentada numa nuvem de vapor, eu sonhava com fins de semana em mansões do campo, chá com a rainha e brancura. E digamos que eu acordasse uma manhã transformada numa beldade loura sem mamilos, como aquelas que exibiam as pernas no tablóide *Sunday Sport*, que era o único jornal lido por Sadiq, o dono do depósito de bebidas. E que tal se eu ficasse branca como o leite, como as gaivotas, como as nuvens passageiras? *Puf*! Meu passado de pecados iria desaparecer, um cirurgião iria cortar parte da minha mente e meus mamilos feios! Eu me tornaria branca, exatamente como Tracy, que trabalhava e falava sem parar, enquanto segurava com a boca os alfinetes e as agulhas. Nada mais de indesejáveis cabelos negros; nada mais de "como foi mesmo que você disse que se chamava?"

A travessia do convento Ailiyya até Chipre não levou muito tempo. Havia escurecido quando chegamos e a praia estava deserta, exceto por alguns homens que gritavam em grego. O pescador Ali, que cantou tristes canções durante todo o trajeto, estava amarrando o barquinho no porto. A irmã Françoise tinha me dito que Chipre era uma ilha bonita, com boa comida e gente alegre que tocava o *bouzouki** e tomava uma bebida de anis chamada uzo. "Sua flauta e o *bouzouki* são semelhantes: produzem músicas tristes." Apertei o nó do véu e saltei fora do barco, feliz por poder pisar em terra firme novamente. Apesar da brisa fria, a areia estava quente. Fomos recebidas por uma mulher que se parecia com a srta. Asher. Tirei os sapatos e andei descalça atrás das duas. "Estilo beduíno", disse a irmã à outra mulher. Fomos andando pela praia até alcançar um edifício dilapidado. "Sun Holiday Flats", anunciou a mulher que se parecia com a srta. Asher. Novos blocos idênticos de apartamentos estavam construídos em torno de um pátio interno que tinha no meio uma treliça com trepadeiras. Como em Hima, o ar cheirava a promessas não cumpridas, mel derramado e desilusão. Eu estava pronta a romper em lágrimas quando ouvi a voz sonolenta do senhorio:

– Olá, olá,** vocês boa viagem?

– Sim, muito obrigada – respondeu a srta. Asher abruptamente. Ela estava cansada.

As lâmpadas da rua, do lado de fora do albergue, tinham sido apagadas, mas eu ainda estava inteiramente desperta, inspecionando as feridas que tinha nos braços e nas pernas. Parvin estava se remexendo na cama. Fui até lá e tornei a cobri-la com a manta que escorregara

---

* Instrumento de cordas semelhante ao bandolim. (N. do E.)

** "Khello, khello", em grego no original. (N. do E.)

para o chão. As cortinas estavam fechadas, mas o som distante e intermitente do tráfego enchia o quarto. Ouvi alguém gritar no quarto ao lado, como quem está tendo espasmos ou dando à luz. O vento soprou a cortina, que se inflou. Por baixo dela se destacavam dois pés morenos calçados em sandálias de couro. O sangue me escorria pelas pernas abaixo. Agarrei com força o travesseiro. Quando o cavalo quebrou a perna e ficou no chão arfando de dor, meu pai puxou a arma e o matou a tiro. Era seu cavalo favorito, o cavalo que estava com ele desde que era garoto, o cavalo que o levava à cidade mais próxima uma vez por mês. Ele amava aquele animal, porém o matou a tiro. Eu olhei para a figura escura por trás da cortina e disse:

– *Yala tukhni w khalisni.* Será minha libertação.

Parvin virou a cabeça, depois apertou os olhos e perguntou:

– Com quem você está falando?

– Alguém quarto me olha.

Ela se levantou, olhou embaixo das camas, atrás do guarda-roupa e do lado de fora da porta.

– Atrás das cortinas – disse.

Ela puxou as cortinas para abri-las e não havia nada, nem Mahmoud, nem sandálias, nem espingarda.

– Ele deve pulou janela – expliquei.

– Como diabos ele poderia passar por uma fenda de pouco mais de dez centímetros? Ele deve ser um acrobata, um gato – ela me recriminou.

– Não vê como estou doente? – insisti, estendendo os braços para que ela visse as feridas.

Ela se sentou, puxou a franja para trás e disse:

– Salma, você não está doente.

– Estou, estou sim – insisti e comecei a chorar.

Ela estendeu a mão para tocar em mim.

– Fique longe. Posso contaminar você – protestei.

"Alá é o criador e o destruidor. Às vezes você é quebrado, às vezes é consertado." Enquanto a srta. Asher estava de joelhos, rezando para a cruz de madeira escura acima da cama, abri a porta da varanda e fui lá fora fazer minhas próprias orações. Ouvi dois gregos conversando. O mar escuro estava coberto de espuma branca, como se as ondas estivessem lutando entre si. Aspirei o ar carregado do perfume de azeitonas maduras e flores de laranjeira. Lá, além do horizonte, estava minha aldeia, Hima. Lá na margem oposta viviam minha mãe, minha amiga Noura, minha lacônica professora, a senhorita Nailah, e... e meu pai. "*Lyeesh? Lyeesh?* Por quê? Por quê?", murmuravam as ondas. Segurei com força o balaústre branco da varanda. Meu coração se debatia dentro do peito como uma galinha degolada. Eles estavam tão perto na escuridão, porém tão longe. "Fique calada!", disse a srta. Nailah. "Mamãe", ela gritava. Ela estava gritando por mim. "Eu encomendo você à proteção de Alá, nosso criador e nosso destruidor, filha", dissera minha mãe. "Eu nunca mais vou andar de cabeça erguida enquanto ela respirar", declarou meu pai.

Sem família, sem passado nem filhos, como uma árvore sem raízes, eu me sentei no café bebendo meu chá agora frio. Era minha hora de almoço e eu precisava tomar um pouco de ar fresco. O cheiro da goma e do tabaco enchia meus pulmões e se grudava no interior do nariz, nas roupas e nos cabelos, deixando-os ainda mais arrepiados. Na mesa ao lado, uma família estava almoçando: uma mãe de meia-idade com um rosto sem rugas e forma esbelta; um pai de meia-idade, com aparência de quem mal completou vinte anos; e dois filhos, um menino e uma menina, que sorriam educadamente para os pais enquanto comiam quiche e salada de garfo e faca. "Para os sem-teto essa sensação de segurança era impossível." Essa é mais uma expressão da Universidade Aberta que eu peguei de uma palestra na televisão sobre a dinâmica da família. A srta. Asher me havia recomendado consolidar o meu conhecimento pelo uso dessas palavras e expressões em situações de vida real. "Impossível", eu repeti depois de ouvir a palavra, para memorizá-la. Fui até o balcão pedir mais chá e a moça cansada atrás dele me perguntou:

–Tem dinheiro trocado?

– Dinheiro trocado – eu disse – era impossível.

– O quê?!

– Trocado, não. Perdão, mil perdões.

Minha mãe me observava. Segurei com as duas mãos o pêssego maduro e cravei os dentes nele. Era vermelho e aveludado por fora, e laranja por dentro. O sumo começou a escorrer pelo meu queixo. Quando vi a expressão de minha mãe, eu ri e continuei comendo. "Você parece um coelho, mastigando, mastigando o tempo todo." Sacudi minha cabeça de dez anos de idade e peguei outro pêssego. Ela pôs no chão as ervas daninhas e limpou meu rosto com a ponta da manga. "Tão faminta pela vida quanto um gafanhoto, mas você não deve morder tudo que encontrar. Um dia pode mastigar uma serpente e ela vai picar você."

A cascavel cravou as presas em meus braços e soltou seu veneno, mãe. Sentada num banco do átrio da catedral eu observava o pôr do sol. Um grupo de crianças estava rolando na grama; seus cabelos louros brilhavam à luz dourada do sol. Apertei as mãos na barriga para fazer parar as cólicas. Era o terceiro dia em que eu tomava o remédio, mas meu estômago montanhês se recusava a se ajustar. Pouco depois de nos conhecermos, abri meu coração a Parvin e lhe contei sobre Mahmoud à espreita, no escuro, onde quer que eu fosse. Ela me arrastou para o médico, que prescreveu um remédio que me ajudasse a dormir e me deixasse mais feliz. Ele também me deu um bálsamo para passar nas feridas. As mães das crianças estavam sentadas na grama fumando um cigarro enquanto observavam as brincadeiras dos filhos. Mais uma onda de náusea me dominou. Corri para a lata de lixo e vomitei.

– Ela bebeu um pouco demais – gritou para mim uma delas.

– Não na frente das crianças – disse outra.

Limpei a boca, enxuguei a testa e me deitei ofegante no gramado.

Parvin e eu e percorremos os becos atrás do pátio da catedral, atravessamos a rua movimentada, abrimos uma porta de madeira e perguntamos à recepcionista pelo dr. Charles Spenser.

Ela nos olhou de mãos dadas e disse:

– Por favor, queiram se sentar.

Minutos depois, chamou:

– A sala do dr. Spenser é a segunda à esquerda no andar de cima.

Parvin, que lia uma revista feminina, fez sinal para que eu fosse.

Subi as escadas e bati na porta.

– Pode entrar – ele disse num elegante sotaque inglês.

Abri a porta, fechei-a atrás de mim e fiquei bem ali no meio do consultório.

Ele ajeitou os óculos e olhou para mim desconfiado.

– Seu nome é Sally Asher? Que absurdo!

Fiz que sim com a cabeça envolta no véu.

– O que posso fazer por você, srta. Asher? – ele perguntou e pôs-se de caneta em punho para começar a escrever.

– Eu doente, doutor. Meu coração bate. Não sono – expliquei e puxei a echarpe branca para trás, descobrindo a testa quente.

Ele se empertigou, ajeitou a gravata e perguntou:

– Algum sintoma físico?

– Doente sim. Braços e pernas, veja – estendi o braço para que pudesse examiná-lo.

Ele segurou meu braço fino e escuro em sua mão gorda e branca e examinou as feridas.

– Isto é psoríase, nada mais. Uma afecção da pele. Nada grave.

– Suor, coração bate, não consigo dormir.

Ele deixou minha mão cair e disse:

– Se seu coração está batendo, então deve estar em boa condição. É isso que se espera que ele faça.

– Mas eu doente. Por favor. Hoje viva, amanhã morta, eu – implorei.

– Já lhe disse que não há nada errado com você. Faça o favor de não desperdiçar meu tempo e o dinheiro do governo.

Dando-lhe as costas, segurei a fria maçaneta da porta, abri-a e saí dali.

Tratei de andar nem muito devagar, nem depressa demais, por causa da srta. Asher. O passeio era velho e desgastado, era só uma trilha coberta de lajotas de concreto, com uma amurada baixa. Havia alguns prédios espalhados pela área e um quiosque que vendia refrigerantes, cigarros e jornais no idioma cipriota, que eu não entendia. Na prisão nós fazíamos uma festa toda vez que recebíamos um jornal. Varríamos o piso, passávamos pano e depois abríamos o jornal cuidadosamente sobre ele. Noura retocava a lápis as sobrancelhas arqueadas, passava um pouco de batom e penteava a lustrosa cabeleira negra; madame Lamaa amarrava seu lenço cor-de-rosa com capricho em torno da cabeça, cuidando de cobrir bem todo o cabelo grisalho, e eu, a mais jovem e a única detenta que sabia ler, colocava meu véu. Eu abria o jornal na página de obituário e lia em voz alta todos os nomes.

– *"Anunciamos a morte de nossa amada mãe al-Hajja Amira Rimawi. A Alá pertencemos e a ele retornaremos."*

Madame Lamaa dizia:

– Se minha irmã morrer, eles nunca vão me contar. Eu nunca vou saber de nada.

– *"Munira al-Hamdan"* – eu li e parei. – Noura, eu te contei a respeito de Sabha. O irmão deu um tiro nela e a matou durante o casamento, lembra? Pois bem, esta é a mãe dela.

– Não demorou muito para a mãe ir atrás dela – disse Noura.

O decadente castelo turco na praia parecia escuro e sombrio.

– O sultão turco mandou construir durante a época do Império Otomano, em 1625 – disse a srta. Asher. – Você quer entrar?

– Quero.

– Castelo – disse ela.

– Castelo – eu repeti.

Os portões eram grandes, feitos de resistente madeira entalhada.

– Arquitetura islâmica – ela observou.

O cheiro da vegetação enchia o ar. Havia um pátio interno repleto de árvores e arbustos que não tinham sido aparados durante anos. Uma videira se enrolava numa grande treliça. A srta. Asher afastou da testa, que brilhava, os cabelos curtos e grisalhos e apontou para a guarita do guarda. Quando chegamos l, o guarda apontou para meu véu e disse:

– Turca?

– Não – disse a srta. Asher.

– Não, isto – ele disse, apontando para meu véu branco.

– Por favor – insistiu a srta. Asher.

Ele fez sinal para que entrássemos, mas não parecia satisfeito.

Subimos as escadas para os aposentos do sultão e entramos diretamente no grande salão, onde ele ficava sentado no trono dando audiência à sua corte. O aposento estava cheio de cadeiras de veludo, divãs e almofadas, e no meio do cômodo havia um braseiro com cafeteiras de bronze. A tribo do sultão deve ter tido muitos visitantes.

Quando finalmente voltei para o albergue, já havia escurecido. Parvin estava pálida de preocupação.

– Por onde você andou? Eu a procurei por toda parte. Você também saiu sem a flauta e o colar.

– Fui dar uma volta.

– Olha, preparei um *curry* para nós.

– Não consigo comer. Tudo que entra, sai – eu disse e me sentei na cama.

– Tudo bem! Vou lhe trazer um caldinho – ela disse e saiu correndo.

Eu me deitei na cama e fiquei ouvindo o som do tráfego lá fora. Em meio ao burburinho eu ouvia um pardal piando, copos se chocando, cachorros latindo e de novo o ruído do tráfego.

Parvin destrancou a porta e entrou apressada, tirou o casaco, pôs a chaleira para ferver e se sentou em minha cama.

– Batata e aipo, sua sopa favorita – anunciou.

Encheu uma caneca de água fervendo, despejou nela o conteúdo do envelope e depois mexeu.

– Você vai adorar isto aqui – disse, segurando a caneca sob o meu nariz.

– Não consigo.

– Você tem que comer. Não pode tomar remédio com o estômago vazio.

Fiz que não com a cabeça.

Deitada ali na cama, tentava me envolver no calor delas, em suas vozes tristes. Eu precisava de uma corda que me puxasse para cima e de repente comecei a ouvir a cantiga delas.

"Low, low, low, lowlali", começamos a cantar, nossas vozes ricocheteando na parede manchada, tentando chegar ao mundo exterior, que havia anos nós não víamos. "Minha ausência tem sido longa", cantávamos em coro. Noura se pôs de pé, amarrou o xale em torno dos quadris largos e começou a se contorcer e se mexer ao ritmo marcado na vasilha de metal. Elevamos nossas vozes.

O guarda do plantão noturno começou a nos gritar desaforos.

– Todas vocês são putas! E ninguém se preocupa com vocês. Não passam de vagabundas baratas. Então por que não calam a boca?

"Low, low, low, lowlali", cantamos em coro.

– Se eu atirasse em uma de vocês, a família ia me agradecer – ele gritou.

Ao ouvir aquilo, madame Lamaa agarrou os peitos enormes, parou de cantar e começou a chorar. Noura lhe deu um abraço apertado e disse:

– O que ele sabe? Não passa de um rapaz da roça, pouco à vontade em seu uniforme.

– Um lixeiro com uma rosa na lapela – disse madame Lamaa.

– Um macaco dando pulinhos no escuro – secundou Noura.

– Fora da gaiola ele parece ridículo – completou madame Lamaa.

– Os japoneses estão chegando – disse Max, meu chefe, uma manhã, e passou a mão sobre os cabelos ralos, para garantir que ficassem bem grudados no lugar com gel. Ele deixara crescer as mechas finas, que usava puxadas para o alto e ao redor da cabeça, no intuito de cobrir a careca. Como uma onda, a franja estava sempre escorregando para baixo, e ele praguejava e tornava a pressioná-la de volta à posição.

– A Sock Shop voltou aos negócios, provavelmente comprada por uma empresa japonesa.

Balançou o jornal em minha direção e disse:

– Os japoneses estão chegando, e eles vão comprar minhas calças e me deixar sem elas antes que eu perceba.

Todo dia ele estava na expectativa de que um japonês viesse lhe oferecer um preço "fenomenal" por sua loja. E o que ele iria dizer? A resposta variava de um dia para o outro, dependendo de seu estado de ânimo.

– Tirem suas mãos estrangeiras imundas (não se ofenda) de minha loja e voltem para casa, seus comedores de cérebro de macaco.

Max tinha lido em algum lugar que cérebro de macaco era uma delicada iguaria no Extremo Oriente, então resolveu que todos os asiáticos eram comedores de cobras, macacos e jumentos. Em alguma outra manhã a resposta seria diferente:

– Este governo está jogando pingue-pongue com a gente. Um dia dizem que nós temos de pagar o imposto comunitário e nós dizemos que eles nunca deveriam introduzir a taxa única. Se um japonês oferecer um milhão por essa pocilga, faço as malas e me mudo para Gibraltar.

– Por que Gibraltar?

– É território britânico, não é mesmo?

MANTEIGA, MEL E COCOS

QUANDO SUBI, apressada, os estreitos degraus da escada branca de um navio grande, meu coração começou a bater. Alguns dias antes eu tinha visitado uma pequena igreja no interior da ilha com a srta. Asher. Ela começou a falar quase sem respirar, apontando para uns velhos instrumentos e estantes. Contou-me que o *Hellena* era um navio cargueiro, que levaria alguns pertences do convento de Chipre a Southampton. O capitão tinha garantido a ela e à "sua filha" permissão especial para viajar no barco dele. Famílias cipriotas se despediam de seus filhos, maridos ingleses bronzeados davam beijos de adeus em suas esposas e seus filhos, os marinheiros puxavam cordas e os carregadores passavam carregando baús de madeira e malas. Fiquei envergonhada de minhas lágrimas, porque senti que deveria tentar parecer animada, em consideração à srta. Asher, uma mulher que salvara minha vida. Quando vi lágrimas escorrendo por outros rostos, segurei com força o balaústre. A srta. Asher estava parada no convés cercada de caixas e malas. Coloquei minha trouxa colorida em cima do baú de madeira. Tocando o apito, o navio anunciou a partida.

Eu não queria comer. As cólicas eram tão fortes que me obrigavam a passar horas dobrada ao meio, deitada na velha cama militar. Parvin colocou a caneca de caldo na mesinha-de-cabeceira e começou a remexer na mochila, de onde tirou um pequeno gravador prateado. Colocou-o na mesa, procurou uma tomada e ligou o aparelho. Puxou uma sacola de plástico cheia de cassetes e selecionou um, abriu o gravador, colocou a fita e apertou um dos botões. Como aroma de café moído na hora, a música encheu o quarto. A letra da canção era tão clara, e pela primeira vez eu conseguia entendê-la. A cantora cantava em voz rouca sobre viagens sacrificadas, sobre desilusões e sofrimento. Quando Parvin começou a cantar junto, vi que ela conhecia as palavras de cor. A voz grave da cantora e a voz doce de Parvin se elevaram juntas no albergue. Parvin fingia que estava segurando um microfone. "Eu pisei na bola de verdade." Agora sua voz era alta e estridente. "Mas eu tomo chá e como biscoitos. Bebo e como. Bebo e como. Bebo o caldo todo e como o pão, e depois piso na bola de noooovo!"

Quando ela desligou o aparelho, segurei a caneca, agora fria, e comecei a beber.

A bordo do *Hellena*, a srta. Asher dormia no beliche e eu dormia num colchão no chão. Também nos habituamos a comer comida fria e pão dormido. A sala de jantar era pequena e cheirava mal. Os pratos, talheres, guardanapos e tigelas de açúcar eram colocados numa mesa lateral. Eu não sentia segurança no uso dos talheres, então comia pão e queijo e tomava chá. Uma mulher amável com três filhas aparecia às vezes no refeitório. A sra. Henderson, que trabalhava como enfermeira no hospital britânico de Chipre, estava viajando para casa em visita à família.

– Não consigo mais suportar o calor e o céu aberto. Mal posso esperar para sentir a chuva em meu rosto – comentou com um sorriso.

Deve ter percebido meu constrangimento, pois certa manhã chegou à minha mesa enquanto eu estava comendo o pão e se sentou.

– Meu nome é Rebecca e estas são minhas filhas, Margaret e Lucy.

Olhei-as e disse: "Prazer em conhecê-las", o que a srta. Asher havia me ensinado na terceira lição. As filhas dela manejavam a comida com muita facilidade e confiança.

Ela disse:

– Espero que não se importe com a pergunta, mas por que você come pão e queijo o tempo todo?

– Eu não sei como... – respondi movendo as mãos como se segurasse garfo e faca.

– Eu lhe ensino – prometeu.

A partir daí ela começou a me ensinar boas maneiras à mesa e inglês, enquanto no fundo as filhas riam encabuladas.

– Até que enfim você tomou banho – disse Parvin uma manhã. – Deve estar se sentindo melhor.

– Estou – eu disse enrolando os cabelos na toalha.

– Precisamos procurar emprego, mas primeiro eu preciso lhe perguntar sobre essa echarpe que você continua a usar.

– Pessoas olham para mim todo tempo como se doença – relatei.

Ela se sentou ao meu lado na cama e disse:

– Vai ser muito mais difícil conseguir emprego enquanto você insistir em usar isso. Meu amigo Ash, no meu país, foi despedido por causa do turbante dele, embora tenham dito que ele não cumpriu as metas.

– O médico disse excesso de passado.

– Sim, Salma, excesso de passado – repetiu, como se falasse consigo.

– Mas é muito difícil – eu disse.

– Sim, eu sei – admitiu.

Olhei para os mimosos sapatinhos acolchoados de cetim rosa pendurados na vitrine como um crescente. O sonho suave de bebês, halos rosados, canções de ninar e choramingos. Layla não tinha rosto, mas três anos antes eu tinha resolvido dar a ela um rosto. Eu a vestia, penteava seus cabelos, dava-lhe banho e mil beijos de boa-noite. "No filme, o projecionista reuniu todos os beijos que tinham sido censurados pelo padre e colocou tudo no mesmo carretel. Quando o garoto que ele amava muito voltou à cidade, o operador projetou para ele um carretel que tinha todos os beijos censurados", contou Parvin. Layla estaria profundamente adormecida em seu berço cor-de-rosa e eu me inclinaria para beijá-la. Uma Layla de três anos de idade estaria correndo atrás das galinhas e eu iria correr a seu encontro, segurá-la em meus braços e beijá-la. Layla estaria chorando, com medo de ir à escola pela primeira vez; eu iria abraçá-la, enxugar suas lágrimas com meu véu e beijá-la. Então Layla, uma adolescente, iria me contar sobre um garoto, como Hamdan, que ela tinha encontrado no caminho da escola; eu lhe afagaria as costas e depois lhe daria um beijo.

"O rapaz estava às lágrimas, olhando todos os beijos", mas eu continuei a andar com as costas retas, o rosto seco, os músculos tensos, envolta em minha capa de chuva.

A bordo do *Hellena*, inclinada sobre a balaustrada, eu observava, sem emoção, o mar remexido e ondulante. O navio empurrava para os lados as águas cinzentas a seu redor, formando linhas de espuma branca atrás de si. Sob o olhar crítico da srta. Asher, eu recebi as amáveis instruções de Rebecca sobre etiqueta à mesa e língua inglesa. Este era o pratinho do pão, estes eram a faca e o garfo do prato principal, esta era a colher de sopa, e esta, a colher de sobremesa. Eu tinha aprendido a encurralar a folha de alface, a cortá-la em pedaços, a colocá-la na boca e a comê-la com tanta má vontade como se estivesse de barriga cheia. Tinha aprendido a passar manteiga no pedaço de pão, segurá-lo com dois dedos e comê-lo com a sopa. Tinha aprendido a ser paciente e esperar que os demais começassem a comer, para então começar depois deles. Tinha aprendido a esperar que os outros parassem de falar antes de começar a falar. Tinha aprendido a começar cada conversa com uma observação sobre o tempo.

– Bom dia, Sadiq, o tempo hoje está ótimo – eu disse.

Ele apontou o dedo para mim, balançou o queixo para os lados e disse:

– Salma, Salma, você está virando uma *memsahib*. Logo você será inglesa também.

– Deixe de ser irônico – respondi, agarrando com firmeza minhas sacolas de compra.

– Ora, você até já esqueceu como se reza a Alá.

– E você? Passa o tempo todo rezando e depois vende bebida alcoólica para os infiéis!

– Negócios são negócios.

– E aí, o que você usa no cabelo para ele ficar tão brilhante? – perguntei para mudar de assunto.

– Óleo indiano chamado Sexy – respondeu, e correndo a mão sobre os cabelos lisos, sorriu.

– Me dê um pouco, então.

– Quer saber, Salma? Se você não fosse tão "coco"* eu tomaria você para segunda esposa.

– Segunda esposa? Você só pode estar brincando – respondi com um sorriso.

– Nós só precisamos mandar à minha primeira esposa duzentas libras por mês para ela e as crianças. Se você ajudar nos pagamentos, eu me caso com você.

– Então você espera que eu lhe pague para se casar comigo e eu ser uma segunda esposa? Quem você está achando que é? Casanova? – eu disse e tornei a sorrir.

– Xô, xô, vá lamber os pés de sua senhoria inglesa.

Ao crepúsculo, na hora do pôr do sol, eu ia lá para fora e subia as escadas mais próximas até o convés superior, e ficava observando o Mediterrâneo se aproximar de nós vindo de todas as direções. Eu me demorava no deque contemplando o céu mudar de cor, passando de dourado radiante para cinza sombrio, para anil e depois para preto luminoso. Eu ficava ali com os braços cruzados ao redor de mim para conservar o calor. Como as cores se mesclavam, se dispersavam e depois mudavam! Era uma mudança de cor, e a cor de amanhã seria como as campinas verdejantes que vi numa revista chamada *Woman's Own*, que encontrei em uma das cadeiras do convés. Tinha fotos de plantas e jardins cheios de flores coloridas. "Hinglaand linda. Hinglaand bonita", eu disse a Rebecca.

Os morros tinham a cor dos grãos de ervilha fresca. Parvin me disse certa vez que os agricultores usavam produtos químicos para matar as ervas daninhas e fazer as plantas parecerem mais verdes que o normal. Desde então eu olhava pela janela de meu quarto para as colinas verdejantes e pensava nas camadas de veneno sob a terra. Enquanto olhava para o gramado verde-escuro da catedral, que sem dúvida tinha sido pulverizado com fertilizante, lembrei-me do pedido de Liz de que lhe comprasse pão. Falando devagar, eu disse à balconista:

* Na gíria inglesa, pessoa de etnia escura que se esforça em imitar os brancos – marrom por fora, branca por dentro. (N. da T.)

– Maltado, por favor.

– Pode repetir? – pediu.

– Pão maltado – eu disse.

– Este aqui – ela apontou para um pão marrom.

Fiquei encabulada demais para dizer "não, o da esquerda", então balancei a cabeça concordando. Eu sempre tinha a sensação de que havia uma longa fila de velhas senhoras inglesas atrás de mim, bufando e resfolegando. É claro que eu era uma estrangeira. Devia ser evidente em meu modo de pronunciar as palavras, de entregar o dinheiro, de me vestir. Meus tornozelos finos me traíam. Eu saía da fila antes mesmo de colocar o troco de volta na bolsa. Elizabeth ia me crucificar, pois tinha me pedido que comprasse pão maltado.

Reparei que depois de algumas noites de palestras sobre Jesus, o Salvador, e a Santíssima Trindade, a srta. Asher parou de fazer seu sermão noturno. Eu ficava sentada educadamente no chão da cabine estreita, abraçava os joelhos e a ouvia ler para mim histórias da Bíblia. "A mulher de um homem da companhia dos profetas clamava a Elias: 'Seu servo, meu marido, morreu... mas agora o credor está vindo levar meus dois filhos para serem seus escravos.'" Eu escutava como se estivesse ouvindo histórias contadas por Jadaan, o contador de histórias de nossa aldeia, cujos relatos de viagens a terras distantes e heroísmo eram pontuados por acordes do *rebab*. Sempre que a rabeca fazia soar uma corda, um som intenso e melodioso, como os gritos abafados de uma mulher, enchia o pátio. A srta. Asher traduzia algumas das palavras para o árabe e depois lia as histórias no original em inglês. Embora eu entendesse pouca coisa, realmente me agradava ouvir as melodias de uma língua diferente. Uma noite disse à srta. Asher, como quem conta um grande segredo:

– Sei tocar flauta de cana. Quer que eu toque, enquanto a senhora vai lendo?

Conferindo o botão mais alto do colarinho branco de babados para ver se estava bem fechado, ela colocou a Bíblia sobre a cama e disse:

– Não. Estou lendo um texto sagrado. Você deve ouvir com atenção e tentar aprender alguma coisa.

Fez o sinal-da-cruz e começou a trocar de roupa. Dei-lhe as costas e me estendi no colchão, no chão da cabine. Dava para sentir o navio balançar de vez em quando, e pela janelinha redonda se ouviam as batidas ritmadas da água.

Eu o avistei caminhando pela passagem que levava ao pátio da catedral.

– Olá – eu disse a Jim.

– Nossa! Você me assustou – ele disse.

Olhei para seus olhos cinzentos, sua pele cor de cera de vela, seu rabo-de-cavalo, e senti que a noite de sábado estava muito distante, escondida em um dos depósitos da mente dele. Comecei a brincar com a alça da bolsa.

– Desculpe, mas estou com pressa – declarou.

– Sim, claro – concedi. Nervosa, eu ficava de um pé para o outro. – Quer tomar um café uma hora dessas? – perguntei.

– Eu ando mesmo muito ocupado. A gente se vê por aí – ele disse e desceu a viela calçada de pedras apressado.

Acenei fracamente em despedida e saí andando pela viela. Virei para olhar e vi as costas de sua camisa cinza, seus longos braços finos, seus dedos delicados e seus sapatos confortáveis desaparecerem na volta da esquina.

Parvin já havia me prevenido quando ao "a gente se vê por aí".

– Significa nunca mais quero ver você, *adiós*, adeus. *Capice?*

Olhei para meu reflexo no único espelho do albergue. Eu tinha perdido muito peso, meus olhos e meu nariz pareciam maiores e a pele parecia mais escura. Estava tão magra que minhas calças ficavam caindo. "É uma viagem, uma travessia para a condição adulta", dissera Parvin. "Os chineses chamam isso da pequena morte que prepara você para o verdadeiro big bang." Eu estava pronta para sair para um passeio. Estava usando jeans, camiseta e o véu branco atado sob o queixo com firmeza. Tornei a olhar meu reflexo e depois comecei lentamente a desfazer o nó do véu. Eu o tirei, dobrei e coloquei sobre a cama. Tirei o elástico que prendia os cabelos, escovei-os e sacudi a cabeça para espalhá-los. Estava tão magra que minha ondulada cabeleira escura caiu sobre meu rosto encobrindo-o quase por completo. Olhei de novo para o véu, que meu pai tinha pedido que usasse, e minha mãe tinha comprado para mim, dobrado sobre a cama. Esfreguei a testa e saí do quarto. Tive a sensação de que minha cabeça estava coberta de feridas abertas e que eu tinha tirado as ataduras. Sentia-me tão suja quanto uma prostituta, sem nome nem família, uma pecadora que jamais veria o paraíso e não beberia de seus rios de leite e mel. Quando um homem que passava olhou para meus cabelos, meu couro cabeludo começou a coçar. Sentei na calçada, segurei a cabeça entre as mãos e chorei durante horas.

O rio Exe se divide em dois braços, formando uma pequena ilha. Era um lugar pacífico coberto de grama verde, flores silvestres, e em cujas margens cresciam bétulas, castanheiras, carvalhos e sorveiras-bravas. Sentada sobre a jaqueta, ouvindo a água correr para o mar, eu tinha medo de voltar para casa e enfrentar Liz. Ela poderia me perguntar sobre Jim. Ele dissera: "A gente se vê por aí." E aquilo soou como: "Você dá por aí." Será que eu era muito fácil, muito disponível? Talvez eu fosse escura e estrangeira demais, com meu cabelo ondulado e o chá de sálvia. Será que eu era muito rígida e pouco receptiva? Talvez eu fosse muito inexperiente. Minha obsessão com limpeza pode tê-lo afastado. Tirei do saco plástico um quadradinho de queijo e um pedaço de pão, que parti com a mão. Comecei a mastigar. Eu tinha pegado *A Grécia oculta* na biblioteca; puxei o livro da sacola e comecei a olhar as fotos: as videiras, as casas antigas, mosteiros caiados e frescos, mulheres em luto permanente e regatos gelados da montanha.

Margaret, a filha mais velha de Rebecca, começou a andar atrás de mim pelo navio. Ela cantava seu *salaam*, que eu lhe havia ensinado, e segurava minha mão, insistindo em me levar ao convés para lhe tocar músicas. Eu soprava na flauta o nome dela: M-a-r-g-a-r-e-t. Ela ria, sacudindo as tranças douradas. Com ela aprendi mais inglês do que nas lições vespertinas da srta. Asher.

Uma manhã, enquanto eu tocava, um homem alto e encantador caminhou diretamente para mim e estendeu a mão.

– Meu nome é Mahoney, e sou pastor deste navio. Muitas vezes ouvi você tocando flauta e quis me apresentar.

Várias vezes eu havia me perguntado quem seria esse homem gracioso, que estava sempre olhando o mar.

– Eu sou Salma e esta é minha amiga Margaret.

Ele ergueu a sobrancelha num gesto cômico. Margaret tinha 11 anos, e eu, 25.

– Prazer em conhecê-la – ele disse, apertando a mão dela.

– De onde você é? – perguntou.

Eu não sabia o que dizer, mas a srta. Asher me instruíra a dizer que eu era sua filha.

– Ringlesa.

– Eu sou irlandês.

– Onde?

– Do outro lado do mar, sua boba – disse Margaret.

Ele olhou para meu rosto com bastante atenção. Senti um calor sob o véu branco, então segurei a mão de Margaret e disse:

– Já passou da hora de você dormir.

Com um aceno de adeus, nós nos apressamos a descer as escadas.

A srta. Asher fechou o Novo Testamento e disse:

– Vocês duas voltaram cedo.

Eu me sentei com minha xícara de chá para assistir a um programa de televisão. A apresentadora estava usando um conjunto verde cintilante e deve ter mudado a cor dos cabelos; desta vez era um castanho quente. Eu tomava o chá frio e observava famílias havia muito tempo perdidas serem reunidas num quadro do programa. Molly, a irmã caçula de Amanda, fora perdida durante a guerra, e depois se descobriu que tinha sido adotada por um casal australiano, e agora estava vivendo em Sydney. Dez anos antes ela havia começado a procurar pela irmã. A apresentadora sorriu e disse: "Amanda, sua irmã caçula, Molly, está aqui conosco hoje. PODE VIR, Molly!" Amanda e Molly se olharam incrédulas, correram uma para a outra e se abraçaram. Desliguei a televisão e fiquei olhando para as paredes úmidas, a mesinha, o espelho indiano e a janela escura. Antes de fechar as cortinas, percebi que uma sombra escura estava parada junto aos trilhos da ferrovia. Ninguém estava autorizado a chegar perto dos trilhos. Fechei as cortinas e acendi a luz. Da lâmpada do teto estava pingando água em cima do edredom. Amarrei uma fronha em torno do fio e desci as escadas correndo para avisar a Liz.

Ela estava cochilando no sofá com uma carta na mão. O diário dela estava no chão. Sobre o tapete imundo eu vi uma garrafa de vinho vazia e um copo.

– Liz – chamei, sacudindo-lhe o ombro.

Ela abriu os olhos e disse:

– *Kaise* não?

– Liz, acorda!

Ela esfregou os olhos e disse:

– Onde estou?

– Em sua casa, em Exeter.

Ela se sentou e começou a chorar.

– Não estou com meus óculos aqui. Por favor, leia esta carta para mim.

As palavras se enrolavam em sua língua. Ela estava bêbada e cansada.

Comecei a ler: "*Querida, eu chamei você de Upah por causa de sua luminosa pele branca que brilhava ao luar. Eu queria celebrar você, venerá-la e conservá-la na memória.*"

– Pare! – ela ordenou e arrancou a carta da minha mão. – O que pensa que está fazendo? O quê, a esta hora?

O rosto de Liz estava coberto de suor, as veias avermelhadas sob a pele cheias de sangue.

– Deixe-me ajudar você a subir as escadas e se deitar – eu disse.

– Não, sou perfeitamente capaz de cuidar de mim mesma – declarou, enquanto segurava meu braço com força.

Fazendo-a erguer-se, pus os braços a seu redor e ajudei-a a subir as escadas. Entrar no quarto dela dava a sensação de invadir um território proibido. O lugar era um caos: lençóis amarfanhados, roupas sujas atiradas no chão, restos frios de pizza num prato e manchas escuras sobre o tapete bege, onde o vinho tinha sido derramado. Havia um cheiro de poeira, sabonete de lavanda e solução para limpeza de dentadura. A enorme "cama vitoriana Mercer, *king size*, que eu herdei de meu avô", era maravilhosa. Era feita de metal prateado e envernizado de marrom; a cabeceira e os pés tinham grandes medalhões, moldados na forma das letras V, R e I – de "vice-rei da Índia" –, que eram realçados por semicírculos menores de metal fundido, decorados nas pontas com motivos florais. Na antiga mesa-de-cabeceira, via-se um maço de cartas presas com um elástico, numa caixa aberta de cetim vermelho-escuro. Liz me pegou olhando para a caixa e colocou a tampa de volta.

– Agora já chega. Muito obrigada.

Ela tirou a dentadura e colocou as duas próteses no copo sobre a mesinha, soltou os cabelos e, totalmente vestida, afundou sob o edredom branco de babadinhos, coberto de manchas amarelas e vermelhas. Ainda segurando a carta, apagou o velho abajur empoeirado.

Na manhã seguinte, olhei pela janela para os morros verdes salpicados de carneiros brancos e vacas pretas. Era um dia ensolarado e o rio, que podia ser visto para além dos velhos vagões da ferrovia, cintilava prateado. Será que ela estaria ali? Desci correndo as escadas frias para a cozinha e preparei uma xícara de café de verdade, para me ajudar a começar o dia. Comi um pouco de cereal, bebi água e me vesti. Notei que estava perdendo peso de novo. Os jeans apertados, que eu não usava há meses, assentavam perfeitos. A segunda-feira era o dia mais difícil, por causa do mau humor de Max; então, reforcei o desodorante. Coloquei na bolsa grande meu casaco, o livro *Understanding Poetry* e minha flauta. Hoje eu insistiria em tirar a hora de almoço para poder ler um pouco. Vesti a camiseta, amarrei os tênis e peguei na geladeira um sanduíche de atum enrolado em plástico, que guardei na bolsa junto com a garrafa térmica de café. Abri a porta da frente e enchi as narinas com o ar da manhã.

– Bom dia, Salma – disse o carteiro Jack.

– Até que enfim você acertou meu nome – observei com um sorriso.

– Eu não sou lá muito esperto – ele disse e me piscou um olho.

Agora em Hima devia ser o meio da manhã. Minha mãe estaria caminhando pelos morros, recolhendo lenha e gravetos secos e longos, para depois carregá-los atados às costas. Eu me levantaria, abriria a janela e ouviria o galo cantando e os pombos arrulhando. Minha mãe disse uma vez que os pombos estavam realmente dizendo "Glória a Alá!". Eu corria para o poço, tirava água e lavava o rosto. O carvão do braseiro estava aceso e minha mãe estava amassando o pão com seus dedos ásperos e inchados. "Bom-dia, mãe", eu dizia e beijava sua testa.

Ela sorria e me entregava o primeiro pão que fizera, pingando de mel e manteiga. Eu comia o pão enquanto a observava lançar para o alto a massa, até o grande disco fino lhe cobrir a distância entre os dois braços estendidos. Ela o lançava sobre a chapa quente colocada cuidadosamente no fogo lá de fora. O pão começava a chiar de imediato, depois inchava como uma redonda lua marrom, enchendo com seu aroma o ar frio da manhã.

Passei semanas comendo pão seco, tomando sopa, comprimidos e ouvindo as fitas de Parvin. Ouvi as músicas, uma a uma: "Relax", "Like a Virgin", "Sexual Healing", "Rock the Casbah", "Rock with you". Escrevi as letras, olhei algumas palavras do dicionário, ouvi as fitas de novo e decorei as canções.

Parvin entrou e me pegou de surpresa enquanto eu estava cantando.

– Cante a letra direito, Salma! – e colocando a sacola de compras sobre a mesa ela disse: – Não dei sorte!

Sentei na cama, exausta, e disse:

– Relaxe, vai aparecer alguma coisa.

– Nós precisamos mudar de estratégia. E você? O que você sabe fazer?

– Sei trabalhar na lavoura, levar os carneiros para o pasto, cuidar de cavalos e vacas.

Ela puxou a franja lisa para trás e disse:

– Habilidades da zona rural. – Então olhou para mim e falou: – Aquele vestido branco que você guarda embaixo do travesseiro, quem fez?

– Como você viu? Revistou o quarto quando eu fora?

– Não, eu estava tirando os lençóis da cama para lavar, sua burra.

– Você gostou vestido?

– Sim, é lindo. – Ela segurou minhas mãos e disse: – Me desculpe. Eu disse aquilo de brincadeira. Não foi a sério.

– Eu não burra, eu família, eu tribo.

– Desculpe.

– Eu não burra, Deus me livro.

Completamente muda e fazendo greve de fome, eu pensei a respeito de Deus, enquanto via o reflexo da lua na janela de grades. O guarda da noite cumprimentou o oficial Salim, o diretor da prisão, e fechou o portão atrás do carro dele, que saiu em disparada. Eu ouvia o barulho do portão sendo empurrado e trancado para a noite. As formigas eram pequenos insetos que se arrastavam por este planeta em busca de alimento e abrigo. Elas eram indefesas contra as inundações, o sol ardente, a escassez de comida e contra as demais formigas. Estavam expostas aos elementos. Nós estávamos expostas aos elementos como uma ferida aberta. Eles nos jogaram na prisão, tomaram nossos filhos, nos mataram, e ainda se espera que digamos que Deus estava apenas pondo à prova seus verdadeiros crentes. Mas este coração, este coração vermelho sangue, que estava faminto demais para pulsar com regularidade, pertence a mim, pois eu era aquela que o estava matando à míngua.

O *Hellena* parou algumas horas na cidade francesa de Marselha. O velho porto estava abarrotado de gente e de mercadorias. Observei os passageiros que desciam pela rampa para encontrar seus amados e ouvi os gritos de felicidade das famílias que se reuniam: abraços e beijos e uma onda de palavras em francês e inglês. Puxei para baixo a camiseta branca até cobrir os quadris, ajeitei o véu, fiz uma cara corajosa e segurei firme o balaústre, enquanto a França ia recuando. O café à beira-mar com sombrinhas azuis e verdes foi ficando cada vez menor. Encontrei-me com a srta. Asher no convés de banhos de sol.

Seus olhos azuis pareciam cansados quando falou:

– Filha, preciso conversar com você.

Sentei-me numa das cadeiras brancas e me preparei para um de seus discursos. O sol estava baixando devagar, incendiando o mar.

– Eu reparei que você não pensa em religião de jeito nenhum. Olhe a seu redor. Este vasto oceano deve ter sido criado por uma grande força.

Olhei para o mar, as cristas das ondas se quebrando, o sol que caía, e disse:

– Eu nunca pensei sobre Deus antes.

Mais tarde na cabine, olhando para fora pela escotilha, com minha flauta pendurada entre os seios junto com a carta de minha mãe e a mecha de cabelos dela, eu me senti melhor. No convés, alguma coisa no jeito dos estrangeiros ricos conversarem e tomarem café, a amplitude da vista e o brilho do mar feriam os olhos da gente. Na cabine, a vista – pequena e emoldurada – era tolerável. "Que Alá lhe conduza a um bom fim", minha mãe tinha dito. Vi seu rosto franco, os olhos sempre sorridentes, e ouvi um estalar de lábios desaprovador. Dava para sentir o cheiro do pó das bagas de cardamomo que deixou impregnado seu lenço de cabeça enquanto ela moía os grãos de café no almofariz. Ela iria deslizar sobre meu rosto os dedos ásperos de arrancar ervas daninhas, fazer colheitas e moer em mós.

Por volta das 11 da manhã, Max ficou mais calmo em relação aos japoneses e começou a trabalhar, enquanto conversava demoradamente com um cliente ao telefone, dando tragadas no cigarro. Quando a nicotina amarela começava a escorrer das vidraças eu sabia que o chefe estava de bom humor e pronto para conversar.

Coloquei a saia de seda lilás na cadeira e caminhei em direção a Max. Eu precisava pedir um aumento que "em termos reais estivesse de acordo com a inflação". Dez por cento, pensei, sem me preocupar em fazer o cálculo de quanto seria por mês.

– Max, preciso falar com você.

Ele ajeitou os óculos de armação metálica sobre o nariz e disse:

– Agora não. Você pode me dar o ferro?

Peguei o ferro a vapor e o entreguei a ele.

Max sempre tinha sido amável comigo. Ele me ofereceu emprego quando ninguém o fez, ele me dava presente de Natal e cartões e me ajudava a fazer saias e calças compridas para mim. Ele também sabia quando eu estava atravessando um de meus longos silêncios e fazia piadas em inglês macarrônico de imigrante paquistanês. "Sua mulher é suja? Minha mulher é suja também." Eu não sabia se ria ou se chorava de seus gracejos. Eu me compunha e dizia: "É melhor a gente ir trabalhar ou os fregueses vão começar a reclamar."

– Max, eu preciso falar com você agora.

– O que é tão urgente?

Encolhi a barriga, respirei fundo e disse em voz vacilante:

– Eu quero um aumento.

– O quê? Diga isso de novo.

– Eu quero um aumento, Max – implorei.

Ele apertou o ferro a vapor no colarinho cinza, cuspiu todas as agulhas no chão e disse:

– Do jeito que estão as coisas, eu não posso lhe dar um aumento.

– Negócios estão bem.

– Sim, mas há um problema de fluxo de caixa.

– Mas você sempre pede pagamento em dinheiro, nunca aceita cheques com impostos e essas coisas.

– Veja bem, Salma, há um monte de jovens ingleses por aí sem emprego. Eles saltariam em cima de uma oportunidade como essa. Conte as bênçãos recebidas, querida.

Voltei à minha cadeira, pus a saia de seda lilás no colo e continuei a costurar a bainha à mão. Eu deveria realmente contar as bênçãos recebidas. Quatro anos de trabalho e nenhum aumento. Quinhentas libras por mês. O aluguel tinha subido para 45 libras por semana, mais encargos. Cerca de sessenta libras mensais para os impostos, que juntamente com outros impostos somavam quatrocentas libras mensais. Então eu ficava com cem libras para comer, pagar passagem, comprar livros e pagar a mensalidade da universidade. Se ele pagasse mais cinqüenta libras, as coisas seriam muito mais fáceis. Reparei que eu tinha parado de costurar e estava olhando para os cadarços dos sapatos, mais compridos a cada dia. Ou meus pés estavam emagrecendo ou os cadarços estavam esticando.

Max estava ocupado conversando com sua mulher ao telefone.

– Querida, eu coloquei o dinheiro na mesa da cozinha antes de sair.

Ele apertou a fita métrica em torno do pescoço.

– Quem pegou emprestado? O cachorro?

Vi que a saia lilás tinha alguns pontos molhados. Fiquei horrorizada. Eu tinha jurado nunca mais chorar em público. Desci a escada correndo e fui ao banheiro, abaixei o assento sanitário, puxei a descarga e me sentei com o rosto entre as mãos, como um macaco insensato. O ruído da água que escorria e gorgolejava enchendo a caixa de descarga preencheu o frio espaço vazio do toalete. Eu me embalei até voltar ao normal, depois lavei as mãos e o rosto com água fria, prendi o cabelo com um elástico, respirei fundo e subi correndo as escadas. Eu precisava procurar um trabalho noturno.

Fechei os olhos e imaginei a mão escalavrada de minha mãe passando sobre meu rosto e apagando minha raiva e meu medo, como se fosse uma borracha. “É uma menina”, anunciou a *dayah* e cuspiu no chão. Ela não esperava uma boa gorjeta por trazer ao mundo uma menina. "O fardo das meninas é do berço ao caixão", dizia meu pai. Minha mãe me disse que se esqueceu completamente da dor do parto quando lhe disseram que era uma menina. Dizia que desde que viu meus olhos inchados se abrirem, seu coração nunca mais foi o mesmo. Ela me fazia sentar, desmanchava minha trança, derramava um pouco de azeite de oliva nas mãos, que esfregava, e passava os dedos entre meus cabelos. "Em nome de Alá, o clemente, o misericordioso", ela dizia e derramava água fria sobre minha cabeça, depois esfregava meus cabelos com sabão, tentando fazer espuma. Lavava atrás das orelhas, debaixo dos braços, entre as pernas e nádegas. "Seu banho frio, seu banho está esfriando, sheik", ela cantava. "Eu lhe purifico de pecados pequenos e grandes", ela dizia, derramando mais água sobre minha cabeça e depois me enxugando com um pedaço de linho que meu pai lhe dera como presente de casamento.

Quando eu me vestia meu pai chamava: "Salma, *na'iman*. Cadê o beijo do banho?" Eu beijava sua mão, e ele me colocava sentado em seu colo morno.

– Meu horário de almoço é meu, e eu faço o que quiser – eu disse apressada a Max. Ele tragou o cigarro e não disse nada. Isso significava decididamente um sim. Pendurei a bolsa no ombro e saí da loja, caminhando apressada para o pátio da catedral. O céu estava nublado, não se via sol em parte alguma e a névoa enchia o ar. Um café no meio do nada, sem sol, que não dava de frente para nenhuma rua movimentada, fingindo ser um local bem-sucedido do continente. Não tinha nada do café francês que eu tinha visto ficar para trás no porto de Marselha. Muitos profissionais vestidos de terno cinzento ou azul (que decididamente não tinham sido feitos em nossa loja), com seus jornais e almoços, se dirigiam ao pátio. Os que tinham dinheiro iam para o bar do hotel e os que não tinham iam direto para o gramado, sentando-se na relva e começando a mastigar seus sanduíches de atum. Um homem de fraque preto sapateava ao som de uma antiga melodia.

Se eu olhar para trás, o que vejo?
Árvores verdes e campinas tenras
Se eu olhar para frente o que vejo?
Folhas mortas tremendo ao vento

Se eu olhar para você o que vejo?
Vejo o homem que fui outrora.

Senhoras idosas olhavam para ele, nostálgicas, e riram deliciadas quando executou uma pirueta complicada.

Parvin pediu ao porteiro do albergue uma coisa chamada Páginas Amarelas e ele entregou a ela um livro amarelo grande e gordo. Ela folheou rapidamente as páginas procurando alfaiates e reformas de roupas. Começou a ler:

– Kings; Lord's Tailors, Exeter; Make and Mend; May, Donald; Whipple, J. & Co Ltda., Complete Alteration Service. Lord's fica na outra ponta da rua principal. O que você acha, Salma?

Dei de ombros. Os comprimidos faziam tudo parecer mais fácil.

– Pode ser. Mas você tem que ir comigo – respondi.

– Claro que vou, amanhã de manhã bem cedinho – prometeu e sorriu.

Eu via a ponta de um velho carvalho a distância, molhado e brilhante à fraca luz do sol. Eu me perguntava como as coisas cresciam tanto sem o calor do sol. Deviam ser a água e o veneno fertilizante de que Parvin me falou. O catálogo telefônico foi deixado em cima da mesa, aberto na página dos alfaiates. O quarto estava limpo e arrumado, mas o cheiro de mofo permanecia. A colcha de matelassê, que eu tinha comprado com as poucas libras que o ministro Mahoney (que passava o tempo visitando imigrantes nas prisões) tinha me dado, era roxa com flores desenhadas com tinta prateada nas bordas. A de Parvin era uma miríade de pinceladas em laranja e dourado. Ela tinha começado a chorar à noite de novo e, como não mostrava suas lágrimas, eu não podia lhe dizer que as campinas estavam verdes quando o sol brilhava sobre elas, que as nuvens estavam brancas e como era imenso o céu azul. Eu não podia tocar "Rock the Casbah" para ela com a flauta. Eu não podia passar os dedos sobre seu rosto. Eu só podia ficar embaixo do edredom ouvindo os soluços abafados.

Atravessando um rio desconhecido, longe de seus domínios, observe a turbulência da superfície e veja a claridade da água. Preste atenção ao comportamento dos cavalos. Cuidado com emboscadas numerosas.

No vau do rio perto de casa, olhe com atenção as sombras da margem distante e observe o movimento do capim alto. Ouça a respiração de seus companheiros mais próximos. Cuidado com o assassino solitário.

Eu continuei a ler: "Esse trecho de Suzume No-Kumo é um exemplo da poesia japonesa, que é normalmente curta e concisa, e se concentra em algumas imagens."

Meu horário de almoço tinha acabado, então tomei o resto do café frio, apertei bem a tampa da garrafa, joguei a embalagem lixo, meti o livro na bolsa e caminhei de volta ao local de trabalho. Quando ouvi a respiração de Hamdan, eu não estava atenta ao seu comportamento, então fui traída e emboscada. Quanto ao assassino solitário, este me seguiu de volta ao trabalho. Suas sandálias de couro estavam gastas, seus pés, cobertos da poeira do deserto, com as unhas amareladas crescidas, quebradas e sujas; e, com sua espingarda no ombro direito, ele caminhou a meu lado até eu chegar à Lord's Tailors.

CHÁ INGLÊS

OS MORROS ESTAVAM escuros, a não ser pelas luzes distantes do moinho, e eu mal conseguia distinguir a silhueta das vacas aconchegadas umas às outras pelas encostas. O rio deslizava em silêncio e agora os trens eram menos freqüentes. Tudo estava adormecido, exceto um carro ou outro. O *Hellena* deslizava suavemente para dentro de uma terra brilhantemente iluminada, conhecida como porto de Southampton. A Inglaterra parecia uma árvore de luz. A srta. Asher riu, ajeitou o colarinho e puxou o cardigã para cobrir os seios fartos. Colunas de metal com cargas amarradas estavam sendo erguidas à esquerda, à direita e no centro. Homens em carros pequenos transportavam caixas de um lado para outro. Pilhas de madeiras, caixas e máquinas esperavam ser levadas para bordo. Eu senti que tinha aportado em outro planeta, no qual os homens estavam trabalhando como máquinas e gigantescos guindastes enchiam o céu. Segurei a mão da srta. Asher. Ela sorriu e disse: “Logo estaremos fora daqui.” Mas estava enganada: passou a noite toda no porto e pela manhã foi buscar ajuda, e eu passei dois meses na prisão portuária.

Andando na ponte de ferro, eu podia ver a catedral e as planícies verdes de Devon a distância. Honestamente, um cartão-postal. Embora não tivesse o endereço delas, eu continuava a mandar cartas e cartões a Layla e Noura. Algum velho carteiro árabe talvez sentisse pena de mim e se lançasse à missão de localizá-las. Um dia desses mandei a Noura um cartão-postal em que contava sobre meu novo quarto alugado em Swan Cottage, meu adorável chefe, e descrevi para ela as vacas nos morros, que eu conseguia ver pela janela. "Das vacas para as vacas", ouvi sua voz distante dizer. O que eu não lhe disse é que ganhava tão pouco que não sobrava praticamente nada no final do mês, que Jim não queria ter nada comigo de novo, que eu ainda estava vivendo sozinha e que os trilhos do trem ficavam a uns cem metros de distância de meu quarto, que trepidava a cada composição que chegava ou que saía da estação.

O tempo estava frio, porém luminoso, e fui caminhando para uma alfaiataria. Na porta havia uma placa que informava os preços para ajustes e consertos. Quando a porta de vidro se abria, um sino invisível soava. O som lembrava o sininho de bronze que a srta. Nailah sempre tocava para anunciar o começo e o fim da aula. Um homem corpulento, de cabelos ralos, vestido de terno azul-marinho de risca de giz e óculos de armação dourada, desceu as escadas estreitas atrás da recepção.

– Bom dia, senhoras – ele disse, com alfinetes presos entre os dentes.

– Bom dia – respondeu Parvin.

– O que posso fazer por vocês? – perguntou, enquanto espetava os alfinetes numa almofada de esponja.

Comecei a mudar o peso de um pé ao outro, enquanto tentava manter um sorriso no rosto.

– Minha amiga Salma é costureira e está procurando emprego – disse Parvin precipitadamente.

– Então vocês não são freguesas – ele disse e ajeitou os óculos no nariz.

– Não, mas boa trabalhadora eu – declarei sorrindo.

– Pelo amor de Deus, ela não sabe nem falar inglês! – protestou.

– O inglês dela é o de menos. Ela vai fazer, reformar e consertar roupas – disse Parvin e puxou o vestido branco da sacola de plástico, colocando-o em cima do balcão de recepção.

Ele segurou a peça com as duas mãos, baixou os óculos, examinou os bolsos e as mangas e o devolveu rapidamente.

– Não tenho vaga.

– Por que você não faz uma experiência de um mês, sem pagamento? Veja por si mesmo.

Reparei que as calças dele eram folgadas demais na altura dos joelhos, e as bainhas viradas eram excessivamente largas.

– A senhorita está desperdiçando meu tempo.

Parvin pôs o vestido branco de volta na sacola e disse:

– É porque somos negras, não é? Porque ela não é uma rosa inglesa – desafiou.

O rosto dele estava coberto de manchas vermelhas quando ordenou:

– Saiam da minha loja!

– Porco racista e machista – disse Parvin.

O funcionário da imigração no centro de detenção do porto de Southampton insistia na pergunta:

– Qual é seu nome de batismo?

Olhei para ele, confusa.

– Eu muçulmana – esclareci.

Ele passou o dedo pelo colarinho engomado como se tentasse afrouxá-lo. Outros passageiros passaram rapidamente pelos balcões de controle de imigração, com um sorriso no rosto.

– Nome? – inquiriu.

– Sim. Salma Ibrahim.

Acenei com a cabeça para demonstrar que entendia a pergunta.

A srta. Asher interrompeu depressa e disse que meu nome era Sally Asher. Houve uma rápida troca de palavras em inglês e exibição de documentos. Ela mencionou a palavra "adoção", que tinha me ensinado. O funcionário fechou o livro com estrépito, telefonou para alguém e um policial apareceu pelas portas deslizantes de vidro. Eu estava parada tocando as plantas de plástico. O policial me empurrou para um lado, me revistou rapidamente e me algemou. Senti o frio das algemas de metal circundar meus pulsos. A srta. Asher me olhou tranqüilizadora, mas dava para ver que estava aflita.

– Não se preocupe – disse ela enquanto eu era arrastada para além das portas de vidro.

Eles me fizeram caminhar por um corredor estreito e bem iluminado e então destrancaram uma porta pesada. Pediram-me que entrasse, abriram as algemas e depois, fechando a porta, voltaram a trancá-la. O cômodo era pequeno, mas limpo, com uma cama de solteiro em um canto. Eu me sentei e esperei que a srta. Asher batesse à porta. Não havia janelas à vista, e o ventilador invisível fez barulho a noite inteira. Horas depois eu me estendi na cama e tentei enrolar o corpo inteiro no cobertor, mas ele era curto demais e meus pés descobertos ficaram gelados. Entre o cárcere portuário e a cela de prisão que eu havia deixado para trás havia uma grande diferença: este quarto era impecavelmente limpo, não fedia a urina, tinha as paredes cobertas de folhas de metal polido, não tinha grades nas janelas e era realmente silencioso, exceto pelo barulho do ventilador, mas eu estava na solitária.

Max me entregou duas mangas para costurar antes do final do expediente, para recuperar a hora que eu tinha passado no almoço. Peguei o par de mangas soltas e, depois de costurá-las com esmero, coloquei-as na mesa, peguei minhas coisas e saí correndo enquanto Max estava ao telefone. Era uma boa meia hora de atraso. Fui ao Royal Hotel e entrei na recepção pelas portas antigas e pesadas. Um homem de meia-idade se precipitou em minha direção e perguntou:

– Posso ajudá-la?

A meus ouvidos sensíveis a frase soava como: "Posso expulsá-la?"

– Sim, por favor, eu gostaria de ver o gerente do bar.

– Venha por aqui.

Fui rapidamente retirada da entrada de tapete espesso para uma sala pequena e mal arrumada.

– Ele já vem.

Outro homem de meia-idade, com os cabelos com gel e penteados para trás me deu outro sorriso mecânico que me lembrou o Fred impostor dançando para as velhas senhoras.

– Possa ajudá-la? – perguntou em perfeita pronúncia inglesa.

Meu queixo começou a tremer e eu disse com dificuldade:

– Meu nome é Salma.

– Pois não?

– Estou procurando emprego noturno.

– Você tem registro em uma agência, na central de empregos? – perguntou.

Balancei a cabeça em negativa.

Ele estava a ponto de me dispensar, mas então mudou de idéia.

– Você não parece inglesa.

– Sou britânica de origem árabe.

– Arrá!

Estimulada pelas imagens de *A Grécia oculta*, onde eu poderia subir num penhasco alto e provavelmente avistar minha terra natal, tentei de novo.

– Eu trabalho numa alfaiataria; só preciso de um dinheiro extra, nada mais.

– Tudo bem – ele disse e alisou os cabelos lustrosos.

Eu sorri, esticando até o limite minha boca larga.

Ele pegou um charuto, bateu com a ponta na mesa escura e disse:

– Você vai só recolher e lavar os copos, entre as sete e as onze e meia da noite, às sextas, aos sábados e às vezes às quintas.

– Muito obrigada. Mas muito obrigada mesmo – eu disse e me pus de pé, pronta a sair correndo porta afora antes que ele mudasse de idéia.

– Use alguma coisa decente – acrescentou. – Uma camisa branca e uma saia preta.

– Sem problema – eu disse.

– Nos vemos no sábado – disse ele e acendeu o charuto.

Quando saí do hotel, meu rosto quente foi atingido por uma suave brisa gelada. Ela estava em algum lugar choramingando, gritando, procurando um apoio. Eu conhecia aquele vento. Um súbito arrepio me percorreu, então me inclinei para a frente como quem perdeu o fôlego e abracei meus mamilos eretos. Os músculos onde as costelas se juntavam, entre os seios, se inflaram e depois desabaram como se eu afundasse para dentro. Antes de eu ter chance de ver seu rosto, ela foi levada pela carcereira para uma das casas de filhos ilegítimos. Fiquei no chão sangrando como um cordeiro sacrificado para o grande festival Eid.* Noura, madame Lamaa, Naima e outras me seguraram e despejaram água gelada na minha cabeça, para me forçar a respirar. Elas começaram a rezar e a lavar meu corpo. "Que Alá tenha misericórdia de Salma! Deus, alivia-lhe a aflição, alivia-lhe o fardo, conforta-lhe o peito! Abençoa-a com a dádiva do esquecimento!", elas cantavam em coro. Massagearam com sabão meus cabelos, ombros, braços, costas e pernas até eu ficar coberta de espuma bran-

* Festa de encerramento do mês do Ramadã. (N. da T.)

ca. "Danem-se as preces de vocês, ela ainda não está respirando." Quando cheguei a dois suspiros de distância da morte, ouvi um tiro ao longe. Uma outra moça, que tinha sido libertada pelas autoridades da prisão, foi morta a tiros por seu irmão mais novo. Abri a boca e inalei o ar, forçando meus pulmões.

Fui direto para a casa de Gwen e bati à porta. Ouvi-a caminhar para a porta arrastando os pés.

– Quem é? – ela perguntou.

– Sou eu, Salma. Abra a porta.

Retirando a corrente, ela abriu e disse:

– Ah! Olá, Salma!

Dei-lhe um abraço apertado e saí valsando com ela pelo corredor escuro.

– O que aconteceu com você? – perguntou.

– Ah, me desculpe, Gwen, eu esqueci da sua artrite. Consegui um emprego de meio expediente no Royal.

– Fazendo exatamente o quê?

– Vou recolher e lavar os copos vazios.

– Está ótimo, desde que permaneça assim – ela disse e colocou a chaleira no fogo.

– Gwen, eu quero tirar umas férias, quero ir à Grécia e dar uma olhada no outro lado do Mediterrâneo.

– Achei que você tivesse abandonado esse sonho há muito tempo.

Disse isso e se sentou. Na mesa da cozinha havia uma lata aberta de feijão cozido, duas fatias de pão torrado e uma xícara de chá.

– Devo ter interrompido seu jantar, me desculpe.

– Tudo bem, eu nunca esquento o feijão. Você se importa de fazer uma xícara de chá para você?

Preparei uma xícara para mim e me sentei.

– Você conhece os ingleses, os sins e os nãos, e o por favor.

– Você deve usar roupas adequadas, mas procure aparentar classe; nunca use saia curta e justa, não converse com os fregueses e procure fazer o possível para não ser notada. Não conte nada ao Max. E eu espero, em nome de Deus, que você não quebre nenhum copo em seu primeiro dia.

Um velho álbum cheio de fotos em preto e branco estava aberto sobre a mesa.

– Dê uma olhada! – convidou.

Folheei o álbum inteiro, olhando os instantâneos das lembranças de Gwen. Olhando a foto desbotada de um homem bem cuidado, ela disse:

– Meu pai. Ele foi um grande homem.

Um homem alto e magro de olhos inteligentes estava de pé ao lado de um avião.

Tomei minha xícara de chá, beijei o rosto dela e saí correndo.

Ao sair da casa de Gwen, avistei Elizabeth atravessando disfarçadamente a rua para ir ao depósito de bebidas, como se estivesse sendo seguida.

– Olá, Liz – gritei.

– Você estava na casa da Gwen?

– Sim, por quê?

– A escória se atrai – ela disse e quase tropeçou tentando subir na calçada.

Eram sete da noite e ela já estava bêbada. Entrou cambaleando na loja e vi pela vitrina que ela estava sendo recebida pelo sorriso astucioso de Sadiq.

Depois de uma noite sem dormir no centro de detenção do porto, fui levada novamente para o escritório cheio de telas brilhantes e de máquinas que apitavam. O funcionário da imigração atrás da mesa parecia muito branco e cansado. Seus olhos estavam inchados e vermelhos; o colarinho engomado estava sujo e o cabelo oleoso se grudava à cabeça. Ele mantinha as mãos cruzadas e as costas retas enquanto me observava tentando me sentar depois da noite de frio e insônia.

– Salma, por que você veio para a Grã-Bretanha?

Eu não entendi a pergunta. Então, balancei a cabeça.

– Você está querendo asilo político?

Tentei me lembrar do que a srta. Asher havia me instruído a dizer. Todas as expressões triviais como "bom-dia" e "bom apetite" estavam prontamente disponíveis, mas eu não conseguia lembrar a palavra exata que ela me pediu que usasse. Finalmente eu disse:

– Adaptada.

– Adotada? – perguntou, enquanto folheava resmas de papel.

– Sim. Sim. Adotada, srta. Asher.

Olhando para as luzes azuis refletidas na janela de grades, Noura disse que tudo havia começado numa lojinha de cafta em que ela, lavando pratos a noite inteira, ficava observando o apagar das luzes da cidade. O dono mandara que ela usasse querosene e limão para remover a gordura grudada nos utensílios. Envolta numa nuvem de querosene e limão, Noura passava as noites observando retalhos de céu entre as velhas casas empoeiradas. Quando o primeiro farrapo de luz iluminava o céu, ela dobrava o avental e lavava as mãos, pronta a voltar para casa. Precisava chegar logo para levar Rima e Rami à escola. Àquela hora da manhã não havia ônibus, e ela era forçada a correr os quase cinco quilômetros de volta para casa.

Querida Noura,

Há 17 anos nós nos conhecemos na prisão. Você foi acusada de prostituição e eu fui acusada de ter relações sexuais fora do casamento. Você se lembra de mim. Você fez greve de fome e foi alimentada à força. Sorriu quando interrompi minha greve. Você também me deu seus pentes de madrepérola e um vidro de perfume, eu ainda tenho os três. Guardo tudo junto com a mecha dos cabelos dela e a carta de minha mãe numa caixinha chinesa de seda. Sua filha deve ter agora 24 anos, e seu filho, 26. Minha Layla tem 16 anos. Dentro de dois anos ela irá para a universidade. Ela resolveu estudar medicina, e eu disse: por que não? Espero, Noura, que a vida esteja sendo boa para você depois de todos aqueles anos e que seus filhos estejam cuidando bem de você, para que não precise mais se prostituir. Um dia desses nós vamos nos encontrar.

Com amor,
Salma

Lambi o envelope para fechá-lo, colei o selo e depois escrevi o único endereço de Noura que eu tinha: o velho país. Antes de jantar, fui andando até o correio e despachei a carta. Quando o envelope azul do aerograma foi engolido pela boca vermelha escancarada da caixa de correio, minhas mãos pararam de tremer. Agora eu podia ir jantar.

À noitinha a casa de Liz era escura e fresca. Fui para meu quarto e liguei a televisão. Na novela *EastEnders* os moradores daquela região de Londres estavam de novo em ação, tendo brigas com os pais, as esposas, os amigos, dormindo com os maridos das irmãs e depois fazendo as pazes como se nada tivesse acontecido. A noite se estendia longa e fina até o fim do horizonte, onde eu via as vacas dormindo nas várzeas. Os dias estavam ficando cada vez mais longos; um fulgor azul-escuro nunca deixava o céu, cuja fímbria ele clareava com uma chama moribunda. Enquanto jantava macarrão com molho de tomate e alho, eu via televisão. Era um programa de férias sobre uma ilha grega. Será que alguma vez eu poria meus olhos na Grécia oculta? A idéia de tomar um avião pela primeira vez na vida me deixava realmente animada. "Vou de avião para a Espanha no domingo", era o que Max dizia uma vez por ano, às vésperas de levar a família para Ibiza. Eu fazia direito meu trabalho da noite. Usava meus vestidos mais requintados, ficava de boca fechada, usava pouca maquiagem, prendia bem presa a cabeleira ondulada e, quando falava, o fazia devagar e com cuidado, para soar tão inglesa quanto possível. Eu dizia:

– O senhor já terminou seu drinque? Muitíssimo obrigada, senhor.

Contei a Max sobre a entrevista de emprego de Parvin e ele aceitou que eu tirasse a tarde de folga. Ela havia se candidatado a dezenas de empregos, sem sorte. Dizendo-lhe que ela talvez precisasse de uma aparência mais moderna, abri a grande sacola de plástico.

– Um conjunto para você! Max me deu um resto de tecido e eu fiz esta roupa para você. Tirei as medidas das roupas sujas.

Ela estava lendo o jornal; soprou o ar para cima para afastar a franja, olhou para mim e depois baixou os olhos de novo para o jornal. Seu cabelo estava fosco, a pele seca, as unhas sem esmalte, as costas curvadas.

– Tirei a tarde para sua entrevista. Por favor, Parvin, me deixa ir com você hoje.

Ela finalmente parou de ler e disse:

– Preciso me arrumar.

– Eu ajuda.

Ela saiu para tomar banho no banheiro coletivo e eu liguei o toca-fitas. A música encheu o quarto. A banda cantava sobre velar pelo outro e sobre promessas não cumpridas.

Ela voltou ao quarto com o pijama, os cabelos enrolados numa toalha. Fiz com que se sentasse, abri sua bolsa rosa de maquiagem e a coloquei na cama ao lado dela. Parvin tirou um pote de creme, colocou de volta, depois o pegou de novo e começou a massagear o rosto com ele. Fiz uma xícara de café e comecei a arrumar o quarto.

Ela olhou para mim e disse:

– Esta música é de quando o Sting ainda era do Police.

– Ele largou a polícia – constatei.

– Não, Police, a banda – esclareceu com um sorriso.

O trem de Londres pontuava minha vida sempre que atravessava o vale, me lembrando o que estava à frente, no final da linha. Era uma estação ferroviária espaçosa, com um quiosque de flores e um pequeno café. Quando estava cansada, eu ia à estação e me sentava quieta no café, ouvindo o som das chegadas e partidas. Um negro estava passando ritmadamente um pano molhado no chão fosco, depois mergulhava o pano em um balde de água sanitária. O som dos alto-falantes que nos diziam o que fazer e para onde ir era calmante. Eu ficava bebericando meu chá e ouvindo o bater das asas dos pombos presos na rede que forrava o telhado, as boas-vindas e os adeuses dos passageiros, o apito do guarda e os trens manobrando. Na estação, onde os passageiros, famílias e amigos estavam à espera, eu me sentia em casa. A caixa de correio no canto distante era o começo de um fio que me ligava a minhas pessoas queridas no além-mar. O ruído da multidão, das manobras dos trens e dos apitos conseguia assustar os fantasmas que me atormentavam. No trânsito ou nos espaços públicos, como as recepções, os saguões ou as salas de espera, eu me sentia feliz, suspensa entre o agora e o amanhã.

Quando ouvi o zunido da bala que voava em direção à cabeça de uma das detentas libertadas e o grito dela, de cortar o coração, “Oh! Ya Allah!”, resolvi parar de buscar a morte. Enxuguei o rosto e declarei às paredes sujas: “Layla. Vou chamá-la de Layla.” Tirei minha flauta da trouxa e comecei a tocar uma canção da estação da colheita. Salma, de mãos e pés macios, deu à luz Layla, numa noite suave e luminosa. A partir dali, não falei mais, nem consegui dormir. Ficava só sentada no quarto escuro da prisão, encostada à parede, observando o céu pela janela alta de grades. Se o céu tivesse algum brilho, eu sabia que era o 15º dia do mês árabe, quando as mulheres se transformam em ogros e devoram os viajantes; quando minha menstruação começava e eu ficava à cata de pedaços limpos de tecido. Eu ficava no escuro, enrolada, até as detentas esquecerem que estava lá acordada e sofrendo. Uma noite ouvi Noura dizer a madame Lamaa:

– A senhora acha que algum dia ela vai me perdoar?

– Suas intenções foram boas.

– Mas as duas opções eram tão amargas quanto coloquíntida.

– Ela vai se acostumar com o gosto.

– Achei que se os lábios do bebê tocassem os seios dela, ela jamais seria capaz de esquecer a menina. Se ela a tivesse amamentado por um ano, talvez não conseguisse deixá-la ir embora – disse Noura.

– Mas teria desfrutado de amamentar o bebê por um tempo – disse madame Lamaa.

– Que Alá me perdoe, eu paguei a Naima para levá-la instantaneamente daqui.

Eu me levantei e me atirei em cima de Noura.

– Qual é o problema? – disse o cirurgião plástico. Depois de me mudar para a casa de Liz, fui ao médico para marcar uma consulta com um especialista. Eu tinha levado cinco meses para conseguir a consulta, e toda aquela espera me deixou muda. Ele puxou do bolso do jaleco branco a caneta prateada, que destampou.

– Qual é seu nome?

– Salma El-Musa – respondi.

Ele acendeu a luminária e disse:

– O que posso fazer por você?

Envolvi os seios com os braços.

– Você quer uma redução de seios?

Sempre que estava sob pressão meu inglês desaparecia.

– Não, redução de bamilo.

– Você quer dizer redução de mamilo – corrigiu e fez sinal para que a enfermeira ficasse a seu lado. – Deixe-me dar uma olhada.

Abri os botões da camisa e, sem tirá-la, abri o fecho do sutiã, puxei as alças por dentro da manga da camisa até tirá-lo. Meus mamilos se erguiam escuros, tesos e longos no meio de um círculo de longos tufos de cabelos pretos.

Ele apontou a luz para meus seios, tocou meus mamilos com seu dedo frio, depois os mediu. Olhou para a enfermeira e em seguida para mim, dizendo:

– Não há nada de errado com seus mamilos. Um centímetro e meio é um pouco mais longo que a média, mas a mim eles parecem normais.

– Eu quero eles reduzidos, cortados, doutor, por favor – implorei em voz trêmula.

– Por quê? – indagou, apontando a luz para meu rosto.

– Você não pode ver bamilos de outras mulheres. Eu sempre escuro e para fora. Corta eles. Melhor assim – insisti, com as lágrimas transbordando dos olhos.

Ele disse par a enfermeira:

– Quero que ela seja encaminhada imediatamente para tratamento psiquiátrico – e desligou a luz.

Abotoei a camisa antes de fechar o gancho do sutiã e puxar as alças para o lugar. Quando ergui os olhos, a enfermeira e o médico estavam olhando atentamente para mim.

– Eu não maluca – disse enquanto tentava manobrar o sutiã para cobrir os seios.

No dia seguinte executei, rapidamente e em silêncio, todas as tarefas que Max havia me dado, para poupar energia para o trabalho seguinte. Foi difícil, pois ele estava disposto a conversar. Só tinha elogios para um velho Rolls-Royce que viu no estacionamento.

– Ah, nossos pais e nossos avós eram muito mais talentosos. Se você olhar o interior daquele carro não vai conseguir ver nem sinal de costura, e tem uma caixa para a flanela e as escovas de sapatos, tudo escondido sob um painel. Ah, éramos amos e senhores. Olha só para nós agora. Olha só para nós.

– Vocês governavam o mundo – eu disse, imitando Parvin.

– É isso mesmo, o sol nunca se punha no Império Britânico – ele disse, prendendo a bainha de um par de calças com alfinetes, na altura correta.

– Parvin disse que vocês mandavam em palmeiras, pinheiros e coqueiros.

– Sim, em coqueiros, e em cocos como você – debochou ele.

– Eu não coco – retruquei.

– Agora nós mandamos em edifícios cobertos de hera e em elefantes brancos.

Nunca me senti estrangeira na companhia do Ministro Mahoney. Eu me lembro dele com seus óculos pequenos, seu sorriso amplo, suas histórias engraçadas e sua compaixão ilimitada. Apesar de ser um homem de religião, ele era muito gentil e compreensivo. Naquela manhã, segundo ele me disse com um sorriso, eu parecia um filhote assustado.

– Um filhote escuro – acrescentei.

– Sim, existem alguns filhotes escuros por aí.

Ele segurou minha mão gelada e disse:

– Não se preocupe. Logo vamos tirar você desse centro de detenção.

Puxei a mão e agradeci. Depois fiquei sabendo que a srta. Asher, as Irmãzinhas e o ministro Mahoney, o quacre, tinham processado o governo britânico por minha causa. Meus documentos de adoção estavam em ordem, mas as autoridades da imigração contestaram sua autenticidade. A srta. Asher me contou que o ministro Mahoney tinha feito uma bela defesa de meu caso, e me deu a cópia do discurso dele. Procurei as palavras no *Oxford English-Arab Dictionary*, lendo e relendo o texto até que elas começaram a fazer sentido. "Ainda que vocês quisessem questionar a adoção, o que em si é ridículo, deveriam conceder a ela o direito de asilo político, social ou religioso – seja lá como desejem chamá-lo. Sim, vocês iriam criar um precedente, mas centenas, não, milhares de mulheres são assassinadas todos os anos. Vocês devem lhe conceder guarida porque se a mandarem de volta ela será morta a tiros ao chegar."

Fui a um dos banheiros públicos e mudei de roupa, vestindo uma saia longa preta, uma camisa branca de babadinhos e sapatos de salto baixo. Prendi os cabelos num rabo-de-cavalo e o torci para fazer um coque baixo, depois passei um pouco de maquiagem suave. Minha aparência lembrava meu antigo eu, a pastora de Hima. A única diferença eram as ruguinhas, como se um galo a caminho do poleiro tivesse passado por cima de meu rosto deixando atrás de si uma rede de linhas. Comi um cheeseburger com uma Coca-Cola grande, pensei no trabalho da noite, entrei no clima, como diria Parvin, e caminhei para o hotel. Reunindo coragem, abri a porta pesada e antiga. A recepcionista me deu um de seus sorrisos mecânicos e disse:

– Você precisa procurar o sr. Wright, o gerente do bar.

Concordei com um aceno.

– Na próxima vez, use a porta lateral para o bar.

Ela abriu a porta de um velho escritório empoeirado, cheio de caixas de vinho, copos de plástico, descansos de copo, e lá, no meio daquilo tudo, estava sentado o sr. Wright, com os cabelos untados e penteados, usando um terno preto impecável e uma gravata-borboleta. Ele estava falando ao telefone como o velho aristocrata do comercial de televisão que ordena que tapetes persas sejam trazidos voando dos confins da terra. O sr. Wright parecia o mordomo de um velho aristocrata, mas se comportava como se não estivesse em serviço. Desligou o telefone e olhou para mim, parada no meio do pequeno escritório e agarrada às alças de minha bolsa preta barata. Seus olhos cinzentos dispararam contra mim uma flecha de desaprovação.

– Boa noite, Salma – ele disse devagar, cuidando de não errar a pronúncia de meu nome.

– Boa noite, sr. Wright – respondi.

– Pode me chamar de Allan, por favor.

Com as duas mãos, o gerente apertou os cabelos cobertos de gel, fixando-os no lugar, esfregou o nariz e disse:

– Você chegou cedo hoje. Pode ir tirar a poeira dos copos e das garrafas no bar. Eu vou lhe pagar em dinheiro, três libras por hora.

– Muito obrigada – eu disse e quase tropecei.

Um mar de garrafas e copos se estendia diante de mim. Calçando as luvas de borracha que ele me deu, comecei a esfregar os copos.

– Por favor, não use as luvas quando recolher os copos, só use atrás do balcão.

Meia hora depois os fregueses começar a chegar. O sr. Wright e alguém chamado Barry estavam atendendo atrás do balcão e eu continuei a espanar e polir. Homens de terno cinzento, camisa cor de pêssego, gravata listrada e rosto cansado tomavam cerveja amarga e sorriam. Eles fumavam seus charutos, enchendo o espaço exíguo do cheiro de tabaco. Numa nuvem de fumaça, e entre o tinir de copos e as conversas, eu me tornei invisível aos fregueses. Eles viam uma mão escura e magra levar embora os copos vazios, criando mais espaço na mesa para suas mãos e seus cotovelos.

– Está chovendo a baldes – declarei uma manhã ao ministro Mahoney. Ele estava sentado diante da lareira. A casa em Branscombe, que ele tinha herdado da mãe, era velha e espaçosa, com uma "lareira vitoriana, de azulejos com papoulas e andorinhas na fachada. Ela gostava muito dessa lareira". Ele tirou a capa de chuva e os sapatos e esticou as pernas magras em direção às chamas.

– Você insiste em ir embora – ele disse, esfregando as mãos e olhando as brasas. – Eu comprei para você uma passagem de ida e volta para Exeter, como prometi.

Ele me deu setenta libras, o *Oxford Advanced Learner's Dictionary of Current English* e o endereço de um albergue barato, dirigido pelas autoridades locais.

– Escrevi para eles, que estarão à sua espera – ele disse sem levantar os olhos. – A passagem de ida e volta é para você poder voltar se tiver problemas.

A passagem, com as bordas amareladas, ainda estava guardada na caixa chinesa de seda que Parvin tinha me dado no meu aniversário, junto com a carta de minha mãe, a mecha de cabelos, os pentes de madrepérola de Noura, um vidro de perfume, um batom Mary Quant e o colar de prata e turquesa de Françoise. Eu me vesti e guardei minhas coisas na pequena sacola que ele me dera. Ele me levou de carro até a estação ferroviária mais próxima. Chovia forte quando chegamos lá, e ele abriu a capa de chuva, chamou para mais perto, cobriu minha cabeça e parte do meu corpo, e corremos para a plataforma. Ele cheirava a livros, lareira, alfazema, mel e vinho. Quando o guarda tocou o apito, separei-me dele, dei-lhe um abraço e pulei no trem.

– Cuide-se direitinho, filha – foram suas últimas palavras para mim.

Como eu nunca havia entrado num trem, segui uma velha senhora e me sentei ao lado dela.

– Toalete, por favor – eu disse e ela apontou as portas de vidro corrediças. Encontrei a placa, abri a porta, fechei-a e passei o trinco; abaixei a tampa do vaso, sentei-me nela e chorei.

LEITE E MEL

AO ENCHER pela enésima vez a lavalouça atrás do balcão do bar, comecei a ver o brilho dos copos sem ver os próprios copos. O cheiro de detergente, cerveja, nicotina e hálito enchia o pequeno bar. Endireitei as costas e dei a mim mesma algumas instruções: Não atravesse o mar! Não vá embora! Hoje à noite você não tem permissão. Minha mente ignorou as risadas, os gritos, a fumaça, o cheiro acre das bolachas de chope, e viajou até a prisão, que eu limpava toda quinta-feira com Noura. Munidas de vassoura, dois baldes com água, esfregões e um pouco de desinfetante, Noura varria os quartos e eu ficava de joelhos para passar pano no chão. Noura fez girar no ar o sutiã enorme de madame Lamaa e riu ruidosamente, enquanto eu mantinha a cabeça abaixada tentando remover a sujeira das rachaduras do cimento. Agachando-se, a carcereira me cutucou com o cassetete.

– Você está deixando os cantinhos para as aranhas?

– Nada, absolutamente nada, me mete tanto medo quanto as aranhas – Noura declarou.

– Que bom, eu vou trazer um balde cheio delas para você – disse a carcereira.

Parvin estava lendo uma revista feminina quando lhe contei o que o dr. Charles tinha dito. A faxineira do albergue dissera que os imigrantes estavam vivendo à custa desse país "e o médico disse eu estrangeira e desperdício o dinheiro do sistema de saúde".

Parvin soprou a franja para tirá-la da testa, fechou a revista cuidadosamente e a colocou de volta no porta-revistas; pegou sua *shalwar kameez* e depois subiu as escadas, segurando minha mão com força. Abriu a porta com um empurrão e entrou na sala do médico. Ele nos ignorou e continuou escrevendo.

– Olhe para mim! – ela disse calmamente. – Apenas olhe para mim!

Ele tirou os óculos e levantou os olhos.

– Ela lhe disse que está tendo palpitações, suores noturnos, insônia, não disse?

– Sim...

Ela não se deixou interromper por ele:

– E você chama a si mesmo de médico! Esta mulher está doente, e você a despachou sem nenhum remédio, por medo de gastar um pouco de seu precioso orçamento. – Gordinho e ereto em sua cadeira, o médico parecia baixo, mas quando se levantou era mais alto que Parvin. – Sente-se e escute – ela disse calmamente, e ele obedeceu. – A srta. Asher imagina que homens armados de espingarda a estão seguindo pela cidade toda.

– Só albergue – esclareci.

– Pois bem, você vai fazer o que é certo e prescrever remédios suficientes para os próximos três meses?

O médico começou a escrever num pedaço pequeno de papel.

– Aqui está! Agora saiam daqui! – ele disse entregando a ela o papel.

– Você também disse que nós, paquistaneses, desperdiçamos o dinheiro do Sistema Nacional de Saúde. Pois bem, eu tenho uma notícia para você. Nós duas somos britânicas e em breve estaremos sentando na sua própria cadeira.

Fiquei empolgada e perguntei a ela:

– Tudo bem fazer medicina?

– Vocês querem que a gente pague imposto. Mas nós vamos lhe pagar em merda, que é o que estamos recebendo neste momento.

Ela soprou a franja, saiu me puxando escada abaixo e atravessou a sala de espera.

Ouvi a voz do médico gritar:

– Vocês fiquem à vontade... milagres... sem dinheiro... recuperando... ataque cardíaco... melhor viver no Paquistão.

– Fique à vontade para isso – gritou Parvin.

Ruborizada, a recepcionista nos mostrou a saída e fechou a porta.

Os olhos cor de avelã de Parvin estavam marejados quando chegamos à farmácia. Ela entregou ao farmacêutico a receita e se escondeu por trás de uma prateleira repleta de protetor solar.

– Eu precisa veneno rato – eu disse.

– Ora, cale a boca, por favor! – ela reagiu, de algum lugar atrás das prateleiras abarrotadas.

– Fluoxetina 20mg e creme E45 – disse o farmacêutico sique e sorriu.

Allan olhou para mim e disse:

– Você está com cara de cansada. Talvez seja melhor ir para casa. Afinal de contas, é seu primeiro dia.

Eu disse que estava bem, mas que queria ir ao banheiro. Cheguei lá e olhei meu rosto no espelho: mechas tinham caído sobre minha testa suada, os olhos estavam afundados em olheiras escuras e o rosto estava pálido. Tornei a prender os cabelos com grampos, lavei o rosto com água fria e o enxuguei delicadamente com a toalha. Subi e recomecei a recolher e lavar copos. Quando o último cliente saiu do bar, Allan acenou para mim com um copo na mão.

– Experimente este vinho – ofereceu.

– Um refrigerante, por favor – eu disse.

Ele ergueu a sobrancelha e perguntou:

– Você não bebe?

– Estou cansada, é só isso – menti.

Ele serviu um pouco de água mineral gasosa numa taça esguia, colocou gelo e limão e me entregou . Sentei no banco alto e bebi tudo de uma vez.

– Aqui estão suas 12 libras – ele disse e me entregou o dinheiro.

Entendi que ele se ateve ao acordo original, sem contar todo o tempo extra que eu trabalhei.

– Muito obrigada, Allan – eu disse. – Você precisa de mais alguma coisa?

– Sim, – respondeu – guarde os copos limpos, por favor.

O medo percorria meu corpo em ondas sucessivas, como uma corrente elétrica, enquanto eu estava deitada na antiga cama militar, sendo reduzida a uma pilha de carne e ossos e me transformando numa galinha degolada que se debate em convulsões. Eu passava os braços ao redor do corpo e me embalava, recitando a carta de minha mãe até o pânico afrouxar seu aperto em minhas entranhas, até um pouco de ar fresco percorrer o quarto, até eu vir à tona e começar a respirar. Eu sabia qual era a sensação da galinha quando ela ofegava em busca de ar e finalmente morria.

Voltei a pé ao albergue, me sentindo tão cansada como se tivesse escalado todas as montanhas que cercavam Hima. À noite eu nem pensei na possibilidade de ter que sair do quarto. Fiquei deitada na cama pensando. E se minha família descobrisse meu paradeiro? E se eu tivesse que sair do quarto e procurar emprego? E se ficasse doente, gravemente doente? Eu costumava segurar a carta de minha mãe, minha flauta de cana e a mecha do cabelo dela que Noura conseguiu cortar, e ficar me balançando na cama. A janela era pequena demais, a cama era pequena, o mundo era pequeno, e quando eu morresse meu túmulo se fecharia sobre mim, porque eu era uma pecadora.

Passava um pouco da meia-noite quando finalmente cambaleei de volta para casa, com os ombros, as costas e os braços doloridos. "Todas as partes de meu corpo estão doendo", minha mãe costumava dizer e tomar um pouco de chá de erva-viperina. Parada no ponto mais alto do caminho, que outrora tinha sido a estrada principal, inclinada sobre o gradil verde, consegui me situar. Este país estava certo em me repelir; estava certo em se recusar a me abraçar, porque alguma coisa em mim estava resistindo, e eu jamais iria pertencer a ele. O fato de ter sido apresentada de início a quatro paredes forradas de metal não ajudou muito. Se eu tivesse descido de pára-quedas em Branscombe, onde vivia o ministro, naquele vale verdejante que levava ao mar, poderia ter me apaixonado pela Inglaterra. Agora nós somos como duas velhas amigas que se acostumaram à raiva recíproca. Eu deveria perdoar a Grã-Bretanha por me transformar no musgo que cresce nas rachaduras, por me dar a liberdade de percorrer suas cidades entre as cinco da tarde e as sete da noite, e a Grã-Bretanha deveria me perdoar por torcer na Copa do Mundo pela Itália, o mais próximo de meu velho país que pude encontrar.

Parvin passou pela porta de vidro e eu a segui de perto.

– Tenho uma entrevista hoje à tarde – ela disse à moça que estava no balcão de atendimento ao cliente.

A garota a avaliou com os olhos e disse:

– Espere aqui, por favor.

Um homem jovem, de terno e camisa pretos e gravata cinza, caminhou em nossa direção. O conjunto que eu tinha feito para Parvin parecia um pouco largo e vagabundo, mas mantendo as costas retas e o queixo erguido ela o fez parecer elegante e caro.

– Mark Parks, subgerente – ele disse e ofereceu a ela a mão esquerda.

Parvin lhe deu um aperto de mão dizendo:

– Parvin Khan.

– Srta. Khan, tenha a bondade de me acompanhar – ele disse e a conduziu por um corredor.

Eu não sabia se deveria segui-la ou esperar lá fora.

Ela colocou o braço atrás das costas e fez sinal para que eu fosse embora.

Fiquei ali parada, olhando para o corredor e me perguntando se ela ficaria bem. Eu precisava desesperadamente ir ao banheiro, mas não queria sair dali para não perdê-la de vista caso ela saísse.

– Posso lhe ajudar? – perguntou a mulher do atendimento ao cliente.

– Sim. Se amiga sai, favor dizer urinar eu.

– Direi a ela que você foi ao toalete das senhoras – ela disse e apertou o botão da máquina registradora. Com um tilintar, a gaveta preta deslizou para fora.

Enquanto eu assistia ao filme *Grandes Expectativas* na televisão, abri meu *Advanced Learner's Dictionary* e li a dedicatória do ministro Mahoney: "A Salma, que este país possa lhe trazer felicidade", e então procurei a letra E. "Expectativa: pensar ou acreditar que alguma coisa irá acontecer, desejar ou sentir confiança de que a receberá." Liz esperava que este país não mudasse, que a fortuna dela não acabasse e que o sol não se pusesse em Swan Cottage. Queria que sua mansão e seus cavalos não tivessem sido vendidos e que seus empregados fossem estrangeiros e obedientes. Gwen quis educar bem as crianças para que amassem suas mães, telefonassem para elas com freqüência, visitassem-nas e as abraçassem. Eu esperava encontrar leite e mel jorrando pelas ruas, a felicidade à espreita em todos os cantos – oh, que surpresa –, um casamento feliz e três filhos para alegrar meu coração. Parvin esperava um emprego, casamento, estabilidade e uma família que a aceitasse do jeito que era. Ela teve uma educação, freqüentou a escola secundária, passou com excelentes notas e estava cursando sociologia numa faculdade local quando foi obrigada a fugir. Ela dizia com freqüência:

– A princípio tudo parece possível neste país, mas a merda do orgasmo não dura muito.

Eu estava lendo um folheto sobre o cartão de crédito da loja quando Parvin saiu da entrevista. De polegar erguido, ela piscou um olho para mim, e eu soube que havia conseguido o emprego. Quando saímos, ela gritou:

– Consegui! Fodam-se! Consegui! – e deu um salto no ar. – Minha amiga beduína, isto pede uma comemoração.

– Que bom, que bom – eu disse e a abracei.

De mãos dadas, caminhamos para o melhor café da cidade. Sentamos em bancos altos, dos quais se avistava a rua principal pelas grandes janelas envidraçadas. Parvin disse ao garçom:

– Quero um chocolate quente com creme, marshmallows e uma barra de chocolate.

Ele baixou a bandeja e indagou:

– E a senhora?

– Eu quer leite com mel e manteiga.

– Não temos isso, senhora.

Parvin puxou para baixo a saia curta e disse:

– Com certeza vocês servem leite aromatizado.

– Sim, nós servimos. Qual o sabor?

– Faça um de caramelo – instruiu, com um sorriso.

Eu segurei sua mão e disse:

– Eu feliz por você.

Ela puxou a mão e disse:

– Não segure minha mão nem toque em mim em público. Eles vão achar que nós viemos do planeta Lesbos.

Quando o chocolate quente chegou, parecia enorme, com uma espiral de creme branco no alto, pequenos pedaços rosados como flocos de algodão flutuando no copo longo e uma barra de chocolate depositada no pires. Parvin pegou o chocolate e começou a comê-lo, e seus farelinhos instantaneamente caíram sobre o creme branco e o guardanapo.

O local era bem aquecido, iluminado, limpo, elegante, e estava cheio. Os raios do sol iluminavam o balcão e eram refletidos pelas jarras de água. O aroma de café e o perfume de caramelo, avelãs, nozes e leite quente enchiam o ar. Tomei um golinho de meu leite aromatizado e o sabor açucarado lembrava o paraíso islâmico. Olhávamos quem passava e sorríamos; a brancura de nossos dentes era acentuada por nossa pele morena escura. Antes de cada gole, Parvin erguia o copo saudando a platéia invisível, e eu não conseguia deixar de acompanhá-la. Ficamos sentados ali, escuras, empregadas, com nossos bigodes brancos de creme, piscando e acenando para os transeuntes.

Naquela manhã Max me deu uma olhada e disse:

– Você está parecendo exausta, menina. O que você anda fazendo?

– Fiquei acordada até mais tarde – eu disse e prendi uma mecha de cabelo atrás da orelha.

– Quem foi? Algum dos árabes? – Balancei a cabeça. – Você sabe o que me incomoda neles. Ele chegam aqui como um exército, compram casas e carros, depois os vendem sem que nenhum de nós, os ingleses trabalhadores, ganhemos com isso nem uma droga de um centavo. Eles não procuram as imobiliárias nem as revendedoras de automóveis; não, eles compram uns dos outros.

– Não conheço nenhum árabe aqui – declarei, sentando-me.

– Que estranho. Por que não?

Eu estava apertando a cintura de um vestido de baile de veludo amassado. O vestido era roxo, mas quando a luz batia nele ficava verde-claro, depois verde-escuro, como as penas de um pavão. Eu imaginava a dona dele: uma loura alta, de medidas impecáveis e pernas longas, com os pés calçados em sapatilhas de cetim sem salto, o cabelo preso com uma fita de veludo, os lábios cor de carmim, os brincos uma cachoeira de pérolas. Ela estaria reclinada num sofá antigo numa mansão do campo, tomando champanhe aos golinhos, rodeada pelos solteiros mais cobiçados da Europa, que iriam devidamente beijar sua mão. As faces ruborizadas seriam o único sinal de sua excitação. Ela sorriria como uma deusa feita de porcelana rosada, opaca, lisa e cara.

– Você não está me ouvindo, está?

Max prendia uma agulha entre os lábios gordos. Os olhos pareciam cansados e inchados sob os óculos bifocais; os cabelos grisalhos estavam escasseando. Na parede havia uma foto de sua família. Ele estava com um pé na máquina de costura, e logo atrás, no chão, estavam seus sanduíches de sardinha e suas laranjas, numa sacola de papel pardo para o almoço. O cheiro forte da sardinha em conserva de azeite invadiu minhas narinas. Max proclamava, orgulhoso:

– Para mim, nada dessa história de sardinha em salmoura.

Às vezes, quando eu estava passando calças com o ferro a vapor, o cheiro das sardinhas de Max se desprendia das peças.

– Terminei este vestido; posso pendurá-lo?

– Pode, com a etiqueta, menina. Escreva "Sharon" nela.

O nome da deusa era Sharon! Nada de Sofia, Alexia, Nadine ou Natasha. Não deveria ser Sally, Salma, Sharon ou Tracy, que eram pássaros de plumagem diversa, uma plumagem restrita a certa largura e altura. O vestido pertencia a uma Sharon!

Decidida a gastar duas libras no almoço de hoje, fui ao café de uma loja de departamentos, pedi uma sopa, duas porções de pão e um copo de suco de laranja. Tudo somou 2,70 libras. Peguei minha bandeja e me sentei no andar de cima, de onde se avistava a entrada. Tirei da bolsa minha *Marie Claire*, que estava cheia de orelhas, e comecei a ler um artigo sobre a necessidade de proteger a pele no verão, quando se estivesse na praia. Os cabelos da modelo eram longos, muito longos, louros, e brilhavam ao sol como rios de ouro derretido. A pele era lisa, rija e bronzeada, e não havia sinal de seus mamilos. Em que praia ela estava? A areia era branca como açúcar, e o mar, turquesa claro. Com certeza, o Mediterrâneo. Eu tomava devagar minha sopa de cenoura, e quando levantei os olhos eu os vi. O dr. John Robson, meu orientador na universidade, entrou no local com uma delicada mulher de cabelos louros curtos, olhos azuis grandes e bonitos e o corpo esguio escondido sob uma camiseta folgada e uma calça jeans. Ela se pendurava nele enquanto ele escolhia a comida no balcão. Eu só o havia encontrado uma vez, quando fui me matricular em meu curso universitário. Concentrei-me na sopa, que continuei a tomar. Eles se sentaram, cada um com sua bandeja de frutas e salada. Continuei olhando a modelo, fotografada em pleno ar, como um pássaro voando, as pernas e as mãos espalhadas. Fingi que estava lendo. Pelo canto do olho, vi que eles tinham se acomodado e começado a comer. Enrolei o pão que sobrou num guardanapo, coloquei na sacola com a revista e saí pelas portas corrediças de vidro. Estava chuviscando. A catedral estava em silêncio, a não ser pelo som tristonho de um órgão. Recompus meu desconjuntado eu, olhei para as cores intensas do vitral, onde o sangue estava pingando da testa de um Cristo esmaltado azul e vermelho. Caminhei para o altar, coloquei uma almofada no chão, me ajoelhei e repeti: "Que Alá tenha misericórdia de Salma! Deus, alivia-lhe a aflição, torna mais leve sua carga, dilata-lhe o peito! Abençoa-a com a dádiva do esquecimento!"

Assoei o nariz e saí da catedral gelada. Continuava a chuviscar, o tipo de chuva com a qual gente normalmente não se importa e acaba encharcada. As calçadas estavam molhadas, as ruas estavam molhadas, as janelas estavam molhadas. Olhando o brilho cálido dos abajures das mesas, atrás das janelas cobertas de vapor do hotel de esquina, eu entrei no clima próprio para encarar a ira de Marx. Estava meia hora atrasada. No minuto em que passei pela porta e sacudi a água dos cabelos, Marx me surpreendeu, dizendo:

– Você estava chorando, não estava?

Nada de recriminações zangadas, ameaças de expulsão de seu refinado estabelecimento e deste excelente país, nada de você não tem respeito por seu chefe, nada de centenas de jovens brancos ingleses dariam qualquer coisa para ter o emprego que você tem. Nada além do pedido:

– Pode costurar isto para mim?

Não consegui olhá-lo nos olhos. Eu conseguia lidar com a raiva, mas gentileza eu não podia suportar. Gentileza eu não merecia. Ele devia ter gritado comigo, ter me chamado de piranha estrangeira, ter me dado chutes no estômago até me fazer desmaiar. Gentileza eu não merecia.

Voltei para casa, tomei um banho, depilei as pernas, lavei os cabelos, passei creme no corpo, passei desodorante e coloquei perfume. Sequei o cabelo para realçar o volume, vesti uma meia-calça preta, uma saia preta curta, sapatos pretos de salto alto, uma blusa branca de babadinhos sem mangas e pintei um arco-íris em torno dos olhos. Olhei no espelho e vi um palhaço olhando para mim. Esta noite eu poderia ser atacada. Poderia ser estuprada e assassinada por uma gangue. Eles poderiam encontrar meu corpo debaixo de uma árvore ao lado do rio. Quando Elizabeth me viu, perguntou:

– Sally, você agora anda se prostituindo, não anda?

Allan passou a mão na cabeleira grudenta.

– Salma! – Ele pigarreou. – Você está muito bonita.

Na noite anterior ele havia me chamado ao escritório e me dado um sermão sobre minha aparência.

– Nossos fregueses querem estar cercados de mulheres bonitas; todos eles vão ao cinema e vêem aquelas garotas do comercial de Bacardi. Você tem que tentar parecer apresentável como... como uma comissária de bordo. Sempre que eu pego um avião, sou acomodado e servido por garotas de olhos maquiados, saia justa e lábios cheios e vermelhos.

Como eu poderia me transformar numa Sandy, uma linda boneca branca? Eu sou apenas uma Shandy, uma boneca preta, uma piranha de pele escura, excessivamente maquiada e rápida com suas alças e cinta-liga. Eu dormi com Jim, não foi? Mas Gwen me recomendou ter aparência de mulher de classe.

– Entendo – declarei.

– Allan. Por favor, me chame de Allan.

– Sim, Allan.

Allan gostava dos cabelos cacheados rebeldes e da saia curta. Com um esforço de imaginação, ele agora conseguia me ver como uma comissária de bordo, arrulhando e flertando, acomodando-o na poltrona, trazendo-lhe uma bebida, beijando-o com uma boca de batom. Pela forma como ele estava me seguindo com os olhos, percebi que eu tinha deixado de ser uma estrangeira incompreensível e tinha me transformado numa mulher, um corpo que não era branco, nem moreno nem negro. Minha cor havia se apagado e sido substituída por curvas, carne e promessas.

Desde que Parvin começara no emprego eu a encontrava muito pouco. Nosso despertador estava ajustado para as seis e meia da manhã. Nós nos levantávamos e corríamos para o banheiro coletivo; entrávamos na fila e esperávamos. Nós nos vestíamos rapidamente e comíamos flocos de milho com leite, escovávamos os dentes, penteávamos os cabelos, preparávamos sanduíches e os colocávamos na bolsa. Parvin ouvia o noticiário matinal, que pontuava com exclamações do tipo "Que idiota! Ele é uma besta! Que babaca!". Eu não entendia muita coisa, então ficava catando os flocos de milho dentro da tigela e ouvindo a agitação dela ir crescendo. Ela havia engordado um pouquinho, e o conjunto feito por mim agora parecia realmente bonito. Momentos antes de sair do quarto, ela olhava para mim e perguntava:

– Você tem visto muitos homens armados com espingarda ultimamente?

– Não – eu mentia.

– Está tomando os comprimidos?

– Sim.

Ela dizia "Muito bem", pegava a pasta e saía correndo.

Madame Lamaa estava sentada no colchão de borracha, encostada na parede e olhando para a janela gradeada. Devia ser verão, porque aquela noite estava quente e o canto estridente da cigarra enchia o ar.

– Madame Lamaa, a senhora está com sede? Eu lhe trouxe água – disse Noura e deu a ela uma caneca de lata cheia de água fresca da jarra de barro coberta de morim molhado.

– Muito obrigada, Deus lhe abençoe – ela agradeceu, bebendo a água e depois secando a boca na manga da blusa. Ela se endireitou, ajeitou o lenço para cobrir os cabelos grisalhos e disse: – Sutiã do meu tamanho não existe no mercado. Uma amiga os fazia para mim. Eu vi você outro dia rodando meu sutiã no ar.

– Nós estávamos só de brincadeira. Nós respeitamos muito a senhora – afirmou Noura.

– Eles me encontraram nua, parada embaixo do poste de luz da rua principal. Acharam que eu era uma prostituta. Eu não sou prostituta.

– Nós sabemos disso. A senhora parece uma verdadeira *sitt*: uma dama. Mas por que estava parada sem roupa na rua? – perguntou Noura.

– Tive cinco filhos, mantinha a casa dele limpa e todo dia lhe preparava uma refeição. Sempre que ele se virava na cama eu lhe abria meu coração. Tudo isso não bastou – ela disse, enxugando o suor da testa.

– Os homens são insaciáveis, não são? – perguntou Noura.

– Uns anos depois eu comecei a engordar. Primeiro fiquei barriguda, e depois a gordura se juntou pelo corpo todo. Também comecei a perder os cabelos, o brilho dos olhos, a leveza do passo.

– O que foi isso? *Sin il ya's*: a idade do desespero?

– O médico disse que sim, que era *sin il ya's*: a menopausa. Insônia, palpitações, suores noturnos e cabelos escuros por todo lado: no buço, em volta dos mamilos, na barriga.

– E daí?

– Ele parou de dormir comigo. "Você está asquerosa", ele disse e nunca mais se virou para mim. Então eu ouvi as velhas línguas se mexerem: "Ele está procurando uma segunda esposa."

– Beba mais um pouquinho de água – ofereceu Noura.

Madame Lamaa bebeu, depois enxugou a boca e o rosto com um lenço. Agarrou os seios enormes e disse:

– E se ele me expulsar de casa? E se ela vier morar conosco embaixo do mesmo teto? E se ele me fizer virar criada dela, sua serviçal, depois de todos esses anos? E se meus meninos começarem a gostar dela? O medo se apoderou de mim e eu passava a noite toda catando pedras e grãos estragados no arroz, procurando as aves migratórias no céu, buscando respostas.

– Ah, essa cigarra desgraçada! – praguejou Noura e depois acrescentou: – Eles nos ameaçam dizendo que vão arranjar uma segunda esposa para nos manter em nosso lugar.

– Uma noite eu entrei na despensa, abri todos os sacos e derramei arroz, farinha, açúcar, as lentilhas, as frutas secas por todo lado. Tirei a roupa e saí caminhando de casa, do jeito que Alá me criou, e fiquei debaixo de seu vasto céu procurando as estrelas. O juiz disse que era um ato indecente e aqui estou eu, sem um amigo, um ser amado ou uma companhia – ela disse e virou o rosto.

– Quisera eu ser mais redonda, mais gorda como a senhora – eu disse.

Ela cobriu o rosto com as mãos.

– Cigarra dos infernos! – gritou Noura.

Quando meus cabelos escuros quase caíam nas bebidas dos fregueses, eles erguiam os olhos inchados, passavam a língua nos lábios e sorriam. Eu sorria de volta e recolhia os copos vazios. Havia pouquíssimas clientes, e todas elas estavam mais cobertas do que eu. Venham dar uma olhada em meu decote, em meu traseiro redondo, em meus longos cabelos escuros e em meus tornozelos finos! Por que não? Allan me viu empurrar a mão de um homem idoso para longe de meu traseiro. As liberdades que o velho estava tomando não agradavam a ele. Quando voltei para trás do balcão para encher a lavadora de copos, ele disse:

– Fique lá no bar; o Barry vai recolher os copos.

Dei a ele um olhar agradecido. Por trás de todo aquele visual arrumado, cabelo lambido e gravata-borboleta, Allan era um verdadeiro cavalheiro. No final de meu plantão, eu me servi de uma xícara de café, sentei-me numa das cadeiras estofadas, tirei os sapatos e coloquei os pés para cima. Allan estava passando o ferrolho na pesada porta de madeira. Esfregando as mãos, ele puxou outra cadeira e se sentou.

– Você não precisa usar salto alto.

– Graças a Deus!

Ele sorriu e disse:

– Se dependesse de mim, eu deixaria você usar o que quisesse. É o gerente do hotel, o sr. Brightwell. Ele fica horas e horas falando sobre nossa imagem.

– Não fico à vontade assim quando estou andando entre bêbados. Eu gosto de coisas mais simples.

– O sr. Brightwell não vai gostar se vier ao bar e vir você desarrumada.

Bebi o restinho do café e tirei os tênis da bolsa. A caminhada de volta para casa levou trinta minutos. Normalmente eu gostava, mas hoje à noite parecia uma pesada obrigação. Enrolei o xale de minha mãe em torno dos ombros, fechei o zíper da bolsa e pus a mão no braço de Allan. Eu estava grata a ele por me dar um emprego e por me deixar atrás do bar, fora do alcance de olhos e mãos de bêbados.

– Boa noite, Barry. Boa noite, Allan.

Estávamos sentadas no café bebendo chá e discutindo. Depois que nos mudamos do albergue, eu não encontrava Parvin com freqüência. Ela estava ocupada no novo emprego. Observei seu rosto ruborizado enquanto ela mastigava a ponta da caneta de plástico.

Ela me olhou nos olhos e perguntou:

– Por que literatura?

– Porque eu preciso saber inglês. A língua inglesa.

– Você pode estudar a língua sem cursar literatura.

– Não, histórias bom. Ensinam a língua a você e como agir como uma senhorita inglesa.

Ela soprou a franja e argumentou:

– Mas, Salma, essa graduação não é em língua inglesa. Não vai lhe ensinar inglês. Pelo amor de Deus, o assunto é Yeats, Joyce, feminismo, Shakespeare!

Bebi um pouco de chá.

– Quero saber sobre Shakfesbeer. Quero saber coisas – declarei, puxando a ponta da orelha.

– Que recaia sobre sua cabeça. Está certo. Vamos preencher a ficha de inscrição. Nome? Sally Asher.

– Não. Salma Ibrahim El-Musa.

– É isso que está escrito em seu passaporte britânico? Você tem que dar os dados exatos, ou então vai pagar uma fortuna como estudante estrangeira – advertiu e pousou a caneta sobre a linha depois do nome.

– Não, mas eu quero nome árabe.

– Você não pode. Eles vão lhe deportar – avisou e começou a escrever Sally Asher.

Eu sabia que ela estava mentindo, mas fiquei de boca fechada. Era ela quem estava preenchendo o formulário.

– Então você quer se candidatar a uma graduação em literatura inglesa?

– Sim – respondi e olhei as nuvens brancas que mudavam de forma pela janela. O vento forte as reuniu e depois as dispersou em minutos.

– Você precisa de um endereço decente. O albergue comunitário não vai causar boa impressão.

Olhei para o rosto de Parvin, para seus cílios recurvados e abaixados que escondiam os olhos cor de avelã, para a boca generosa e para a testa ampla. As nuvens se tornaram escuras e densas. Sem a luz do sol, o café parecia lúgubre. Vesti o casaco e disse:

– Preciso procurar um lugar para morar.

– Preciso me mudar para um lugar mais perto do trabalho – ela disse e depois soprou a longa franja de cabelos lisos.

– Nós ter uma casa juntas?

– Vai sair muito caro. O que talvez possamos conseguir é um quarto de aluguel numa casa – ela disse e mordeu a ponta da caneta.

– Vamos embora, não quero que Max me chame a atenção.

– Mark deve estar se perguntando por onde eu ando – ela disse e olhou a estreita faixa de céu azul entre as nuvens que corriam.

Meus pés estavam cheios de bolhas, por isso foi difícil desfrutar minha caminhada da meia-noite de volta para casa. Pense nos morros verdejantes, nos carneiros e vacas dormindo, no velho de camisa havaiana e chapéu de safári com um cartão de plástico insistindo que cada um de nós se expresse. Embora estivesse ventando, o céu estava limpo, como se a escuridão estivesse subindo, em vez de baixar. O alto dos morros estava forrado por uma faixa fortemente iluminada e a escuridão estava aprisionada bem no meio do céu. As cortinas foram fechadas, os painéis foram baixados e a cidade inteira estava respirando regularmente. Ela estava adormecida. A casa da New North Road para a qual eu olhava nostálgica sempre que passava por ela tinha um novo muro de tijolos vermelhos em torno do jardim. Fechei os olhos, aspirei o cheiro fresco da grama recentemente cortada e sonhei com a vida lá dentro, como a filha ou a esposa do dono; meus três filhos louros ingleses estavam na segurança de suas camas e meu marido estava bebericando seu conhaque e assistindo a um filme de terror na sessão da madrugada. Eu tinha acabado de tomar um banho de espuma bem quente, vestido uma camisola limpa de algodão e estava a ponto de ir me deitar em meu leito matrimonial seguro e amplo, entre lençóis que cheiravam a amaciante com aroma de lírio-do-vale, quando meu marido entrava de adaga na mão, decidido a me apunhalar.

Quando cheguei à nossa rua, vi um corpo caído na calçada. Era Liz, esparramada bem diante da porta da frente. Fedia a vinho vagabundo. Seu suéter azul-marinho estava sujo, a saia, puxada para cima mostrando a maior parte das coxas e a calcinha de algodão branco; a meia-calça tinha fios puxados, e não se viam os sapatos em parte alguma. Seu rosto estava pálido e os olhos fechados se afundavam nas órbitas escuras. Quando ela exalava o ar, o som era algo entre um ronco e um grunhido. Ajoelhei-me e comecei a lhe dar leves palmadinhas no rosto.

– Acorde, Liz! – sussurrei. – Você não vai querer que lhe vejam assim.

Finalmente, ela começou a se mexer e depois acordou. Passei meus braços ao redor de seus ombros, puxei-a para cima e levei-a para dentro.

– Obrigada, querida – ela disse com a voz engrolada.

Coloquei-a na cama, cobri-a com seu edredom sujo bordado de babadinhos e virei sua cabeça de lado, para evitar que se sufocasse com o próprio vômito. A caixa cor de carmim na mesinha-de-cabeceira continha velhas cartas atadas com um elástico e um diário com o nome de Elizabeth impresso na capa de seda verde. Coloquei tudo de volta dentro da caixa e fechei bem a tampa.

Deitada, sem sono, eu sentia as vibrações dos trens que passavam a toda velocidade. Pelas cortinas semi-abertas podia-se ver o céu sem lua, vasto e claro. Por que eu tinha dormido com Jim? Por que fui fazer isso? Ele nem mesmo tomou conhecimento da minha presença. Teria sido o chá de sálvia? Era apenas um corpo se esgueirando com medo? Devem ter sido os cabelos longos, crespos e escuros, e meu nariz adunco. Olhei para o guarda-roupa e vi o rosto familiar de Hamdan, o gêmeo de minha alma. Ele era alto, forte e moreno. Estendi-lhe os braços. Ele veio em minha direção dizendo: "Como está, minha putinha, minha cortesã, minha prostituta?" Meu corpo se abriu ao peso dele, às mãos brutas, à sua urgência. Enchi as narinas com o perfume de seu rosto coberto de almíscar, seu cabelo untado, seu bigode crescido. Como um deserto ressequido, eu acolhi a chuva forte. Estava de volta ao Poço Longo, enchendo baldes de água fria, derramando-os na minha cabeça e depois ofegando para respirar. Hamdan me abraçou forte. Quando a luz brilhante da manhã começou a se elevar, camada por camada, cobri meus membros enrijecidos com o edredom e flutuei para dentro do sono.

A sala de jantar do *Hellena* estava vazia quando a srta. Asher e eu entramos. Aos domingos eles serviam carne de porco e batatas, e vinho. Agora já estávamos a meio caminho de Southampton. A srta. Asher serviu um pouco de vinho do decantador em sua taça, tomou um gole e disse:

– É um bom vinho; você deveria prová-lo.

– Ele proibido no Islã. Você perde controle e comete todos os tipos de pecado.

Ela passou o dedo pela borda da taça e perguntou:

– Você me vê cometendo algum pecado?

– Não, mas eu diferente. Eu muçulmana. Eu fica maluca. Alá diz assim.

– Sente-se, filha! Coma alguma coisa!

– Não come porco. Animal imundo.

– Cristo disse: "Nada de fora que entre na boca de um homem pode torná-lo impuro." Mas posso garantir que nesta comida não há carne de porco, só de vaca.

– Não pode comer vaca, eu muçulmana. Eu come só carne *halal*. Animal abatido do jeito islâmico.

A srta. Asher estava mostrando irritação.

– Então coma as batatas!

– Não, cozidas com porco.

– Não há mais nenhuma opção.

– Não pode comer, saudade casa.

– Eu sei, minha filha. Mas você deve comer para ficar forte, forte por sua filha.

– Não posso tocar na comida. Muçulmana, eu – objetei, hesitante.

– Deus é amor, ele ama você, criança. Ele a perdoará, não importa pelo quê.

– Alá punir eu. Queimar eu no inferno. Fechar o túmulo sobre meu peito.

– Não o Deus cristão, ele é amor. Ele ama e perdoa. Jesus morreu na cruz para expurgar os pecados da humanidade.

– Deus me ama? Acho que não.

– Jesus Cristo ama você, minha filha. Ele diz isso no Evangelho. Tome este exemplar e leia alguma vez.

Peguei o Evangelho e coloquei depressa sobre a mesa, com medo do contato com o texto cristão.

– Você tem que usar esse véu? Deus lhe fez perfeita e Ele ama cada parte de você, inclusive seu cabelo.

– Meu cabelo é *'aura*. Tenho que escondê-lo. Assim como minhas partes íntimas.

– Cristo foi posto na cruz pelos pecados da humanidade. Ele morreu em consideração a você. Todos os seus pecados serão perdoados.

– Cristo não posto na cruz. Parece assim. Cristãos acham assim. Não verdade.

– Quanta tolice. Como eu posso purificar sua mente de tantas bobagens? – ela perguntou.

– Zangada você? – perguntei.

– Não. Bem, você também pensa em muitas coisas. Não necessariamente verdadeiras. Um dia você verá a luz. Um dia a verdade lhe libertará.

– Não posso tirar o véu, irmã. Meu país, minha língua, minha filha. Não pedaço de pano. Sente nua, eu.

– Cristo foi crucificado. Ele ama você – ela disse.

– Não crucificação, não ama eu.

A srta. Asher se levantou e me deu um tapa no rosto. Segurando a face dolorida, saí correndo para a cabine.

O sol estava brilhando nos morros verdejantes que me faziam recordar Hima. Eu costumava acariciar o solo todo dia, mas agora, presa numa bolha de ar, eu vivia longe da terra e das árvores. Apenas olhava para a paisagem de cartão-postal e pensava no quanto o rio estava distante, ainda que a alguns metros de mim. Eu tinha me separado de meu lado agricultor, mas em manhãs como esta sentia a palma das mãos ansiar por uma foice e pelo contato com o barro e as vinhas. De chinelos e roupão de banho fui, pé ante pé, ao quarto de Liz e empurrei a porta. Ela ainda estava dormindo e respirava com regularidade. Que alívio! Já no banheiro, enquanto estava sentada no vaso, lembrei-me de que o prazo para entregar meu texto sobre a irmã de Shakespeare tinha acabado. Toda aquela história com Jim havia me atrasado. Eu precisava explicar o atraso a John. Engoli a comida, tomei café apressada, queimando a língua, e saí correndo de casa.

– Bom dia, Max.

Ele ergueu a cabeça, que estava enfiada entre as páginas do tablóide *Sun*, e me respondeu distraído. O chefe não estava de bom humor hoje de manhã. Comecei a trabalhar e a pensar em como me desculpar com meu orientador. Ele era alto e queimado de sol, o que era incomum, mas Parvin me disse que eles são mandados duas vezes ao ano a Chipre, para lecionar. Ele tinha cabelos escuros e ralos, cavanhaque e um minúsculo par de óculos em meia-lua, que estava sempre pendurado na extremidade de seu nariz pontudo. Enquanto ele estava dizendo "A universidade aberta tem a missão de levar a educação superior ao alcance da nação inteira", eu ficava olhando para os óculos, que pareciam a ponto de cair a qualquer momento. Ele abaixou a cabeça até que seus grandes olhos cinza ficaram olhando diretamente para mim, acima dos óculos de leitura, e indagou:

– Você é de onde?

Em voz tensa, respondi:

– Sou inglesa.

– Eu também sou inglês – ele disse, deu um sorriso e saiu andando.

Era como uma maldição sobre minha cabeça; era meu destino: meu sotaque e a cor da pele. Eu ouvia cantarem em toda parte – na catedral: "DE ONDE VOCÊ É?"; na feira livre: "Você sabe de onde esses legumes são?" Às vezes, até as vacas lá nos morros faziam uma fila, levantavam uma perna no ar e cantavam em coro: "De onde você é? Vá para casa!"

Fui para o ferro a vapor e comecei a passar bainhas, colarinhos e mangas rebeldes. Naquele quartinho, observando o centro da cidade, envolvida completamente no vapor e cheirando a goma e nicotina, eu parei de tentar me situar. Tornei-me não Salma, nem Sal, nem Sally, nem árabe nem inglesa. Puf! – como num passe de mágica, eu me transformei numa nuvem branca.

Meus mamilos estavam eretos, então eu os massageei delicadamente com as palmas das mãos. Ela devia estar chorando por mim. Eu conhecia aquele vento. Ela devia estar lá me chamando. Noura dizia que as almas eram soldados de nosso amo Salomão e que elas tinham um sofisticado sistema de comunicação. Depois da morte do pai, Salomão se tornou rei. Ele implorou a Alá que lhe desse um império como nenhum outro, e Alá atendeu seu desejo. Ele iria governar os ventos, entender e conversar com pássaros e animais. Alá lhe deu ordens de que ensinasse os homens e os gênios a minerar a terra e a extrair seus minerais para fazer ferramentas e armas. Ele também o favoreceu com uma mina de cobre, que na época era um metal raro. O profeta Salomão entendia até a formiga quando ela gritava: "Corram para suas casas e se escondam, ou Salomão e seu exército, sem perceber, irão esmagar vocês." Ele sorriu porque sabia que Alá tinha tentado salvar as formigas. Naquele ponto, Noura parou de falar e olhou pela janela de grades.

– Só isso? – eu quis saber.

Ela pigarreou e disse:

– O profeta Salomão morreu de repente, apoiado no cajado. Ninguém percebeu que estava morto até que as formigas comeram o cajado dele e seu corpo desmoronou.

LENTILHAS E SALGUEIROS

O HOMEM DE PARVIN era o subgerente da loja de departamentos em que ela trabalhava. Era corpulento, sem ser gordo, com fartos cabelos louros, grandes olhos azuis, a boca fina e ampla quase sem lábios e maxilar largo. Ela o apresentou a mim com a voz cheia de orgulho:

– Quero lhe apresentar o Mark, meu noivo.

Desde que eu me mudara do albergue, não tinha encontrado Parvin. Os meses haviam passado sem um telefonema sequer. Eu era uma beduína, e talvez ela não quisesse ser vista comigo, agora que era uma profissional e tudo mais.

– Muito prazer – eu disse e estendi a mão.

Ele puxou a manga do paletó e me ofereceu um gancho de metal, em vez de uma mão de carne e osso. Parvin ergueu as sobrancelhas, apressando-me a apertar a mão dele. Segurei o frio gancho de metal e fiz uma mesura.

Mark se dirigiu ao balcão e pediu salada e suco.

Parvin piscou para mim e perguntou:

– Ele não é uma gracinha?

– Sim, mas é branco – respondi.

– E daí?

– E... e... – eu cochichei.

– Ele teve câncer e precisaram amputar a mão dele. Agora já está curado.

– Ótimo, que bom, meus parabéns.

– Ele é um bom gerente. Sabe tudo sobre equipamentos esportivos. Nunca vai ficar na pior, porque os ingleses adoram esportes – explicou.

Eu concordei. Ela estava usando pouca maquiagem e seu rosto brilhava ao sol do meio-dia. Mark voltou com uma bandeja repleta de comida para nós três.

– Parvin me contou que você adora salada – ele disse e se sentou.

Olhou para Parvin, e, quando ela ergueu os cílios recurvados e olhou para ele, seus olhos estavam cheios de aprovação.

– Epa, calma aí, senhorita – exclamou, quando ela começou a devorar a salada.

De boca cheia, ela respondeu:

– Estou com fome.

Ele me perguntou em quê eu trabalhava, e quando mencionei a Lord''s Tailor ele disse que talvez fosse lá encomendar o terno para o grande dia.

– Nós ficar encantados em servi-lo – respondi com um sorriso.

Quando terminamos, os dois ficaram em silêncio e olharam para mim.

Tomei um gole de água e perguntei:

– O que foi? Tem aranha andando minha cabeça?

– Não – ele disse –, mas nós queremos lhe perguntar uma coisa.

Puxei os cabelos para trás das orelhas.

– Você nos daria a honra de ser nossa dama?

– Dama? O que eu fazer?

– Não, não é nesse sentido. Você vai ser a dama de honra, minha madrinha, como se fosse a segunda no comando – explicou Parvin.

– Vocês não querem eu. Vocês querem uma inglesa de boa aparência.

Parvin se levantou e me abraçou:

– Não quero ninguém que não seja você, sua beduína maluca.

Eu não ia à universidade com muita freqüência, porque sentia que todo mundo sabia tudo sobre tudo; eles tinham lido livros que eu não conseguia entender, falavam uma língua que eu não conseguia falar e me olhavam de cima a baixo porque meu inglês era precário. No minuto em que comecei a subir a ladeira em direção à universidade, meu coração começou a bater ritmado, como um pilão socando café no almofariz beduíno. Eu me sentia pequena em comparação ao edifício grande e antigo, com as torres e o pé-direito altos. Quando finalmente entrei no prédio, eu tremia. Com as mãos vacilantes, mostrei minhas instruções ao porteiro. Passando por um salão espaçoso cheio de bustos esculpidos, cartazes e estudantes que conversavam, ele me conduziu a uma escadaria estreita.

– Suba a escada e depois vire à esquerda – orientou.

Quando finalmente encontrei a sala do dr. Robson, eu já estava em estado lamentável: o coração havia disparado, os ombros doíam, e o café pingava através do tecido da mochila. Suada e morrendo de calor, bati à porta antes que caísse em prantos.

– Entre – veio a resposta imediata de meu professor.

– Minha garrafa térmica deve estar quebrada – declarei, dirigindo-me a seus cabelos ralos.

Ele ergueu a vista e viu o café gotejando sobre o tapete. Levantou-se, entregou-me uma toalha que tirou de uma mochila e disse:

– Use isto!

Coloquei a toalha no chão e minha mochila, com cuidado sobre ela.

– Agora tire suas coisas da mochila.

Eu não queria que aquele estranho visse meus objetos pessoais. Tudo o que levava na bolsa era barato e velho, e encharcado de café iria parecer ainda mais. Comecei tirando meu suéter, a saia curtíssima, a blusa transparente, a bolsa de maquiagem, a *Marie Claire*, a pasta em que tinha escrito meu pedido de desculpas. E escrevi tudo certo: "No último fim de semana comecei no novo emprego e estava extremamente ocupada. Não consegui terminar meu texto. Por favor, aceite minhas desculpas sinceras." Gwen tinha acrescentado "extremamente" e "sinceras" e corrigido o tempo do verbo em "comecei". Hesitante, puxei umas peças íntimas e finalmente a garrafa quebrada.

Ele segurou a armação dos óculos e disse:

– Você precisa de uma garrafa térmica nova.

– Sim, preciso – admiti.

Um pôster com uma mulher nua dando as costas para o mundo estava colado na parede acima dele. A cabeça dela estava inclinada em direção ao corpo dobrado, e tudo o que se podia ver era seu dorso claramente delineado.

– Pois bem, pode me entregar seu texto.

Olhando meus objetos pessoais espalhados pelo chão, fiquei lutando com as palavras que me fugiam. Vamos lá, diga.

– Eu não fiz.

Pronto, eu tinha dito.

– Por quê? – ele perguntou gentilmente.

– Eu ocupada.

– Com a família ou com o trabalho?

– Família – menti. – Minha filha vai universidade. Ela está fazendo medicina, eu tenho de cozinhar para ela e cuidar dela... eu também trabalho à noite.

– Na próxima segunda-feira quero ver seu ensaio em cima da minha mesa.

– Sim – eu disse recolhendo minhas roupas, que fui enfiando na mochila molhada. – Sim – eu disse ao lhe oferecer a garrafa térmica quebrada. – Sim – eu disse enquanto recuava de costas até a porta. – Sim – eu disse e fechei a porta.

– Sally, espere – ele chamou.

Eu não respondi. Meu nome não era Sally.

Uma noite, depois de temos comido *mjadara*, um risoto com cebola e lentilha, Noura disse, olhando para a janela gradeada:

– Um dia Rami ficou doente e eu o levei ao hospital. Ele passou quatro dias em coma. Eu ia para a loja de cafta lavar pratos à noite e corria para o hospital de manhã. Eu nunca rezava, mas aquela noite rezei pela primeira vez. "Deus do universo, Deus dos humanos e dos gênios, Deus da terra e dos céus ilimitados, tenha misericórdia desta criança e livre-a da doença. Por favor, Deus, se você curá-lo eu vou usar o véu, rezar cinco vezes por dia, fazer jejum, dar o *zakat** aos pobres e ir a Meca em peregrinação." De manhã Rami melhorou, mas eu tinha perdido meu emprego. Descobriram que ele era diabético e precisava de duas injeções de insulina por dia. Alguém falou sobre a "Casa do Perfume", então eu fui, e em vez usar o véu como havia jurado, comecei a tirar a roupa. Você sabe por que estou aqui, Salma, e é porque quebrei todas as promessas que fiz a Alá. Meu marido resolveu levar

* Tributo religioso. (N. da T.)

as crianças para morar com ele e a segunda mulher. E aqui estou eu no palácio Yildiz.

– Palácio Yildiz?

– O palácio do sultão nas margens de um lago na Turquia.

– A prisão de Islah e o palácio Yildiz são idênticos. Não são? – perguntei sorrindo.

– Principalmente os colchões de penas de avestruz e os cântaros de ouro – ela disse com uma risada. O som foi alguma coisa entre um riso sufocado e um soluço.

Enquanto eu estava colocando copos na gaveta grande da lavadora, Allan disse:

– Preciso ensinar a você alguns truques sociais. Depois disso, você vai ser confundida com uma princesa.

– Tem certeza? – que foi exatamente a pergunta que fiz a meu primeiro professor, o ministro Mahoney, o amável sacerdote quacre. Depois do café-da-manhã, que tinha gosto de serragem, bebi um café frio, escovei os dentes e penteei os cabelos para trás. Então ouvi alguém batendo na pesada porta do centro de detenção. Deve ser a srta. Asher, pensei, enquanto tentava esticar os lençóis amassados. Então entrou um homem alto, de olhos azuis, sorriso largo e cabelos grisalhos. Quando ele disse em árabe *"Al jaw bardun huna*: o clima está frio aqui", eu o reconheci. Era o pastor do navio. O árabe falado por ele soava rígido e clássico como os livros da srta. Asher, o que me fez rir.

– *Haya bina ya Salma*: vamos embora, Salma – ele disse.

– *Ma'ak?* – perguntei.

– Sim, *na'am, ma'i*, comigo – ele confirmou e abriu a porta.

Uma pastora beduína ser transformada em princesa, toda sorrisos e brilhos, cintilante, empertigada e sem barriga – duvido!

– De modo geral, você tem boas maneiras, mas é meio bruta e pouco sofisticada – declarou Allan.

Sorri para ele enquanto pensava na prisão Islah, onde eu ficava deitada na imundície, tomando banho de 15 em 15 dias, lavando num balde cheio de água e sabão as toalhas que usava quando estava menstruada, comendo com as mãos e sonhando com um riacho de água doce, como aquele a que minha mãe costumava me levar montada num burro quando eu era muito pequena. O riacho era tão cristalino que dava para ver no fundo cada seixo, pequeno ou grande, liso ou áspero. A água jorrava da encosta do morro, coberta de trepadeiras. Melancias maduras cortadas ao meio flutuavam na água gelada, como se fossem as flores das espirradeiras fúcsia que cresciam ao longo do regato, do moinho até o fundo do vale.

– Nossa tribo deu esse riacho de presente de casamento para a tribo do noivo. Infelizmente, ele não é mais nosso – ela disse.

– Não sei como falar com as pessoas – confessei a Allan, enquanto bebíamos o restinho do nosso café de fim de expediente.

– Você fala bem – ele disse, enquanto dava uma olhada em minhas pernas cansadas. Eu não gostava quando Allan me lembrava de que ele era um homem. Queria que fosse apenas um amigo, sem desejos nem olhares disfarçados.

– Sim, mas hoje eu fiz papel de tola quando fui ver meu orientador na universidade.

Allan passou os dedos entre os cabelos encerados, ajeitou a gravata-borboleta e disse:

– Você estuda na universidade?

Havia admiração, confusão e condenação em seu tom.

– Estudo. Primeiro ano, literatura inglesa, mas tempo parcial – eu disse, da mesma forma que o dr. Robson teria me dito em sua sala malcuidada.

– Ah! Então você vai ler Shakespeare.

– Estou lendo sobre a irmã dele, para o módulo sobre mulheres e cultura.

– Meu Deus! Então Shakespeare deixou de ser importante!

Eu não sabia por que ele era ou deixava de ser importante, então vesti o suéter, calcei os tênis e disse:

– Então eu já vou.

– Boa noite – disse Allan e deu um trago no charuto.

Quando acendi a luz no patamar, ouvi alguém gemer no andar de cima.

– Liz, é você? – gritei, subi a escada correndo e bati à porta dela.

Ouviu-se um fraco “pode entrar”.

Abri a porta eu a vi deitada na cama, vermelha, suada e respirando com dificuldade.

– Liz, você está bem?

– Devo estar com febre, aia – ela disse.

– Você foi ao médico?

Ela parecia muito magra e pálida, dobrada ao meio entre os lençóis.

– Não – respondeu. A foto em preto-e-branco do falecido marido sorria para ela de cima da mesa-de-cabeceira. – Preciso tomar um Porto.

Sobre a bandeja de prata manchada de gordura, a garrafa estava quase vazia e o copo estava fosco de sujeira. Derramei o resto de vinho no copo e o entreguei a ela. Liz se sentou e bebeu de um gole só.

– Aia, não existe aia melhor do que você – ela disse enquanto olhava as cortinas de renda flutuando ao vento.

– Sim – eu disse e me sentei ao lado da cama.

– Você sabe, aia, eu queria nunca ter posto os pés na Índia. Todo mundo me tratava como superior e me servia. Os empregados me levavam à escola, você me vestia, Hita cozinhava para nós, o sr. Mãos Tortas cuidava do jardim, Riza ficava de guarda no portão. – Seus olhos se desviaram para um lugar que só ela conhecia. Engoliu em seco e prosseguiu: – Hita costuma fazer os melhores croquetes, cebolas com lentilhas e biscoitinhos picantes. Ele preparava uma bandeja e a levava para mim no jardim, enquanto eu brincava com Rex. "Aqui está, princesa Upah", ele dizia. – Ela olhou para o guarda-roupa e disse: – Tinha de ser ele, Hita *jaan*; tinha de ser seu pai, Hita *jaan*.

Liz virou a cabeça, olhou para o papel de parede William Morris que estava descolando, tocou na intricada moldura de prata, passou a mão sobre a foto desbotada do falecido marido e, finalmente focalizando os olhos em mim, ela disse:

– O que você está fazendo aqui?

– Ouvi um barulho e então vim ver se você estava bem.

– Saia já daqui! Xô! Xô! Vá embora! – ela disse, balançando a mão em direção à porta como quem tenta se livrar de um pouco de terra. O cheiro de vinho barato, poeira; traição, umidade, lágrimas; promessas não cumpridas, lençóis sujos, dentes postiços e desinfetante me seguiram até que eu chegasse a meu quarto.

Deve ter sido amor. Eu estava sentada no alto de uma pilha de feixes de trigo, devorando meu sanduíche de manteiga, quando Hamdan saiu de uma nuvem de poeira e se sentou a meu lado. Eu podia ver os camelos de nossa caravana matrimonial cruzando a aldeia, levando-nos para nossa casa.

Ele arrancou um pêlo do bigode e disse:

– Como vai minha égua?

Ajeitei o véu e disse:

– Bem.

– Eu quero ver você – ele disse e ajeitou seu lenço quadriculado na cabeça.

O tempo estava quente e seco, com nuvens de poeira arrastadas pelo vento. Silenciadas as canções da colheita, terminada a temporada de ceifar e joeirar, as pilhas de trigo, cevada e lentilha se espalhavam pela eira no alto do morro. Engoli em seco e disse:

– Estou grávida.

Sua petulância desmoronou e ele se tansformou num homem atormentado, de costas curvadas e voz trêmula:

– Você não pode estar. Como?

– Não sei – respondi e enfiei o último pedaço de pão na boca.

Quando ele finalmente levantou os olhos para mim, era um homem diferente, os olhos castanhos queimando de raiva, em vez de desejo. Pigarreou e disse:

– Você é responsável. Você me seduziu com as melodias suspirosas de sua flauta e seus meneios de quadris – acusou e levantou a mão para me bater.

Afundei-me na pilha de trigo e cobri a cabeça com os braços.

– Eu nunca encostei um dedo em você. Você nunca me viu antes. Está entendendo? – Ele enrolou o *kuffiyya* em torno do rosto como uma máscara e saiu andando numa nuvem de poeira.

Fiquei ali sentada ouvindo os latidos dos cães à distância, o mugido de uma vaca parindo, o barulho das folhas e o sussurro do vento.

Liz normalmente não me permitia entrar no quarto dela, mas naquela manhã bati de leve na porta e depois entrei como uma invasora. Ela estava profundamente adormecida em sua requintada cama de ferro. A bandeja de prata com as taças de cristal estava sobre a cômoda antiga. Fiquei aliviada ao ver que suas faces tinham recuperado um pouco da cor. Olhei a fotografia desbotada do marido morto na guerra, em cima da mesa-de-cabeceira. A caixa de cetim cor de carmim ainda estava aberta. Cautelosamente, dei uma olhada e vi o maço de cartas atadas por um elástico e o diário encapado de seda verde, com a foto da rainha impressa na capa. Abri o diário e li "segunda-feira, 5 de setembro de 1931, a aia Janki me comprou pulseiras de um ambulante, com todas as cores brilhantes, do arco-íris, mas Mamãe não me deixa usá-las muito. 'Excessivamente indianas', ela disse." Liz virou a cabeça para o outro lado. Coloquei o diário de volta na caixa e saí silenciosamente do quarto. Apressada, desci os frios degraus para a cozinha, pus a chaleira para ferver e me sentei no banco à espera de que tudo ficasse mais aquecido: os armários de madeira, os talheres de aço inoxidável, a louça antiga, a pilha de exemplares velhos de *Homes & Gardens* no porta-revistas de bambu, o teto com infiltrações e as canecas empoeiradas penduradas nos ganchos parafusados nas bordas das prateleiras de madeira.

Saí de casa e aspirei o ar puro da manhã. Embora estivéssemos no meio do verão, ainda chovia de leve. O chuvisco persistente amenizava o calor e penetrava no solo até chegar às raízes de plantas e árvores. Através da enorme vitrine da loja eu podia ver Sadiq desenrolar no chão seu tapete de orações. Ficou parado na borda, colocou as mãos atrás das orelhas e começou o *takbeer*. A porta da loja estava fechada, então colei o ouvido na caixa de correio e fiquei ouvindo.

– *Allahu akbar, allahu akbar!* Com a adversidade está a facilidade. Atentai!

Sadiq se ajoelhou, se curvou e pousou a testa no tapete. Meu pai se levantou, colocou as mãos sob as costelas e começou a recitar. Era novembro e não tínhamos visto uma só gota de chuva naquele ano. Ele começou o *tasleem*, virando a cabeça para o ombro direito e saudando o anjo que registrava as boas ações, depois a virou para a esquerda e saudou o anjo que registrava os pecados, e estendeu as mãos para mim. Andei em direção a suas mãos esfoladas. Ele me ergueu, me pôs sentada em seu colo e disse:

– Bom dia, minha franguinha.

Sadiq abriu a porta de repente e disse:

– Bom dia, *memsahib*! Quer que eu lhe ensine como rezar a Alá, também?

Acenei um cumprimento e me apressei em atravessar a rua.

Caminhando pela ponte verde de pedestres, eu via as nuvens tênues iluminadas pelo sol da manhã se refletirem no rio como grandes bolas de chamas. Eu via o rio se dividir em dois, formando uma pequena ilha. Era um espaço de tranqüilidade coberto de grama verde, flores silvestres, e em cujas margens cresciam bétulas, castanheiros, carvalhos e sorveiras-bravas. As gaivotas brancas voavam para dentro e para fora d'água e árvores verde-escuras brilhavam como um mar de pedras preciosas, como se estivesse chovendo não água, mas puro óleo de oliva cintilante. "Excesso de passado", tinha dito o médico inglês, "e escassez de futuro." Segurei no parapeito da ponte e tornei a levantar a vista, bem a tempo de ver entre as árvores uma figura escura à espreita, ferida, com a honra comprometida, os olhos emitindo chispas de ódio, as pontas de sua *kufiyya* quadriculada de vermelho e branco enfiadas na túnica preta para fixar o lenço sobre a cabeça, a espingarda mirando em minha direção, pronta a disparar. Respirei fundo, coloquei a bolsa no chão entre as pernas, segurei os canos de ferro com força e fiquei de peito aberto, pronta para ser morta. Ele baixou a arma, depois pendurou-a no ombro, puxou as pontas do lenço para fora, sinalizando o fim das hostilidades, e caminhou em direção às bolas de luz. Quando finalmente fechei os olhos, o sal ardia em minhas pálpebras. Enchi os pulmões com o ar fresco da manhã que descia dos morros verdejantes, peguei minha bolsa e retomei a caminhada para o trabalho.

No meu horário de almoço fui à biblioteca pública atrás de livros ou artigos sobre a irmã de Shakespeare. Imitando meu professor da universidade, comecei a "desconstruir" os motivos pelos quais as bibliotecas são intimidantes: a) porque o sistema de classificação e de empréstimo era complicado demais para mim, e b) porque a visão de tantos livros me lembrava de minha ignorância e atraso. Quando entrava na biblioteca, eu me sentia extremamente culpada porque tinha desperdiçado meu tempo lendo revistas triviais. Na *Cosmopolitan* havia um artigo sobre mulheres viciadas em chocolate, que tinha uma química semelhante à que produzimos ao nos apaixonar, mas não havia nem uma palavra sobre mulheres como eu, viciadas em revistas femininas mensais. Sempre que meu ânimo diminuía um pouco eu ia a uma banca de jornal e comprava chicletes, uma barra de chocolate e uma revista feminina. Eu comia e lia, mascava e lia, até o pacote ficar reduzido a pedaços de papel prateado espalhados sobre a mesa e a revista ficar se desmanchando e com os cantos das páginas dobrados, com as amostras de perfumes abertas e usadas.

Ao me ver entrando, uma mocinha de olhos grandes e sorriso automático se encaminhou para mim.

– Posso ajudar?

Eu quis fingir que sabia tudo e dar a ela um olhar de desdém, mas me lembrei de meu orientador, do café derramado e disse:

– Sim.

– Deixe-me explicar a você o sistema de classificação – ela disse, amavelmente.

Quando percebi que estávamos nos dirigindo a um computador, fiquei a ponto de correr para a porta de entrada. O lugar não era familiar e a dor de precisar aprender mais uma coisa nova atingiu-me em cheio. Lembrei a dispendiosa visita ao dentista, que não é mais conveniado ao Sistema Nacional de Saúde, e sua persistente agulha perfurando direto meu coração.

Ela apontou para a tela azul-clara cintilante e disse:

– Você pode procurar pelas palavras "assunto", "autor" ou "título". Basta digitar a primeira letra e apertar a tecla enter. O que você está procurando?

– A irmã de Shakespeare – informei.

– Ah! Deve ser o artigo da Virginia Woolf.

Dei um sorriso de reconhecimento. Em toda a minha vida de imigrante, eu nunca ouvira falar dela.

– Meu conselho é que você procure em teoria feminista.

Sentada na cadeira, endireitei as costas e toquei no teclado. Apertei "assunto", "enter", e depois digitei com o indicador "Teoria feminsta".

A bibliotecária estava me observando.

– Falta uma letra em feminista. Digite um "i".

Eu digitei, apertei a tecla "enter" e uma longa lista de livros e artigos apareceu subitamente na tela. Eu estava perdida no deserto sem ter a meu lado o guia oficial.

– E agora, o que faço?

– Escolha um livro introdutório, como *Feminist Literary Theory*, de Mary Eagleton.

– Este aqui? – perguntei e cliquei no nome.

– Anote todos os detalhes e venha comigo, por favor.

Ela me levou para um grande salão forrado de estantes cobertas de livros, que me recordou a biblioteca do ministro Mahoney, onde celebramos minha libertação do cárcere da imigração e onde tomávamos chá e discutíamos o tempo.

– Os livros, Salma, são a única consolação que temos. Sem eles, como poderíamos perdoar e esquecer?

– Aqui estão seus livros – ela disse.

– Muito, muito obrigada – eu disse à sorridente bibliotecária, e abraçada a meus primeiros livros emprestados corri de volta ao trabalho.

Chovia torrencialmente em Branscombe quando tomei a decisão de ir embora. Desta vez, era a mim que cabia insistir na partida. Já fazia praticamente um ano que eu tinha me mudado para a casa do ministro Mahoney.

– Um hóspede não deve sobrecarregar seu anfitrião por mais de três dias.

Meu inglês tinha melhorado, em parte porque eu gostava do som da língua, e em parte por causa da devoção que tinha por meu anfitrião puritano. Eu sempre tomava banho, usava um vestido limpo, prendia os cabelos e esperava pacientemente, na sala de leitura, por minha aula vespertina. Ao olhar para o rosto do ministro, eu me perguntava por que ele nunca havia se casado. Ele devia estar com cinqüenta e poucos anos. A luz da lareira estava brilhando em seu rosto corado, nos olhos pacíficos, nos acenos de aprovação e em seus dedos longos e afilados. A *Cambridge Grammar* estava aberta na página do condicional. Minha mãe havia me dito muitas vezes que, se você plantar "se", vai colher "eu quisera".

– Ministro, hoje eu não estou com ânimo de estudar – eu disse.

– Você está bem? – perguntou, preocupado.

– Você vê cansada eu estou?

– Sim, eu vejo *como* você está cansada hoje – ele corrigiu.

– Nada, mas nós devemos guerra, nós devemos guerra no rádio. Não consigo dormir.

– Os Amigos se opõem à guerra e estão comprometidos com a paz – ele disse.

Pigarreei para limpar a garganta e disse:

– Se eu pudesse ajudar você, eu ajudaria. Se pudesse ficar nesta casa, ficaria. Eu tenho que ir embora. Minha permanência terminou sua hospitalidade.

– Você não está feliz aqui?

– Sim, você é tão amável... Como... pai para mim – declarei, escolhendo as palavras cuidadosamente para não magoar aquele homem de mel.

Ele desviou o olhar e disse:

– Você é capaz de se virar sozinha?

– Você me disse que Exeter é a melhor cidade do sul para empregos. Eu tento.

– Se você tentar, talvez você fracasse.

– Sim, mas também talvez tenha sucesso.

– Mas, se fracassar, deve tentar melhor para fracassar melhor.

Ele sorriu e saiu da sala.

À noite tudo era silêncio e paz, a não ser por Liz tropeçando e derrubando coisas na sala de estar. Arrumei minha cama, espanei a mesa bamba, empurrei-a para perto da janela e coloquei um calço de papelão sob um dos pés para equilibrá-la. Coloquei o abajur em cima dela e acendi a luz. Gwen me deu as obras completas de Yeats de presente de aniversário. Li alguns poemas e fechei o livro. Manuseei a sobrecapa, dobrei uma aba para trás, inserindo-a entre as páginas amarelas como se fosse um marcador de livro. Pousei a mão sobre o livro e apertei, na esperança de que as palavras se libertassem, se espalhassem e depois achassem o caminho para minha cabeça. Eu queria entender todas elas, ver por que a criança humana sofre, encontrar a cura do pranto.

Ele deve ter sido um morcego, um animal noturno, um intelectual que gostava da escuridão e do silêncio. Na época, o costume era usar lampião. Abri o livro feminista como se ele fosse frágil, feito de vidro delicado, e percorri o índice: Virginia Woolf. Comecei a ler sobre ter um quarto só para si e dinheiro suficiente para poder se dedicar à escrita. Minha mãe não tinha nada de seu, o irmão dela lhe tomou sua parte da fazenda; quando o marido morreu, Shahla foi expulsa de casa, e então veio morar conosco; e tudo que eu tinha de meu era uma filha, que chorava e gritava por mim. Minha mente saiu divagando para as montanhas desoladas com algumas moitas empoeiradas, um campo de íris negro, algumas oliveiras, um mundo cheio de pranto; então, eu a puxei de volta às palavras em preto-e-branco da página. Na metade da leitura, vi uma referência à irmã de Shakespeare. Como a linguagem usada era difícil demais para mim, comecei a procurar as palavras no dicionário: "escapada", "substancial", "gargalhou", "mórbido". Eu não sabia que a palavra "prole", que encontrei ao folhear o livro, significava filhos.

Eu estava tentando montar as peças do quebra-cabeça quando ouvi uma súbita chicotada. Devia ser Liz. Correndo ao andar de baixo, encontrei-a parada no meio da sala de estar, com um chicote de montaria em punho e três garrafas vazias de vinho rolando ruidosamente pelo assoalho. Ela estava usando as calças e botas de montaria, um lenço vermelho amarrado no pescoço e os cabelos lisos e grisalhos num rabo-de-cavalo. Seus olhos alucinados olharam através de mim para a janela. O forte estalo era o som de seu chicote de montaria acertando as garrafas e o piso acarpetado.

– Liz, o que você acha que está fazendo? Me dê o chicote agora! – exclamei e caminhei em sua direção para tirar o chicote da mão dela, mas como fui muito lenta, ela o acertou nos músculos do meu antebraço. Segurei o punho de couro numa das mãos e a haste na outra, puxei para a esquerda, depois para a direita, e comecei a empurrar até Liz soltar o chicote e cair no chão. A essa altura meu braço estava sangrando tanto que corri para o banheiro, coloquei uma atadura e depois chamei um táxi. Enquanto esperava no patamar, ouvi a risada de Liz, e depois ela disse, como se falasse com uma de suas aias indianas:

– Os escravos nunca deveriam respirar o ar inglês.

– Isso aí está horrível – disse o taxista e me entregou um jornal velho para cobrir o banco. Quando finalmente cheguei à Emergência, o sangue havia empapado a atadura e estava começando a pingar. Fui recebida pelas luzes de néon e enfermeiras cansadas. Enquanto examinava o corte sinuoso, a enfermeira disse:

– Uma lesão incisiva, pelo que vejo. Temos que notificar a polícia.

– Não – reagi –, não há necessidade. Eu fazendo salada e perdeu o controle da faca.

– Então foi uma tentativa de suicídio mal-sucedida.

– Não, foi acidente. Se suicídio, eu não estaria aqui.

Ela puxou os cabelos curtos para trás das orelhas, olhou para seu relógio barato, ajeitou os óculos de armação prateada e sorriu. Já devia estar acostumada a ouvir as mentiras que lhe contavam.

Depois de preencher um formulário ela me pediu para aguardar num corredor estreito cheio de cadeiras. As paredes estavam pintadas de verde-limão e as cadeiras e o carpete eram cinza. Olhando em torno, percebi que meu estado não era tão grave quanto outros. Um rapaz tinha uma grande mecha de algodão sobre o olho direito; outro tinha o rosto machucado e sangrava.

– Este é um corte limpo – disse o jovem médico exausto. – Como diabos você conseguiu fazer isso?

– Sabe? Eu estava cortando cenoura...

– Olha, temos que notificar isto à polícia.

– Por favor, não faça isso – supliquei. – Eu só perdi o controle da faca, e ela estava mesmo muito amolada.

Eu via que em torno dos olhos dele duas emoções estavam lutando entre si: o sentido do dever, que exigia notificar o incidente à polícia, e sua exaustão, que o impediu de contestar a história que lhe contei. Ele cedeu à fadiga.

Quando desenrolou a atadura, ele avisou:

– Você vai precisar levar pontos.

O ferimento ia do cotovelo até o pulso, nítido e sinuoso como uma serpente. Eu me abandonei à anestesia local e viajei para fora do hospital decadente, para fora de Exeter, em direção a Southampton, tomei o barco de volta para o Líbano e depois viajei de carro até Hima, onde meu pai, com seu e rosto escuro enrugado, minha mãe, com seus olhos pacientes como duas contas, e Layla, com seus cabelos crespos e escuros e vestido branco, estavam todos esperando por mim atrás do arame farpado. Nós nos abraçamos e nos beijamos, e depois de descascar uma das laranjas que eles trouxeram para mim eu a enfiei na boca. O sumo da laranja e as lágrimas salgadas escorriam pelo meu rosto e se misturavam, depois caíam no chão como um mesmo líquido agridoce salgado. Minha mãe passou os dedos ásperos pelos meus cabelos e meu pai pigarreou, tossiu e depois disse:

– Como vai você, filha?

Então ele me abraçou, inundando meus sentidos com o cheiro de almíscar, solo fértil e café com sementes moídas de cardamomo.

O médico ficou surpreso ao ver meus olhos se encherem de lágrimas.

– Com certeza não está doendo tanto – disse.

Enxuguei os olhos com a mão esquerda e assoei o nariz. Por um segundo, a máscara profissional escorregou do rosto do médico, e ele instantaneamente a empurrou de volta ao lugar.

– Você tem parentes aqui?

– Sim, meus pais e minha filha – menti.

– Você tem que voltar aqui depois de amanhã para examinar os pontos e trocar o curativo. O antibiótico: três comprimidos ao dia e... procure repousar.

Quando finalmente consegui um táxi, o sol estava quase nascendo e as luzes elétricas cor de laranja estavam se apagando uma a uma, deixando as ruas cobertas com a luz acinzentada da manhã.

– Dezoito pontos, mas não se preocupe, não vai ficar cicatriz.

O motorista tomava café enquanto disparávamos pelas ruas desertas. Peguei a bolsa com a mão esquerda e entreguei o dinheiro a ele.

– Obrigado, senhorita – agradeceu e foi embora.

Em Hima, "senhorita" estava reservado às virgens e "senhora" às casadas ou viúvas, mas não havia nenhum título para as que tiveram relações sexuais sem se casar, pois essas simplesmente levavam um tiro.

Gwen estaria dormindo e eu não queria incomodá-la, então fui obrigada a abrir a porta do Swan Cottage e entrar pé ante pé na sala de estar. Liz estava deitada de bruços no tapete do vestíbulo. Como eu não conseguiria levá-la para a cama, virei sua cabeça de lado, verifiquei se ela estava respirando e depois a cobri com um cobertor. Como poderia permitir que eles notificassem à polícia o incidente que envolvia essa mulher velha e bêbada? Por que criar problemas para mim, Salma, não Sal, nem Sally, uma estrangeira, que não deve desafiar os nativos? Você começa a subir a escada sem se apoiar no corrimão; você se joga na cama depois de trancar a porta de seu quarto; você desliga a luz do abajur e pensa na irmã de Shakespeare; você ajusta o espelho e vai em frente explorando este novo território; você dorme entre os lençóis gelados sem saber onde colocar o braço, nem como ajeitá-lo de modo a não sentir a dor latejante, a poder fechar os olhos e sair vagando para longe.

Depois de terminar meu plantão noturno no hotel, caminhei para a rua principal como se arrastada por uma haste de aço até a van de comida árabe estacionada junto à torre. Sentei-me no banco, inalando o cheiro de bolinhos de grão-de-bico borbulhando no óleo quente da fritura e ouvindo o árabe do norte da África.

– *Hadi? Belhaq miziana*, mas ela é tão feia quanto sua avó, *vraiment, haraq w makhabel* – dizia um velho.

– Quê? – replicou o rapaz. – *Ma nifhamsh*. Eu não entendo árabe.

– Eu disse que Yasin não têm documentos nem juízo – disse o mais velho.

– Então ele é um "dez centavos" – disse o jovem.

– Sim, você bota uma moeda de dez centavos no telefone público, liga para a imigração, acaba com ele – disse o velho.

Eles jogaram na frigideira uma nova rodada de falafel. O aroma dos croquetes de grão-de-bico amassado com alho e salsinha fritando no óleo quente flutuou de novo até meu nariz.

Khairiyya estacionou o carro sobre a calçada acidentada, desligou o motor e desceu. Pelo que ela me disse, presumi que estávamos na estrada principal de uma das aldeias do Levante. Ela caminhou para a pequena quitanda que tinha alguns caixotes de madeira cheios de frutas e legumes caprichosamente arrumados na plataforma de azulejos. Eu agarrei a maçaneta, girei-a, abaixei o vidro, estiquei a cabeça para fora e fiquei farejando o ar, enchendo o coração com o cheiro da liberdade. O ar morno e suave, carregado do aroma de comida condimentada fritando, dava a sensação de preciosa seda indiana contra meu rosto. Eu merecia estar morta, mas não só estava viva, como estava livre.

Ela caminhou em direção a um grande caldeirão equilibrado sobre um fogão de bronze a querosene, colocado sobre uma mesa de madeira, e disse alguma coisa ao homem de boné branco que mexia, ocupado, o conteúdo da vasilha com um colherão. Ele pescou alguns bolinhos marrons crocantes e os meteu nos bolsos formados por pães sírios cortados ao meio. Pressionou o pão contra a mesa, esmagando os bolinhos, e derramou uma concha de molho branco dentro dos sanduíches, acrescentou um pouco de alface e fatias de tomate, enrolou tudo num pedaço de papel fino branco e depois colocou delicadamente numa sacola marrom. Kairiyya entregou o dinheiro a ele, pegou a sacola marrom e voltou para o carro.

– Isto é para você: um sanduíche de falafel! – ela disse e me entregou um dos embrulhos.

Rasguei o papel macio e mordi meu primeiro falafel. O bolinho crocante se rompeu sob meus dentes, enchendo minha boca com o sabor de alho, cominho e coentro esmagado.

– O que é isso? – perguntei.

– É feito de grão-de-bico, favas, salsinha e cebola com um pouco de molho de *tahine* – ela explicou, e mordeu o pão branco.

O sabor do falafel e o aroma da comida condimentada e saborosa encheram o carro e a larga estrada poeirenta.

Meu couro cabeludo coçava como se alguém tivesse soprado ar frio contra minha nuca, e então eu olhei para trás, para a miragem no final da estrada empoeirada, e vi minha avó Shahla em sua *madraqa* preta de beduína cruzar a estrada numa nuvem de poeira carregando um odre cheio de leite. Soltei um suspiro e sacudi a cabeça.

– *Mkhabil gultilak* – disse o velho da van de cafta estacionada ao lado da rua principal.

– Quê?

– O último andar da cabeça dele está vazio – disse o velho.

– Ninguém quer comprar falafel. Só fritas, fritas – disse um terceiro homem, que podia ser Yasin, e fungou.

– Eles são ingleses, o que mais se poderia esperar? – disse o rapaz.

– Olhe para o senhorzinho – disse o velho.

– Parem com essa merda de me acusar. Eu sou argelino, eu – protestou o jovem.

– Você? Argelino? E meu bode louro.

Eles riram.

– Sim, eu não sei falar árabe, mas sou argelino – insistiu o rapaz.

O cheiro de sementes moídas de cominho, pimenta-do-reino e coentro encheu a movimentada rua principal. Sentada num banco na escuridão, eu não podia ser vista, mas podia ouvir o som das sirenes de polícia, de um homem que vomitava na lata de lixo e de um grupo de rapazes que cantava: "INGLATERRA INGLATERRA PODEROSA PODEROSA INGLATERRA." Uma mulher gritou:

– Me larga, seu bêbado nojento!

Dei uma última fungada, jurei nunca mais voltar ali e caminhei para casa.

O toque do telefone público no corredor me despertou, então eu desci correndo e atendi antes que Liz pudesse ouvir. Max estava berrando:

– Onde diabos você está? A loja de departamentos está pedindo todas as calças de volta.

Fiquei sem saber o que dizer. Como se esperava que eu terminasse cinqüenta calças num dia só? Não é um trabalho previsível. E elas também tinham a bainha virada. Quando finalmente me recompus, eu disse:

– Tive um acidente. Cortei o braço e precisei levar pontos. Basta me dar o dia de hoje. Eu volto a trabalhar na segunda.

– Você quer dizer dois dias de licença – Max tinha incluído sábado, que eu geralmente tirava de folga.

– Tudo bem, então são dois dias.

Ele me surpreendeu ao dizer:

– Espero que você melhore logo. Sem a família, e coisa e tal.

– Obrigada, Max, e até segunda – eu disse e desliguei.

Debilitada pela náusea e pelos vômitos, eu vi pontinhos luminosos flutuando no espaço quando me levantei de repente da antiga cama militar. No albergue, tão inóspito que eles desligavam a calefação depois das nove da manhã, fiquei de pé no meio do quarto gelado à procura de respostas, de um apoio, de onde me agarrar, de uma âncora. Remexi na mochila de Parvin em busca de seu saco plástico cheio de fitas cassetes. Peguei uma que tinha "When Doves Cry" escrito em tinta roxa. Liguei o gravador, coloquei a fita, apertei o "play". Segurei a caneta, pronta para copiar a letra da canção. Uma voz tensa e aguda cantava sobre pátios, violetas em flor e pombas que choravam. Isso era acompanhado de uma salva de guinchos que soavam como respirações profundas seguidas de soluços. Procurei no dicionário as palavras que não entendia e li e reli a letra da canção até sabê-la de cor. Então, rebobinei a fita e tornei a ouvir a música. De pé, segurei o encosto da cadeira para me apoiar e comecei a dançar ao som da música, pulando num pé e noutro, do jeito como eles fazem na televisão. Então comecei a saltar e cair na ponta dos pés, e depois relaxar os pés até a planta tocar no carpete frio, depois saltar de novo no ar, cada vez mais alto, até meus cabelos começarem a voar dos ombros. Parvin entrou e me pegou de surpresa.

– Que diabos você acha que está fazendo?

– Por que estamos gritando uma com a outra? – perguntei a ela.

– Eu não estou gritando – protestou.

– Talvez você seja apenas como minha mãe – eu cantei.

Parvin colocou a pasta na mesa, chutou os sapatos para longe, sentou-se na beira da cama, abaixou a cabeça e a segurou entre as mãos.

Parei de cantar e dançar e me sentei ao lado dela, dizendo:

– Eu cansada. Eu doente. Eu procura flores desabrochadas.

Ela segurou minhas duas mãos e disse:

– Se pelo menos você não estivesse perdendo tanto peso...

– Frase condicional. Já entendi: expressa um desejo – eu disse, como uma professora.

Quando me virei, percebi que Liz estava parada atrás de mim.

– Bom dia – ela sorriu.

– Bom dia – eu disse e estava a ponto de correr de volta a meu quarto.

– O que aconteceu com seu braço? – Liz perguntou.

Olhei para seu cabelo desgrenhado, os olhos inchados, a mão que apertava a testa, o nariz pontudo, disse:

– Nada.

Parada ali no corredor, ela parecia cansada, desbotada.

– Qual o problema com seu braço, Sal?

– Nada, um acidente sem importância – respondi. Ela não conseguia mesmo recordar a noite anterior.

– Esse trabalho noturno que você anda fazendo é perigoso.

Eu sabia o que Liz estava pensando: uma piranha imigrante barata, pegando homem na beira do rio, deve ter sido esfaqueada pelo cafetão. Tudo isso estava escrito em seu rosto marcado pela ressaca.

– Agora eu tenho que ir – eu disse.

Ela imitou meu sotaque como um papagaio:

– Tenho que irr – repetiu sorrindo.

Aquilo não soava como o que eu havia dito; parecia mais com um programa que passava na tevê sobre patrões e empregados, uma espécie de sotaque nortista. Pensando bem, lembrava o jeito de falar do dr. John Robson. Subi as escadas correndo e fechei a porta do quarto.

Com três dias de folga, eu poderia terminar meu ensaio sobre a irmã de Shakespeare. Comecei a escrever: "Por que fui solicitada a escrever sobre a irmã de Shakespeare, e não Shakespeare, embora tanto tenha sido dito e escrito a respeito dele? Ele deve ter tido amigos e mulheres para ajudá-lo. Ninguém fala sobre as mulheres. Eu me lembrei das histórias de Abu-Zaid El-Hilali, o herói cujas aventuras eram aprendidas de cor por jovens e velhos. Ninguém nunca menciona a mulher, a filha, ou a mãe dele." Passei a manhã inteira escrevendo as sete páginas que meu orientador havia pedido, usando como exemplo algumas histórias que me contaram na infância. Entre goles de café frio, olhadas pela janela para a manhã ensolarada e a escrita, eu terminei o texto. A conclusão era sobre minha própria experiência como alienígena na terra deles. Eles pensam, e eu também, que eu não vivo aqui, mas eu vivo, exatamente como todas as mulheres que foram ignoradas nessas lendas. Em comparação com o livro, meu ensaio lembrava uma coluna de fofocas do tablóide *Sunday Sport*. Pois aí estava: eu não era capaz de escrever como eles. Se fosse, não estaria costurando bainhas.

Eu tinha cochilado e fui acordada por volta do horário do almoço com a enérgica batida de Liz na porta. Ela devia estar sóbria. Abriu a porta e entrou com uma bandeja de pinho, coberta por uma toalha branca bordada, com uma tigela de sopa, fatias de pão preto e uma xícara de chá. Ficou parada em pé sorrindo benevolente como um anjo. Eu agradeci e ataquei a comida. Gratidão. O cheiro de alfazema enchia o quarto. Ela deve ter tomado banho.

– Você vai a algum lugar? – eu disse.

– Vou, tenho que correr. Vou ao meu médico.

O jeito como disse aquilo dava a impressão de que ela estava indo ao seu próprio médico particular em Harley Street, aonde vão as estrelas, mas eu sabia que ela, exatamente como eu, estava registrada no consultório local do Sistema Nacional de Saúde.

Querida Noura,

Saudações de Exeter. Não estou me sentindo muito bem. Minha senhoria, que é alcoólatra, me confundiu com um dos pôneis que teve no passado e me açoitou com seu chicote. A ferida ficou enrolada em torno de meu braço como uma serpente. Sem ter ninguém que me fizesse uma sopa, além da senhoria, senti pena de mim mesma. Queria que você estivesse aqui para passar a mão na minha cabeça. Eu queria muitas coisas. Layla foi aprovada em seus exames e em breve irá para a universidade. Ela virá para casa nos fins de semana e iremos de carro até Dartmouth para passar o dia nadando no mar. Vejo você sorrindo. Sim, eu aprendi a nadar nas piscinas públicas, onde a gente faz fila durante dias, paga 13 libras e faz um curso de natação. A instrutora está agora na casa dos cinqüenta, mas parece muito jovem. Ela disse que nadar mantém a pele esticada. É por isso que nós envelhecemos tão cedo em Hima, pois não temos água nem para beber, menos ainda para nadar.

Noura, espero que você, Rami e Rima estejam com saúde. Como está o diabetes de Rami? Aqui eu fico de olho em novos remédios para isso. Eles estão fazendo experiências no pâncreas de um porco, mas você talvez não queira células de porco implantadas em seu filho muçulmano.

Nunca se sabe se o destino poderá nos reunir outra vez.

Lambi o envelope sem endereço e o fechei.

Se você olhasse com atenção, encontraria centenas de cartas atiradas em latas de lixo ou sendo sopradas de um lado para o outro pelo vento, tanto ao lado dos correios como nas ruas e becos do velho país, com sua tinta preta manchada ou apagada. O papel amarelo, o lixo, sacos de plástico vazios, folhas mortas seriam espalhados, depois reunidos, depois novamente espalhados, até encontrarem um recanto protegido onde apodrecer. As velhas casas brancas da Grécia brilhavam contra o mar azul, quebrado apenas pela crina das ondas brancas espumantes. Eu queria guardar dinheiro e viajar para a Grécia, o ponto mais próximo de minha casa aonde poderia ir sem levar um tiro. Parada no alto penhasco junto ao mar, eu gritaria milhares de *salaams* para o lado oposto do Mediterrâneo.

Assisti a um programa de entrevistas sobre homens que saíam com mulheres mais jovens. "Ladras de marido!", gritou uma mulher na platéia. "Típica solidariedade feminina", pensei. Noura sempre me contava a respeito de maridos aos quais ela prestava serviços. Eu sempre me admirava:

– Aqui neste país? Você está falando sério?

Ela dava risada, um daqueles risos pelos quais os clientes dela pagavam tanto, e me dava uma palmadinha na bochecha:

– Criança, você é tão ingênua...

Então a carcereira chegava e dizia a ela:

– Deixe a menina em paz. Essa sua risada indecente me dá arrepios. Eu busco refúgio em Alá. Isto aqui não é um puteiro.

– Ah, é? Então por que você sempre nos chama de putas?

A paciência de Naima estava se esgotando.

– Aliás, eu fiz um boquete no seu marido – disse Noura.

Naima lhe deu uma bofetada com toda força.

Noura se atirou ao chão e começou a chorar, lágrimas de dor e humilhação.

Naima fechou a porta e cuspiu:

– Escória, é isso que você é.

Madame Lamaa, que estava convencida de ser ela própria a escória, acordou a tempo de ouvir as últimas palavras de Naima. Cobriu os ouvidos com as mãos e começou a soluçar.

Gwen veio me visitar no sábado. Eu liguei para ela e lhe disse que não a havia abandonado, mas que não estava me sentindo muito bem. Ela veio, apesar de sua antipatia por Liz, e me trouxe um exemplar de um romance que eu estava procurando, comprado num sebo. Sentou-se na beira da cama e, apontando o braço envolto em ataduras, perguntou:

– Quem fez isso em você?

Fiz sinal para que se aproximasse e cochichei:

– Liz estava bêbada e me bateu com seu chicote de montaria.

Gwen puxou as pontas do cabelo curto e grisalho para trás das orelhas e suspirou:

– Que horror! A mulher enlouqueceu.

– Menti para o médico e disse a ele que cortei a mão fazendo uma salada.

– E ele acreditou em você?

– Não, mas estava cansado demais para se importar com isso.

– Você precisa se mudar.

– Não posso.

– Eu sinto muito, Salma – ela disse e me abraçou.

Eu tinha passado tantos dias ansiando por aquela intimidade que comecei a chorar.

– Qual é o problema? – ela perguntou com sua voz de diretora de escola.

– Nada, eu só queria estar com minha família – declarei como uma criança.

– Mas você sabe que não pode estar com sua família, se é que você ainda tem uma família por lá.

Ela imediatamente se arrependeu do que tinha dito.

Puxei para cima a gola da camisola e disse:

– Isso não importa... já não importa mais.

– Não, não importa – disse, alisando a coberta com os dedos. – Olhe só o que eu trouxe para você. Seu queijo *haloumi* favorito – ela disse, puxando da bolsa de tecido um pedaço de queijo branco enrolado em plástico. O cheiro de hortelã e salmoura encheu o quarto.

– Onde você conseguiu? É difícil de encontrar.

– A delicatessen da cidade encomendou para mim – explicou.

Olhei para seus cabelos grisalhos bem penteados, seu rosto vermelho e corado, os óculos de armação dourada, a blusa rosa de decote em V e sorri.

– Assim está melhor – aprovou.

*RAHAT-LOKUM** E COCOS

VOLTEI À UNIVERSIDADE para entregar o ensaio a meu orientador. Ele estava encadernado caprichosamente numa pasta de plástico lilás que Gwen havia me dado quando eu finalmente entrei para a Universidade Aberta. Escolhi para vestir uma saia florida escura comprada num brechó e uma longa camisa branca bordada, que Parvin tinha me dado de presente de aniversário. Alisei a saia com as mãos, conferi se meu cabelo estava bem penteado, cuspi num lenço de papel e limpei a poeira dos sapatos, e depois bati à porta. Recebi um imediato e cavernoso "Pode entrar", que congelou minhas pernas. Com os dedos trêmulos, abri a porta, mas não conseguia arrastar os pés para a frente, sobre o tapete persa.

– Pode entrar – ele disse em voz mais gentil.

Fiquei parada na soleira e disse, tentando imitar o sotaque de Liz:

– Aqui está o ensaio.

– Ah! Até que enfim – ele disse e me olhou por cima de seus escorregadios óculos de meia-lua. Recebeu a pasta e a colocou no alto da pilha sobre a mesa. Eu ainda estava de pé, então ele convidou, enquanto folheava o texto:

– Sente-se!

Vi de relance, na prateleira às suas costas, o mesmo romance que eu estava lendo, e anotei mentalmente para contar a Gwen.

– Estou vendo que você hoje não trouxe a garrafa térmica. Aceita um café?

---

* Doce de origem turca (N. do E.)

Tirou os óculos de leitura, dobrou cuidadosamente as hastes e os guardou numa caixa de couro macio.

– Aceito, obrigada – eu disse, esperando que o café fosse servido imediatamente.

Ele se levantou, puxou a camisa azul para baixo, sobre as calças, enfiou as mãos nos bolsos dos jeans e disse:

– Então vamos.

Caminhamos pelo gramado, entre as flores, arbustos e árvores cujos nomes eu não conhecia. Se ele tivesse me perguntado sobre aquela árvore alta com flores eretas como velas, eu não teria sabido o que dizer: "Bétula, castanheiro-da-índia, carvalho", nomes que eu tinha decorado recentemente, sem ligar as palavras à forma dos troncos e folhas. Se tivesse me perguntado sobre aquele cachorro que corria para apanhar um pedaço de pau, eu não teria sabido o que dizer: "Dálmata, rottweiler, alsaciano", que eu tinha decorado recentemente sem ligar o nome da espécie ao próprio animal. Quando fechei os dedos sobre as palmas vazias, percebi que elas estavam molhadas com o suor da ignorância.

Um homem que usava um paletó de veludo vermelho surrado, gravata-borboleta e óculos caminhou em nossa direção pela trilha e quando se aproximou o suficiente para ser ouvido disse ao dr. Robson: "*Whey aye*, cara!", e sorriu.

O dr. Robson resmungou entre os dentes:

– Idiota!

– O que foi que ele disse? – perguntei.

– Ele está zombando da minha cara.

– Por que? – perguntei.

– Sou de uma cidadezinha chamada Aycliffe. Sou nortista – explicou e passou os dedos na cabeleira rala.

Estive a ponto de cruzar a distância entre nós e agarrar a mão dele, mas lembrei que as palmas das minhas estavam muito suadas.

Shahla teria chupado ruidosamente o dente e dito:

– *Tzzu*! O olho nunca pode ser mais alto que a sobrancelha.

O edifício estava totalmente oculto por trás das árvores e arbustos. Subimos, apressados, as velhas escadas da entrada. O professor abriu a porta para mim e eu entrei como se fosse uma dama. As paredes do café eram feitas de painéis de vidro e quando me sentei tive a sensação de que estávamos do lado de fora, no magnífico jardim, inalando perfumes das árvores em flor. O cheiro de café, de corpo e roupa limpos, chegou numa lufada até meu nariz quando o professor voltou carregando a bandeja com duas canecas de café fumegante e um pedaço de bolo de aveia. Ele sorriu e perguntou docemente:

– Açúcar?

– Não, obrigada, dr. Robson – eu disse enquanto ainda olhava a delicada árvore florida.

Ele seguiu meu olhar e disse:

– Por favor, pode me chamar de John. Aquela árvore é um corniso japonês.

Sentei-me na ponta da cadeira mais próxima à saída, fingindo que desfrutava a xícara de café na companhia dele.

Depois de examinar meu rosto, ele perguntou:

– Como se chama sua filha?

Eu me engasguei com o nome dela:

– Lay... Layla – revelei, engolindo em seco.

Ele se esticou para trás, pôs a mão sob a camisa solta, esfregou a barriga e perguntou:

– Sua família é grande?

– Sim – eu disse e estremeci como se tivesse pegado um resfriado. Minha camisa de algodão fino estava pegajosa e úmida. Eu tinha de ir embora antes que o tecido ficasse colado em minhas costas suadas. Ele tomou o café devagar, depois ficou passando o dedo na borda da xícara.

– Cuidar de uma família toma muito tempo?

– Sim.

– Sim, John – ele disse.

– Sim, John, cozinhar para, eles e tudo mais – eu disse e prendi de volta no elástico uma mecha rebelde. Achei difícil tratá-lo de John. Em meu antigo país os professores nunca eram tratados informalmente.

– Muito obrigada pelo café – agradeci, me levantando.

Tomando o último gole, ele disse:

– Nos vemos na próxima segunda, no mesmo horário.

Suspirei aliviada, desgrudei a camisa das costas e saí apressada.

Enquanto descia o morro, vi uma árvore em plena floração, suas flores delicadas e brancas se balançavam ao vento. "Corniso, corniso", fui repetindo. Comecei a escrever uma carta em minha cabeça. "A quem interessar possa: meu nome é Salma Ibrahim El-Musa, passei oito anos na prisão Islah. Durante o primeiro ano, dei à luz uma menina e ela foi levada imediatamente para um abrigo de filhos ilegítimos. Quem sabe você poderá me ajudar a encontrá-la. Minha caixa-postal é..." Então rasguei a carta imaginada. Como eu poderia revelar minha verdadeira identidade e endereço? Eu correria o risco de ser encontrada e morta. Como poderia ignorar os gritos de Layla, seus chamados, suas súplicas constantes? Parei no sopé do morro e olhei para trás. Ele estava verde de relva, ervas daninhas e arbustos, mas, de repente, como num passe de mágica, tudo foi apagado e o morro se transformou numa montanha árida e marrom, coberta de oliveiras verde-prata, ameixeiras e plantas rasteiras. Sentei-me numa pedra achatada, pus a cabeça entre as mãos e aspirei o ar. O que era melhor: viver com metade de um pulmão, rim, fígado, coração, ou voltar ao velho país e ser morta a tiros? Aprender a ignorar essa dor latejante ou deixar tudo terminar depressa? Um enxame de abelhas estava sugando néctar de algumas íris roxas de coração amarelo-vivo. Quando virei de novo a cabeça, o morro estava coberto com as íris negras de Hima.

Quando voltei ao trabalho, Max estava de péssimo humor, xingando os japoneses o tempo todo por virem a este país comprar fábricas. Tentei ficar invisível, como o fantasma Gasparzinho, e fazer meu trabalho ligeira e leve como uma brisa de verão. Muita gente estava perdendo o emprego; eu tinha sorte de ter um, pensei, e alinhavei, costurei e passei a ferro até minhas narinas ficarem forradas de goma. No final do dia, Max se sentou ao meu lado e perguntou:

– Como está seu braço?

– Bem, obrigada.

Colocando os alfinetes e agulhas em cima da máquina e pegou do chão sujo um saco de papel.

– Isto é da parte da minha família. É um bolo de coco – ele disse e passou os dedos na cabeleira impregnada de gel para garantir que a onda parecida com franja ainda estivesse grudada em torno da cabeça.

– Muito obrigada, sua esposa foi muito amável.

– Ela disse que você deve gostar de coco, sendo estrangeira e essa coisa toda – ele disse sorrindo.

– Sim, eu gosto muito, mesmo. Obrigada – menti.

A primeira vez que vi um coco tinha sido muitos anos antes, quando Parvin comprou um no mercado "para preparar com galinha".

– De nada, *bint** – ele disse e se afastou.

Allan ficou surpreso ao ver o braço enfaixado.

– O que aconteceu com você?

– Um pequeno acidente – respondi sorrindo.

– Quando?

– Alguns dias trás.

– Tem certeza de que quer trabalhar hoje?

– Tenho.

– Vou pegar umas luvas de borracha para você. Use-as quando recolher os copos.

O bar estava lotado, e o cheiro de fumaça de charuto, cerveja e hálito azedo enchia o ar. Concentrei-me em recolher os copos e depois colocá-los em fila na gaveta da lavadora. Um dos fregueses, magro e respeitável, gritou de repente:

– Nós não estamos numa porra de um centro cirúrgico. Meu Deus, para quê essas luvas? Fique sabendo que eu não estou com aids.

Recuei um passo e dobrei os braços para evitar que me arrancasse as luvas.

Zangado, Allan correu para o homem e lhe pediu que saísse.

– Para fora – ele ordenou.

Fiquei desconcertada. Allan estava exagerando na reação. Meu manual de sobrevivência do imigrante dizia: "Evite confrontos a qualquer preço."

– Allan – supliquei.

Dez minutos depois, o homem magro e respeitável estava de volta com o gerente do hotel. Com o coração aos saltos, me ajoelhei atrás do balcão para encher a lavadoras. Eu estava a ponto de perder meu emprego. Houve um silêncio forçado. O gerente caminhou para Allan e disse:

– Permita que lhe apresente John Barker-Rathbone, OBE, presidente da International Enterprises Limited.

---

* Em árabe, "filha solteira"; na gíria britânica, termo pejorativo para mulher ou menina. (N. da T.)

Aquilo devia ser sério, pensei, mesmo sem entender o que significava OBE.

– Allan, gostaria que você pedisse desculpas ao sr. Barker-Rathbone.

Alan pigarreou e disse:

– Peço desculpas, senhor – e foi para trás do balcão do bar.

– Onde está a garçonete grosseira? – indagou o gerente.

Levantei a cabeça devagar, abanando a luva de borracha amarela no ar como uma bandeira e imitei Allan como um papagaio:

– Peço desculpas, senhor, muitas, muitas desculpas, senhor.

– Por que você está usando luvas? – ele perguntou.

Mostrei a ele meu braço enfaixado.

– Você devia estar em casa, de repouso.

A essa altura eu estava tremendo, certa de que seria demitida. Procurei Allan com os olhos, mas ele estava ocupado servindo aos fregueses. Puxando os punhos das luvas para cima, eu disse:

– Eu estou bem, de verdade – e sorri.

O gerente estava a ponto de dizer alguma coisa e mudou de idéia, depois mudou de idéia novamente e perguntou:

– Quando você vai tirar os curativos?

– Amanhã – menti.

O gerente saiu e o senhor Barker-Rathbone voltou para a mesma mesa e retomou sua bebedeira, como se nada tivesse acontecido.

Depois do bar fechado, com as pernas apoiadas nas cadeiras, tomando nossa xícara de café habitual, começamos a conversar.

– Ele deve ser um rico filho-da-puta – disse Barry, se referindo ao sr. Barker-Rathbone.

Imitando o jeito dele, eu disse: "Meu Deus, eu não estou com aids!"

Allan entrou no jogo:

– Foi então que o *iceberg* fatídico se abateu sobre eles.

E Barry completou, do balcão: "Uma avalanche de doenças."

– Allan, o que significa OBE? – perguntei.

– Order of the British Empire: Ordem do Império Britânico.

– Então é um título como *sir* – concluí. E pensei no perfeito cavalheiro inglês/irlandês, meu único sir, ministro Mahoney, OBE.

O sol brilhava na casa do ministro Mahoney, em Branscombe. Prateleiras cobertas de livros velhos, o sofá surrado, o velho rádio no canto e a Bíblia, com os óculos de leitura em cima dele, no estojo de couro. Ele me ensinava inglês para "me preparar para lidar com esse ambiente hostil". A linguagem mais bonita era a linguagem da paz e da reconciliação, ele dizia, e lia para mim o discurso de Pórcia sobre a clemência. E agora, como meu pai, eu esquadrinhava o céu em busca de nuvens e da chuva suave de gentileza.

Era um glorioso entardecer de verão em Branscombe e o ministro estava preparando uma massa na cozinha, enquanto ouvia o *jazz* dominical. Sentada no sofá macio da sala de estar, eu ouvia os sons domésticos: o macarrão borbulhando na água fervente, os cogumelos chiando na frigideira, a água gorgolejando de uma garrafa, a mesa sendo posta, os ruídos de mexer a comida na panela, provar o sal, assobiar e depois cantar junto com a música. A letra falava do anseio de encontrar uma pessoa carinhosa, alguém que cuidasse de seus entes queridos.

Noura, naquela tarde não havia pesadelos. Eu olhei, através das portas do pátio, para a roseira laranja num canto iluminado pela luz dourada do sol poente, aspirei o perfume que vinha da cozinha e ouvi a voz jovial, porém tristonha. Prendi a respiração, soltei o ar e me acomodei no couro macio do sofá.

Como eu não estava de plantão naquela noite, resolvi me dar de presente uma ida ao Turk's Head. Ainda tinha um curativo leve no braço, então me esforcei para tomar banho sem molhá-lo. Dei início à rotina atroz de tentar criar para mim uma aparência mais jovem. Depois do banho com óleo perfumado de pinho e a depilação com gilete, cobri o corpo inteiro com manteiga de cacau, borrifei desodorante, fiz uma massagem com *mousse* nos cabelos, que sequei com um secador, jogando-os para a frente, com o corpo dobrado pela cintura. A posição incômoda fez minha pressão subir. Com a cabeça pendurada como se fosse uma galinha, untada a ponto de ser levada ao forno, com os cabelos varrendo o tapete, comecei a tremer. Eu via a sujeira que cobria as unhas empoeiradas do pé dele, projetadas para fora, aparecendo sob a bainha da cortina. Joguei os cabelos para trás, firmei-me nas pernas e endireitei a coluna para encará-lo, mas ele havia tornado a desaparecer. Puxei as cortinas para abri-las e não havia nada por trás, exceto minhas roupas lavadas e fumegantes, dobradas caprichosamente e colocadas sobre o aquecedor.

Minha mãe beduína teria estalado os lábios e dito:

– *Tzu*! Você está parecendo uma prostituta.

Teria sido impossível convencer minha mãe de que aqui as mulheres respeitáveis usam roupas que as fazem parecer prostitutas. Minha mãe cobria até os dedos dos pés com a ponta de sua longa túnica preta quando se sentava: "Não deixe os homens verem seus tornozelos." Meus tornozelos finos e feios não eram um tesão, como tinha dito certa vez uma atriz peituda. Já havia caído a noite, mas o sol do verão ainda estava brilhando, transformando tudo em ouro, as árvores, o rio e os morros. Enrolei o xale preto de minha mãe em torno dos ombros e caminhei para o Turk's Head. Apertei o passo quando cheguei ao galpão dos correios, onde eles separam a correspondência para toda a cidade de Exeter. Eu devia ser muito conhecida ali, a maluca que nunca escreveu um endereço completo em suas cartas. A essa altura o sol parecia uma ferida no fim do horizonte, gotejando sangue claro por toda parte. A água pegava fogo, como o riacho da aldeia sempre fazia no verão. Nossa plantação de trigo estava sendo gentilmente amadurecida, então os velhos, as mulheres, os rapazes e as crianças diziam: "O pôr do sol não é lindo?" As velhas diziam: "Agradeçam a Alá por sua amabilidade. As lavouras de vocês poderiam ter sido dizimadas pelos gafanhotos ou poderiam ter apodrecido."

Fiquei parada na beira do rio, relutante em entrar no bar, contente em apenas observar a ferida sarar e o sol mergulhar atrás dos morros, mas o ruído de conversas animadas, o cheiro de fumaça de cigarro e de charuto, e cerveja, e o som animado da *jukebox* me acolheram. Eu me sentei no banco se sempre no canto e pedi uma limonada. Depois do primeiro gole, comecei a olhar em torno e verificar se Jim estava lá, para poder evitá-lo. Bem atrás de mim, na área elevada dos fumantes, o dr. Robson... John, meu professor, estava sentado com um grupo de rapazes e moças que pareciam estudantes. Quando me viu, ergueu o copo. Eu ergui o meu. No mesmo instante percebi que Jim estava vindo em minha direção e que era tarde demais para evitá-lo. Eu dissera a John que era uma mulher de família e agora, veja só.

– Oi.

– Olá – respondi, olhando para meu copo.

– Você está me seguindo? – ele perguntou.

Eu recordei xícaras fumegantes de chá de sálvia na mesa-de-cabeceira, o café-da-manhã apressado e nosso encontro casual na cidade. Eu também o tinha visto num café com uma loura baixinha, e eles estavam aos sussurros. Olhei para ele sem dizer nada.

– Se você está me seguindo, eu dou um jeito em você – ele disse.

Eu estava tremendo quando respondi:

– De quê você está falando?

John estava observando de longe quando Jim falou comigo de dedo em riste e se afastou.

Coloquei a bebida na mesa e saí às pressas. John estava bem atrás de mim.

– Está tudo bem com você? – ele perguntou e empurrou os óculos para cima.

– Eu estou bem, J... John.

– O que aconteceu com seu braço? – ele perguntou.

– Nada de mais. Só um arranhão – respondi e fui embora.

A última coisa de que precisava era que John demonstrasse solidariedade. Saí caminhando como uma boneca articulada por parafusos de plástico, e qualquer gentileza ou solidariedade humana iria derretê-los e me transformar numa pilha de membros desconjuntados. Fazia uma noite sem lua, mas as grandes lâmpadas elétricas pareciam pequenas luas mórbidas flutuando na água. Sua luz artificial, que passava a noite toda iluminando a área inteira, fazia tudo parecer irreal, como se todos fôssemos atores de um filme de ficção científica. Enrolei meu xale em torno do corpo e desejei que estivesse em outro lugar, ou morta. Sentia falta das noites silenciosas e negras como breu de nossa aldeia, sem nenhum ruído exceto o canto rítmico da cigarra, o latido distante dos cães e o perfume de madressilvas e de floradas das favas. O céu escuro envolvia a gente, cobria a gente como um edredom recheado de plumas de avestruz, e sob o qual se podiam fechar os olhos e dormir um sono profundo.

Sempre que eu saía de casa Liz gritava às minhas costas:

– Você começou a visitar os fregueses na casa deles quando as esposas estão fora. Sua cortesã!

Ela estava de mau humor. Desde que fora ao médico, não parava mais de praguejar. Ele ordenara a ela que parasse de beber, e lhe dissera que seu sistema nervoso e seu fígado estavam sendo "devagar mas seguramente" minados pelo álcool. Na primeira noite ela tentou não beber, mas por volta das dez estava na loja de Sadiq implorando por uma garrafa de vinho barato. Ela pagaria a ele mais tarde. Eu não sabia o que fazer. Sabia que uma sobrinha dela chamada Natasha morava em Kent, mas o que eu diria a ela? "Chame o AA, sua tia precisa ser internada num centro de tratamento para alcoólatras." Como eu poderia, eu, a inquilina imigrante, dizer aos ingleses de classe média o que fazer com suas tias?

Por mais que eu viva, nunca esquecerei aquele dia. Papai chegou mais cedo que de costume, desarrumado e cansado. Aquilo pareceu estranho, porque ele sempre andava bem arrumado. Foi direto para a biblioteca, fechou as cortinas e se deitou imóvel no escuro. Pediu à aia que lavasse a cabeça dele com água e vinagre e depois lhe esfregasse um pouco de óleo de salgueiro na testa. Ela me contou que, quando estava massageando sua cabeça, ele ficou repetindo: "Servir a Sua Majestade o Rei-Imperador é um emblema de honra que usarei com orgulho até morrer." Saí correndo lá para fora, em busca de notícias. O jardineiro me contou que havia uma reunião pública no maidan.* *O pai de Hita estava falando à multidão. Os britânicos abriram fogo. "O povo está dizendo que seu pai, senhorita, atirou no pai de Hita e o deixou lá agonizante."*

Saí correndo à procura de Hita. Quando finalmente o encontrei, ele estava agarrado com força ao portão de barras de ferro. Seus olhos estavam arregalados, e seus dentes, trancados.

"Hita, Hita jaan*" eu implorei e depois coloquei minha mão sobre a dele. Empurrou minha mão como se eu fosse leprosa e começou a tremer. Soltou as barras devagar e saiu, atravessando o portão. Nunca mais voltei a vê-lo.*

Antes de sair para o trabalho, encontrei duas cartas endereçadas a mim no patamar, o que nunca tinha acontecido antes. Pelo correio eu geralmente recebia ordens: pague o que sacou sem fundos da sua

* No idioma bengalês, "amplo espaço aberto". (N. da T.)

conta-corrente, pague o aluguel, mas era raro que recebesse uma carta, propriamente. Abri a primeira e vi a assinatura de John. "Peço desculpas pela segunda-feira. Em vez disso, podemos nos ver na sexta? Preciso me ausentar da cidade". Pelo desânimo no coração, percebi o quanto eu estava com vontade de encontrá-lo. A segunda era um cartão branco decorado que me convidava para o casamento de Parvin, dentro de três semanas. A recepção seria no Reed Hall, Universidade de Exeter. Quatro anos antes, nós estávamos revirando a lata de lixo, procurando restos, e sempre que encontrávamos um sanduíche mofado corríamos para comê-lo no parque. "As mendigas paquistanesas voltaram", costumavam dizer no White Hare, e agora ela está se casando com o sr. Mark Parks, um inglês branco e bonitão, que no lugar da mão tem um gancho de metal.

Naquela noite Allan acariciou meu braço.

– Agora parece muito melhor, Salma, você não precisa mais usar luvas de borracha – observou.

Olhei para seus cabelos impregnados de gel, sua gravata-borboleta, seus sapatos lustrados, e pensei que seria ótimo tê-lo como irmão. Ele era honesto, discreto e protetor. Ele iria me vigiar ou velar por mim? Eu era uma vergonha potencial ou uma amorosa irmã mais nova? Como se comportam os irmãos com as irmãs adolescentes neste país?

Estava vindo. Dava para ver pelo jeito como ele recolhia os copos quando estava livre, o jeito como ficava de olho em mim, o jeito como me oferecia o café no final da noite.

– Açúcar? – perguntava, como se me chamasse de doçura.

Eu não precisava de nenhuma complicação no trabalho.

– Não, obrigada – me interrompi antes de falar o nome dele, que em geral eu usava livremente. Estiquei as pernas sobre o estofado de veludo e tomei o café aos goles. Estava vindo. Eu podia sentir.

– Salma, você gostaria de jantar comigo na quarta que vem? – perguntou Allan e ajeitou a gravata.

Ele sabia que eu não trabalhava às quartas. Engoli em seco e disse com toda a gentileza possível:

– Acho melhor não, Allan. Você é como um irmão para mim.

Eu podia ver que a mensagem o havia atingido nos olhos; ele os baixou para esconder a mágoa.

Tomamos um café em silêncio e depois ele suspirou e disse:

– Você tem algum irmão?

– Não – menti.

Eu ouvia latidos distantes, carros passando a toda pressa, um rádio tocando em algum lugar. Levantei-me e disse:

– Tenho que ir para casa.

Mahmoud era alguns anos mais velho do que eu, magro e majestoso em sua camisa branca larga e comprida. Olhava para mim e tentava torcer o bigode ralo e curto e praguejar. Levava no cinto de munição sua adaga de prata, de empunhadura gravada, lâmina sulcada e bainha de couro, e uma clava.

– Ele acha que é o xeque da tribo. Caminha como um peru, com as pernas abertas. Foi circuncidado tarde, é isso – dizia Shahla e chupava o dente.

Ele agitava a clava no ar, ameaçador, por onde andava. Mas às vezes chegava em casa vindo da escola carregando um saquinho marrom cheio de *rahat-lokum* e biscoitos de maisena, praticamente o único tipo de comida que a loja do povoado vendia. Ele sabia que eu adorava sacudir o açúcar do doce com força e achatá-lo com a mão, depois colocá-lo entre dois biscoitos como um sanduíche. Sentado na borda do poço, no pátio da casa, ele ficava me observando comer os biscoitos, com um misto de amor e repugnância. Era um irmão tolerante. Era a polícia do deserto em patrulha. Shahla sugava o longo e velho cachimbo e dizia:

– Veja bem onde pisa, menina.

Quando abri a porta da frente, fui atingida pelo cheiro de naftalina. Com toda a cautela, fui à sala de estar e lá estava ela reclinada num sofá sujo e vestida num sári creme e vermelho-vinho, bordado de fio de ouro, e com uma guirlanda de flores secas na cabeça. Seu rosto estava untado com manteiga rançosa amarelo-escura que ela havia retirado de uma caixa de prata. A mão de Liz, machucada e inerte, estava apoiada no coração e numa carta.

– Acabo de me casar com Hita. Não é esplêndido?

O sári ricamente bordado, pousado sobre seu ombro esquerdo, cintilava na penumbra, mas se podia ver acima da saia a roupa íntima de algodão encardida. A guirlanda inclinada puxava para trás a franja grisalha de Liz, mostrando as lesões vermelhas em sua testa e a rede de capilares vermelhos nas faces. Ela esfregou os olhos e disse:

– Meu pai, como diabos ele teria sabido?

E começou a chorar.

– Você está maravilhosa neste sári, Liz – eu disse e coloquei a mão em suas costas convulsionadas.

Ela tentou reprimir as lágrimas, mas o pranto explodiu num uivo seguido de soluços rítmicos.

– Ele me escreveu cartas pedindo perdão, uma vez, duas vezes.

Apoiei em mim a parte de trás de sua cabeça e disse:

– Shhh, calma, está tudo bem, shhh.

Eu sentia o calor da cabeça dela contra minha barriga e suas lágrimas rolarem por meus braços. Seu pranto quente derreteu a manteiga, criando uma linha sinuosa pelo seu rosto, e o rímel estava borrado em torno dos olhos inchados e vermelhos.

Corri à cozinha e trouxe uma toalha, sabão e um pouco de água quente.

– Deixe-me lavar a maquiagem – pedi com carinho e comecei a esfregar com um pano de prato molhado a manteiga amarela. Liz ficou sentada em silêncio, enquanto eu limpava tudo e lavava seu rosto cuidadosamente com água e sabão.

Ergueu os olhos e disse com dificuldade:

– Meu pai atirou nele e depois em si mesmo.

– Atirou em quem?

– No pai dele! Ele não sabia. Ele queria que eles dissessem "*salaam*" isto e "*salaam*" aquilo, e ele se recusou. O pai de meu Hita – explicou enrolando as palavras.

O rosto dela estava limpo e até vermelho quando perguntei:

– Você quer descansar um pouco?

– A noiva vai se retirar para seu quarto. Charles, você pode beijar a noiva.

Quando pus o ombro debaixo de seu braço e a carreguei escada acima, ela estava dócil como a boneca preta de trapos que sua mucama fizera para ela. Deitou-se sob o edredom branco sujo. Virei sua cabeça de lado, abri sua boca e disse:

– Boa noite, noiva.

Com um suspiro ela, pegou no sono imediatamente.

Corri ao andar de baixo, fechei com firmeza a caixa prateada, limpei-a por fora, depois limpei o sofá e a mesinha de centro, abri todas as janelas e portas, derramei o vinho na pia e lavei a bandeja e os copos sujos.

Sentei-me na poltrona de Elizabeth e li a carta de Hita, que estava amassada e atirada no chão.

Durante meses sonhei com o dia em que poderia esfregar meu corpo com seu óleo, Elizabeth. Misturei pó de sândalo, açafrão e óleo numa tigela, enquanto recitava cuidadosamente os nomes e títulos de sua família e da minha. Tirei a roupa e esfreguei o meu peito, costas, mãos, lábios, dedos dos pés e das mãos com o óleo até minha pele ficar amarela e macia. Fiquei sentado à espera de que meu suor e meu sangue impregnassem o óleo, depois o raspei do corpo, coloquei numa caixa de prata, acrescentei mais óleo, misturei até transformá-lo numa pasta fina e homogênea e depois guardei para o grande dia em que você vai esfregar sua delicada pele branca com ele, até deixá-la amarela escura, até você se tornar minha.

LIMÕES E MACACOS

O PERFUME DE pinho do óleo de banho prometia um homem bonito e rico no jardim, sob as janelas de meu quarto. Influenciada pelos vapores da essência vegetal concentrada, esqueci que não tinha uma janela com jardim embaixo. Espreguicei o corpo na água quente e relaxei os músculos. Todas as posições forçadas para costurar, passar, colocar os copos na lavadora tinham deixado ombros e pescoço tensos. Em breve, aos 31 anos, eu seria uma estrangeira corcunda e grisalha. Em breve estaria implorando a Sadiq que se casasse comigo, e ficaria feliz em mandar duzentas libras mensais à mulher dele no Paquistão. Um rosto derretido como de cera me olhava de volta no espelho indiano. Suspendi as alças do sutiã, vesti uma blusa de renda preta comprada num bazar de caridade e consertada por mim, e uma saia longa preta bordada, que tinha sido de Parvin. Um dia, no albergue, ela havia enlouquecido e atirado no chão todo o conteúdo do guarda-roupa.

– Não consigo mais suportar. Pode ficar com isso, e mais isso. Leva tudo – ela gritava.

Eu nunca usei os sapatos pretos de salto baixo, que, enrolados em papel de seda, escondi entre os suéteres. Eu os havia comprado por impulso e depois reparei que neste país só as velhas usavam sapatos confortáveis. Desejei possuir os sapatos de plástico verde surrados de minha avó.

– Eu atravesso riachos, poças e terra seca, e eles são de qualidade. Seu amável pai me compra dois pares por ano na capital, cada um custa só um dinar – ela sempre dizia.

Ao sair de casa usando salto agulha, ouvi Liz cochichar ao telefone:

– Ela agora tem mais dinheiro. Compra pão preto fresco e chá Earl Grey. Sally deve estar fazendo a vida.

Sentada em um dos bancos do lado de fora do restaurante Waterfront, onde serviam pizzas do tamanho de uma tampa de lata de lixo, eu tomava minha Coca-Cola *diet*. Os apartamentos recentemente construídos com vista para o rio pareciam vazios, ninguém neles, ninguém podia pagar o preço. Como casas feitas de biscoito e açúcar de confeiteiro, eles pareciam brilhantes, cintilantes, porém fáceis de desmoronar. A margem do rio estava cheia de gente, adolescentes italianos que estudavam inglês, garotas espanholas que faziam turismo, estudantes americanos, *skinheads* locais com seus cachorros pretos enormes nas jaquetas pretas retalhadas e camisetas com a bandeira do Reino Unido. Fiquei observando a balsa da Goodtime atravessar passageiros de um lado a outro do rio; suas luzes subiam e desciam na água.

De repente meus pêlos da nuca se arrepiaram. Eu conhecia aquela brisa. Ela estava lá chorando, procurando um apoio. Eu conhecia aquele vento. Um súbito arrepio me percorreu, então me inclinei para a frente como quem perdeu o fôlego e abracei meus mamilos eretos. Os músculos onde as costelas se juntavam, entre os seios, se inflaram e depois desabaram como se eu afundasse para dentro. Eu estava me afogando. Seus cabelos escuros se grudavam à cabeça, sua barriga macia estava estufada e seus pés eram minúsculos. Quando madame Lamaa lhe deu uma palmada no traseiro, ela chorou em busca de ar. Contei os dedinhos de cada mão: um, dois, três, quatro, cinco. Contei os dedinhos de cada pé: um, dois, três, quatro, cinco. Seus dedos macios se fecharam em torno de meu indicador, como uma videira tenra que acabasse de se abrir. Segundos antes de seus lábios macios tocarem meu mamilo, Naima tirou-a de mim, enrolou-a num cobertor e saiu correndo. Ela estava faminta e meus seios transbordavam de leite. Eu uivava para as janelas gradeadas. As detentas impediram que eu me atirasse contra a parede. Quando voltei a mim, Noura e madame Lamaa estavam me consolando.

– É para seu bem, querida. É para seu bem.

Minhas pernas estavam cobertas de sangue seco e minha barriga estava pegajosa de leite e lágrimas.

No clube Dansers, até os leões-de-chácara era de meia-idade. Paguei quatro libras e entrei. Olhei meu reflexo no espelho comprido da entrada. Meus cabelos eram cacheados, meu rosto brilhava de suor e minha saia estava amassada. Puxei os cabelos para trás e entrei no recinto meio vazio. Senti todos os olhos pousarem em mim, olhos de raios X que podiam ver tudo, inclusive meu passado vergonhoso. Apressei-me em chegar ao balcão do bar, pedi duas Cocas *diet* para me poupar mais uma viagem, dirigi-me a uma das mesas de canto e me sentei. A mesa estava num plano elevado cercado por um parapeito de madeira, o que me deu a sensação de estar sentada num café observando os passantes. Os globos de espelho da discoteca refletiam as luzes piscantes vermelhas e verdes, espalhando-as por toda a pista de dança, que estava vazia a não ser por duas louras de meia-idade que usavam minissaias brancas e dançavam em torno de suas bolsas. Com um cotovelo apoiado na palma de uma das mãos e a outra mão rodando no ar, quando elas estavam prestes a sair voando, uma brusca jogada da perna direita no ar provocava uma aterrissagem forçada. Reconheci no ato mulheres que estavam se afogando, como eu.

Imaginei a mim mesma parada lá no meio de uma velha pista de dança rebolando os quadris ao ritmo das batidas de um tambor do deserto.

– De onde você é? – perguntou o rapaz de camiseta da seleção inglesa e calças pretas, lustrosas de tanto serem passadas a ferro.

Ele parecia um torcedor de futebol, então eu disse:

– Eu não falo o inglês.

Ele me olhou com seus grandes olhos azuis e respondeu:

– Pode continuar, você está falando inglês.

– Não, eu não.

– De onde você é? Barcelona? Eu já fui a Barcelona. Tudo bem, italiana?

Não respondi.

– Eu sei por que você não está dizendo. Porque você é da Argentina – ele concluiu e saiu andando.

Se eu tivesse dito a ele que era árabe, provavelmente teria saído correndo ainda mais depressa. Uma beduína de uma aldeia chamada Hima, cujo sangue foi derramado por sua tribo para qualquer vagabundo beber. Endireitei as costas, encolhi a barriga e fechei a boca. Como uma testemunha-chave num caso de crime da máfia, eu tinha mudado de nome, de endereço, de passado, e mudei até de países para apagar minhas pegadas.

Gwen disse que era muito importante fazer um levantamento da árvore genealógica. As raízes nos prendem com firmeza ao solo. A pessoa deve aceitar quem é e sentir orgulho disso. Ela estava tentando construir a história da família dela quando lhe perguntei sobre o pai.

– Meu pai em algum momento se mudou para Merthyr Tydfil e foi treinado para supervisor de mineração. Ele abandonou a idéia, e sei que ficou um tempo em Wolverhampton. Praticou remo, jogou *rugby* e esteve no Exército Territorial, entre outras coisas. Em 1912, foi trabalhar perto de Joanesburgo, na África do Sul, onde foi assistente do engenheiro-chefe na primeira siderúrgica de ferro e aço criada lá. Ela agora faz parte da empresa Kvaerner.

Desenrolou de um lenço de musselina um lingote de ferro, esfregou-a delicadamente e disse:

– A parte pequena do primeiro lingote que eu tenho é de quase oito centímetros por um pouco mais de 2,5 centímetros, e tem uns três milímetros de espessura. Num dos lados está escrito "USCO", United Steel Corporation, eu acho, e "lingote nº 1", e no outro lado "1/9/13", que é a data da fundição. Ele também me deixou uma das barras originais, antes do corte, logo depois da fundição. Todos os chefões estavam assistindo.

Ela serviu um pouco mais de chá nas delicadas xícaras de porcelana com rosas inglesas meticulosamente desenhadas num dos lados. Era um dia especial. Gwen estava partilhando comigo seu infinito amor pelo pai.

No Dansers um homem de meia-idade e cabelos escuros, com uma barriga de chope, estava parado num canto, tomando sua bebida devagar e me observando. As mulheres se aproximavam dele, que educadamente as despachava. Ele veio em minha direção.

– Você quer dançar?

Partindo de um homem de aparência decente, com sapatos práticos e robustos e uma camisa branca limpa, provavelmente professor de escola secundária, o convite não devia ser recusado.

Eu hesitei e depois disse:

– Me desculpe, estou cansada.

Nesta manhã as gaivotas pareciam uma macia nuvem branca pairando sobre a planície verde; algumas se afastavam voando do bando, outras permaneciam perto do clã, outras mergulhavam apressadamente na água, enquanto outras ficavam pousadas numa árvore e observavam toda aquela dança no ar, como se não tivessem as mesmas penas brancas, asas e bicos.

O cheiro de cerveja e nicotina enchia o clube, agora lotado.

– Me dá um beijo, sua vagabunda! – gritou um homem.

– Vá se foder! – ela respondeu.

Na pista de dança, um homem que tinha estado abordando mulheres a noite inteira e sendo rejeitado abriu o zíper da calça e mostrou aos dançarinos o traseiro vestido numa cueca com a bandeira do Reino Unido.

Eu estava quase terminando a segunda bebida quando um homem bonito, bem vestido, de cabelos escuros, passou bem na minha frente, acenou para mim e depois piscou, fazendo sinal para que eu o seguisse. Imaginei a mim mesma fazendo sexo com esse bombeiro hidráulico italiano nos bancos de couro de seu carro esporte amarelo. Depois, acabada a diversão, ele iria pentear o cabelo, fechar o zíper da calça, abotoar a camisa e dizer: "Preciso sair correndo, minha mulher vai me matar." Implorei a mim mesma que o seguisse, que agisse como um ser humano, que entregasse os pontos, mas Salma e Sally se recusaram a ceder, a correr atrás dele, a buscar refúgio. Eu era uma condenada, uma imigrante, um lixo, e uma trepada rápida com um bombeiro hidráulico era mais do que eu merecia. Se eu fosse eles, não permitiria minha entrada em suas casas limpas e cheirosas. Eu era contagiosa, e tudo que eu tocava se transformava em piche negro. A visão de um homem e uma mulher dando beijo de língua, quando alguns minutos antes eram completos estranhos, me dava náuseas. Deve ter sido toda aquela Coca que eu tomei de estômago vazio. Se alguém viesse me dizer: "Você gostaria de tomar um pouco de ar fresco?", como nos dramas vitorianos, eu teria dito sim. Chupei os cubos de gelo, envolvi-me no xale preto de minha mãe e caminhei para fora da nuvem de fumaça. O ar na madrugada estava frio, mas o cheiro acre da cerveja estava sendo vagarosamente encoberto pelo aroma da fritura de comida condimentada.

Sentada no banco, eu aspirava o cheiro dos bolinhos de grão-de-bico borbulhando no óleo da fritura e ouvia a conversa em árabe. Ao fundo também se ouviam algumas antigas canções francesas.

– Yasin, por que isto acontece comigo? – perguntou o velho.

– Kismet, *nacib*, é destino, cara – disse o moço.

– Por que isto ser meu filho, *ya rabbi*: meu deus? – disse o velho.

– Alá põe à prova seus verdadeiros fiéis – disse Yasin.

– Amém – respondeu o outro.

– Ele também jovem ainda e pode mudar com a idade – disse Yasin.

– Na guerra de libertação, na Argélia, eu entrei para a resistência. Expulsamos os franceses de nosso país. Nós perdemos milhões e agora os europeus filhos-da-puta levaram meu filho. Ele deixou de ser árabe, não é mais homem.

Jogou mais uma rodada de falafel na frigideira. O aroma dos bolinhos de purê de grão de bico, alho e salsinha caindo no óleo quente foi novamente trazido pelo vento a minhas narinas.

– Eu ponho a culpa na inglesa mãe dele. Ela prendia os cabelos dele com fita e vestia roupas de menina nele – acusou o velho.

– Ela só deixou ele mimado. Mães árabes muito piores – disse Yasin.

– Ele não é meu filho e nunca mais quero vê-lo – disse o velho.

– Ele seu único filho. Você não está falando sério.

Apurei os ouvidos e funguei.

– Vou me divorciar daquela vadia, vou mesmo – prometeu o velho.

– *Doucement*, meu amigo, *doucement* – acalmou-o Yasin.

Do outro lado da rua, um jovem inglês gritou:

– Ô, bigodão de vassoura!

– Não ligue para ele! O bigode fica bem no senhor – disse Yasin.

– Foda-se, sua bicha inglesa! Sai fora, seu boiola! Vai pro inferno, comedor de repolho! – berrava o velho.

– Olha a pressão *hay, y'ayshak* – disse Yasin.

O cheiro das sementes moídas de cominho, pimenta-do-reino e coentro encheu a movimentada rua principal. Embriagados, rapazes e moças cambaleavam de volta a suas casas na luz da madrugada.

Ouvi os pombos arrulhando e sirenes de polícia à distância. Enchi os pulmões com o cheiro de casa, apertei em torno dos ombros o xale preto de minha mãe e depois me levantei e me juntei aos rebanhos que desciam o morro.

– Faz um tempão que a gente não se encontra, você nunca me telefona – disse Parvin.

Tínhamos decidido nos encontrar num café, à uma da tarde. Caprichei na aparência. Com seus olhos cor de avelã, os cabelos negros longos e lisos, a franja bem cortada, a lustrosa pele morena, ela parecia uma modelo, em seu conjunto lilás de calças bufantes e túnica, usado com tênis branco. Nós nos abraçamos e nos beijamos como sempre.

– Você está muito bonita – eu disse timidamente.

– Você também não está nada mal – ela disse, enquanto inspecionava atentamente meu rosto. Estava à procura de "sinais de paranóia", como sempre os chamava. Sorriu ao não encontrar nenhum.

Parvin insistiu em pagar meu almoço.

– Tem certeza de que não quer sobremesa?

– Vou aceitar uma torta de limão – respondi, agradecida.

Ela pagou pelas duas bandejas, nós as carregamos para o andar de cima e nos sentamos entre as exageradas figueiras indianas.

Parvin olhou para mim e disse:

– Você é minha dama de honra, por isso quero que chegue cedo para me ajudar a me vestir – ela disse, mastigando apressada sua salada.

– Que horas?

– Se puder chegar às dez vai ser ótimo. Não vá já arrumada. Leve suas coisas e nós nos vestiremos juntas. Ah, por falar nisso, a dama de honra pode usar qualquer coisa, desde que seja lilás.

Comi a torta de limão devagar e com cuidado.

– Parvin, você está feliz?

– Estou.

O cheiro da casca de limão ralada na hora me lembrou as plantações de limão nos arredores do povoado. Na primavera, quando as árvores estavam em plena floração, quando pareciam noivas arrumadas, o vento carregava um perfume intenso que entrava direto no coração da gente.

– E sua família?

Depois daquela noite no albergue, eu nunca mais tinha visto Parvin chorar. Suas lágrimas não eram para consumo público, ela sempre dizia.

– O que que tem?

– Eles vão ao casamento?

– Eles não sabem onde estou – ela disse e ficou perseguindo a salada de cenoura com o garfo.

– E se eles descobrirem sobre o Mark e o casamento...

– Já vai ser tarde demais.

Se eu não a conhecesse, teria pensado que ela estava completamente composta, mas Parvin baixou os cílios para cobrir os olhos, inclinando tanto a cabeça que a franja tapou a maior parte do rosto, e ela ficou brincando com o guardanapo, que dobrava e desdobrava.

– Você contou ao Mark sobre sua família?

– Contei, e ele disse que vai dizer à família dele que a minha família está no Paquistão e não pôde vir ao casamento.

– Por que você não tenta argumentar com eles?

– Penso nisso todo dia. Eles não iriam aprovar. Embora o Mark aceite se converter ao islamismo para me dar paz de espírito, ele ainda é um inglês branco.

– Eles talvez aprovem, se ele for muçulmano – eu disse.

– Uma vez cristão, sempre cristão – ela disse, dobrando de novo o guardanapo.

– Homens paquistaneses bons não sobem em árvore – eu disse.

– Você quer dizer "não dão em árvore" – ela me corrigiu.

Caímos na risada.

Enquanto tentava pegar o último pedaçinho de torta de limão, pensei que os verdadeiros macacos éramos ela e eu, boas para subir em árvores sem ajuda e depois descer como se fosse muito fácil. Estendi o braço sobre a toalha branca e segurei sua mão elegante.

– Não se preocupe! O casamento ser ótimo.

Depois do trabalho fui correndo à casa de Gwen, que devia estar na cozinha quando toquei a campainha. Ouvi quando ela se aproximava da porta com dificuldade. Abriu a porta e seu rosto pálido sorriu.

– Olá,Gwen, você está pálida – eu disse e beijei suas faces.

– Minhas pernas estão me matando. Preciso emagrecer – ela disse, passando a mão sobre os cabelos grisalhos bem cuidados.

Dei-lhe um abraço e disse que ela precisava fazer um pouco de exercício.

– Que tal nós irmos dar uma volta agora?

Ainda era bem cedo e o sol estava surgindo suavemente por entre as nuvens. Ela vestiu a jaqueta impermeável, pegou o lenço florido e ficou lutando com os sapatos. Não me ofereci para ajudar, pois ela se ofenderia. Caminhamos pela rua afora.

– Quando a gente tem artrite, o líquido que lubrifica as articulações se acaba e elas começam a atritar osso com osso – explicou. O sofrimento estava desenhado em seu rosto, mas ela continuava a caminhar. – Mas se eu não continuar a me mexer vou me transformar numa inválida.

Segurei o braço dela, tentando animá-la a se apoiar em mim. Ela puxou o braço e continuou a se apoiar na bengala. Quando chegamos ao primeiro banco junto ao rio, a testa dela estava suada. Gwen suspirou de alívio quando finalmente nos sentamos.

– Pode botar para fora: qual é o problema?

– Parvin me convidou para ser dama de honra. Eu não tenho um vestido lilás. Por falar nisso, ela não convidou a família dela.

– E daí?

– Ela devia ter convidado uma das amigas da loja de departamentos. Elas iriam saber o que fazer.

Gwen estava desenhando linhas no gramado com a bengala. Olhou para mim com seus olhos idosos e disse com a voz de diretora de escola:

– Está na hora de você controlar suas emoções: a) a família dela não é a sua, e convidá-los ou não é escolha dela; b) eu tenho um vestido antigo lilás que usei há quase quarenta anos no casamento da minha irmã. Está em bom estado, e você pode ajustá-lo, se quiser – ela disse e olhou para o rio.

– De verdade? Ótimo, ótimo – eu disse.

Os cisnes estavam valsando de um lado para outro do rio, como se não houvesse nada de errado com o mundo. Olhei para o rosto suado de Gwen, seus cabelos curtos e grisalhos, seu corpo acima do peso e suas pernas inchadas e esticadas sobre o gramado e senti ódio de seu filho Michael por não visitá-la. Shahla teria dito "Você dá carne a quem não tem dente e dá brincos a quem não tem orelha furada." Levantei-me, tirei minha flauta de bambu da mochila e toquei uma música, que tinha praticado muitas vezes enquanto ficava sentada à margem do rio, apreciando o pôr do sol. Tentei imitar o movimento gracioso dos cisnes, introduzi os gritos súbitos das gaivotas e o som da água corrente. Fiquei de pé diante dela como se estivesse tocando num espetáculo da realeza cuja patronesse fosse Sua Majestade a Rainha Elizabeth. Quando recebi minha cidadania, quando me tornei súdita britânica, tive de jurar lealdade à Rainha e a seus descendentes. Gwen era minha rainha, então, quando terminei, eu lhe fiz uma reverência.

Ela bateu palmas, rindo.

– Você realmente sabe tocar essa coisa. Nunca me contou – ela disse.

– Agora você sabe – eu sorri.

– É, agora eu sei – ela sorriu.

Max reparou na expressão preocupada de meu rosto e perguntou:

– E agora, qual é o problema?

– Parvin vai se casar e quer que eu seja dama de honra.

Ele me deu um olhar como quem diz "eu gostaria que você também se casasse um dia desses" e disse:

– Isto é ótimo.

– Eles são uma família elegante e eu não sei o que fazer.

Max cuspiu algumas agulhas, passou os dedos molhados de cuspe sobre os cabelos para garantir que ficassem no lugar e disse:

– Seja lá o que fizer, não vomite nos sapatos dela. Minha sobrinha foi convidada para o casamento da amiga dela de faculdade. Sabe como é, um pessoal pretensioso. Cavalos e lanchas de corrida. A aloprada viu toda aquela bebida de graça e começou a entornar. Primeiro xerez e champanhe, depois cerveja, seguida de vinho, depois vinho do Porto e uísque, até o jantar de cinco pratos acabar todo espalhado em cima do vestido de chifon de seda da mãe da noiva. – Deu uma risadinha. – Não, a coisa foi pior ainda. A idiota aloprada tinha ido ao casamento arranjar um marido grã-fino – disse ele rindo.

O que ele não sabia era que nunca havia passado uma gota de álcool por meus lábios. Eu era uma maldita muçulmana. Mas e se eu ficasse nervosa demais e vomitasse no chão todo?

– Se eles forem esnobes, então basta você ficar falando sobre o tempo e chamando a mãe dele de "senhora" e vai dar tudo certo. Aliás, eu nem me preocuparia demais, porque pouquíssimos vão estar sóbrios. Se num casamento a gente se lembrar do que aconteceu, é porque a festa foi muito fraca – resumiu.

O vestido de Gwen – ajustado, lavado a seco e enrolado em plástico – estava farfalhando na brisa. Pendurei o cabide na porta do velho guarda-roupa, para evitar que ficasse amassado e para poder contemplá-lo antes de ir dormir. Era lilás, com um decote tomara-que-caia, ajustado, e tinha um corpete em forma de coração e um casaco largo de crepe transparente lilás, de mangas compridas e gola alta. Ao lado da gola estava presa uma grande magnólia feita de cetim e chifon lilases. Encurtei o vestido de cetim, deixando o comprimento um pouco abaixo dos joelhos, ajustei ligeiramente as costas e deixei o casaco largo e fluido como estava. Era simplesmente lindo. Abri a mala do alto do guarda-roupa e pela primeira vez em meses tirei de lá o vestido branco de Layla. Eu tinha passado horas fazendo aquele vestido de menininha. Tinha passado horas tentando imaginar a aparência de um lótus branco numa luminosa noite feliz, uma Layla. Tentei reproduzir na modelagem do vestido a forma do lótus. A bainha em forma de ziguezague, o decote florido, os bolsinhos imitando rosas, as pequeninas mangas bufantes, tudo desejava o bem dela. Levantei o plástico fino que cobria o vestido de Gwen, que tirei do cabide; pendurei o vestido branco de Layla, sobre o qual coloquei de novo o vestido e o casaco. Passei o gancho de metal do cabide pelo buraco da capa de plástico e deixei os dois vestidos pendurados na beirada do guarda-roupa. O delicado cetim lilás e as poucas pérolas costuradas na gola do vestido dela cintilavam juntos na escuridão.

Liz estava de cama. Com a barriga inchada e os braços machucados, ela parecia pálida como o antigo papel de parede. Esquentei um pouco de sopa enlatada, cortei umas fatias de pão, coloquei tudo cuidadosamente numa bandeja grande e levei para o quarto dela. Bati à porta e ela respondeu:

– Pode entrar, aia Janki.

Pousei a bandeja na mesinha-de-cabeceira com cuidado e notei que seu retrato preto-e-branco do casamento, com a intrincada moldura de prata, não estava à vista.

Ela ainda estava usando a mesma roupa íntima encardida de algodão branco. Puxei Liz para cima e coloquei os travesseiros atrás dela. A caixa de prata com o creme fétido estava debaixo do travesseiro. Ela levantou os olhos para mim e sorriu. O amarelo da manteiga que eu tinha removido do rosto dela havia se infiltrado no branco dos olhos. Coloquei a bandeja no colo dela e alisei o edredom imundo. Com os dedos trêmulos, ela segurou a colher e tentou tomar um pouco da sopa. Depois de algumas tentativas, baixou a colher, derrotada; então eu me sentei a seu lado na cama e comecei a alimentá-la como uma criança. Ela engoliu a sopa com dificuldade e perguntou, erguendo os olhos:

– Hita está fazendo docinhos de coco, aia?

– Sim, Liz.

– Sim, Upah – ela corrigiu.

Ela tomou metade da sopa e escorregou de novo para debaixo do edredom, exausta. Passei a mão sobre seus cabelos lisos e grisalhos e perguntei:

– Você quer que eu chame alguém? Devo ligar para sua sobrinha?

– Onde está o Charles? – ela perguntou. – Ainda no campo?

– Sim, senhora – respondi.

– Correndo, correndo também – gritou Sadiq do outro lado da rua. – Aonde ir? O mercado da bolsa de valores? O preço de suas ações está caindo?

– Bom dia para você também – gritei de volta.

– Ou está indo encontrar seu namorado inglês?

– Eu não tenho namorado inglês. Sou uma muçulmana – respondi com um sorriso.

– Todos os cocos têm namorado inglês. Muçulmana de nome, só.

– Há muçulmanos e muçulmanos.

– O islâmico é um só – declarou.

Atravessei a rua e parei junto a ele na calçada em frente à sua loja.

– O que você quer que eu faça para lhe provar que sou muçulmana? Rezar cinco vezes por dia na soleira sua porta? – perguntei.

– Isso seria legal, também – respondeu com uma risadinha marota.

– Adorei o novo penteado. Parece uma crista de galo – provoquei.

Ele mexeu com o queixo para os lados e disse:

– Não tente bancar a espertinha também. Só porque você passou para uma universidade uma vez não transforma você em professora – ele disse, apontando para o morro.

– Como vão a mulher e os filhos? – perguntei.

– Tão bem quanto seria esperar. Não é bom estar separado – declarou.

Segurei a mão dele e depois soltei.

Ele apertou os cantos internos dos olhos com os indicadores, sorriu e disse:

– Minha barriga dói. Eu ando comendo muito hambúrguer e tenho saudade de um curry, *yaar*.

– Falafel é ruim para você – respondi sorrindo.

– Eu posso experimentar – ele disse, piscando um olho; inclinou a cabeça para um lado e passou a mão sobre os cabelos cheios de gel, destruindo a franja em crista, cuidadosamente construída.

RUBIS E PÃO SECO

O ROSTO DE PARVIN, as pérolas em forma de lágrimas que contornavam o decote drapeado e baixo de seu vestido de seda creme, e os cristais e pérolas embutidos nas folhas e flores de strass da tiara brilhavam à luz pálida do sol poente. Morena, majestosa e composta no tubinho de seda, ela segurou o punho da espada com Mark, prontos a cortarem o bolo. Ele disse alguma coisa a ela, que sorriu, ergueu os olhos e deu um beijo na bochecha dele. Os pais dele, as irmãs Sarah e Jenny, parentes e jovens amigos aclamaram os noivos, que depois de contarem até três partiram o bolo de um só golpe, destruindo o valsante casal de noivos lilases feitos de açúcar de confeiteiro. A tia que usava um grande chapéu vermelho vivo com flores brancas disse:

– Eu mesma fiz. Parvin escolheu as cores. Devem ser as cores das campinas do Paquistão.

– Não seja ridícula. Ela é britânica – observou a mãe de Mark.

Momentos antes, a mãe estava reprimindo as lágrimas, quando o celebrante leu um poema intitulado “Bétula do Himalaia”, que Parvin tinha escolhido para a ocasião.

Um solitário tronco delgado
Ramos que se curvam à tempestade
Folhas verdes e coriáceas, de centro macio
Cintilando contra o céu azul
Casca branca com cicatrizes, sangrando

Coração escancarado
Envolta em curativos, mas altiva e de pé...

Parvin olhou para mim através do véu e sorriu. Baixei o olhar, respirei fundo, me compus e, erguendo os olhos, lhe devolvi o sorriso. Ela me beijou nas duas faces, do jeito que sempre fazemos, e caminhou ao lado de Mark segurando a mão esquerda dele. O gancho estava apoiado gentilmente contra as costas dela, quando o casal se encaminhou ao enfeitado carro esporte que esperava lá fora. Eles acenaram para nós e partiram, ao som de sininhos, para a vida de casados. O rosto corado da mãe dele brilhava à luz suave do crepúsculo.

– Estou tão feliz de que ele tenha encontrado a felicidade depois de tudo que passou – ela disse e enxugou rosto com seu lenço bordado de rendas.

Eu estava à beira das lágrimas, e para evitar o choro exclamei:

– Senhora, é um crepúsculo glorioso!

Sem fala, ela balançou a cabeça concordando e apertou minha mão.

Ela era esmeralda, turquesa engastada em prata, seda indiana descendo em cascata dos rolos, mel de acácia em frascos de vidro transparentes, grãos frescos de café moído num enfeitado almofariz de madeira de sândalo, o aroma do açafrão, uma pérola em seu estrado enfeitado, um solitário jasmim branco, parada ali sozinha, cabeça erguida, com nada para apoiá-la além da mão artificial dele.

Eu só conseguia ver uma luz desmaiada no corredor do Reed Hall, mas as áreas vizinhas estavam às escuras, com exceção de algumas fracas lâmpadas elétricas que circundavam a trilha que levava em direção ao campus. Fiquei sentada nas escadas por um longo tempo, até a noite ficar negra como breu, e então bebi a primeira taça de champanhe de minha vida – de estômago vazio. As histórias de Max a respeito da sobrinha me levaram a não comer, e eu pensei que, se fosse vomitar, seria menos desastroso se não houvesse pedaços de comida no vômito. "Maldito seja o que transporta, o que compra e o que bebe o álcool", ouvi a voz de meu pai dizer. Minha mão tremia ao levar aos lábios a bebida proibida. Fazia quase 16 anos desde a última vez que eu os vira. Estávamos apenas eu, as árvores sombrias, o vasto céu sem luar e a flauta. Toquei uma melodia tão nostálgica que teria partido seu coração. A mulher maquiada de voz humilde, vestida de cetim e crepe, não era eu. Eu não tinha nada a ver com essa mansão do século XIX, com os gramados espessos e uniformes, as largas escadarias de pedra, as estátuas nuas, as velhas árvores. Eu era uma pastora, que sob um céu desavergonhado conduzia suas ovelhas para as várzeas escassas, que chorava quando tinha vontade de chorar, que chutava os sapatos sempre que tinha vontade de tirá-los, e que arrancava ervas daninhas e fazia amor como um torvelinho. Saí correndo pelo gramado tocando a flauta e dançando, depois caindo de cara no chão, rolando ladeira abaixo, caminhando ladeira acima, cantando aos berros: "*Min il-bab lil ʂhibak rayh jay warayy:* da porta à janela ele me segue. Ele está sempre bem atrás de mim. Não há onde se esconder. Se eu tomar um gole, se eu derramar o chá, se eu derrubar o bolo no prato. *Min il-bab lil ʂhibak.* Pare de me olhar!" Caí de novo de cara, e comecei a chorar como se um gênio invisível tivesse saído de sua garrafa. Minha avó Shahla sempre acariciava meus cabelos dizendo:

– Ponha o gênio das lágrimas de volta na lâmpada, minha flor. Suas lágrimas são pedras preciosas.

Fiquei sentada na grama chorando. As costas sacudindo, a cabeça baixa, os dentes se entrechocando, o estômago revirando, as mãos e pernas tremendo, eu balançava o corpo ritmicamente ao som da canção fúnebre de minha avó: "Onde está o túmulo dele? Onde está seu punhal? Onde está seu rosto? Tragam para mim uma mecha de seus cabelos!" Ela cantou quando soube que o pai tinha morrido, recolheu mais areia nas mãos e a despejou sobre a cabeça e o corpo – uma nuvem de poeira de centro negro.

– Onde está minha filha? Ela está viva ou morta? Meus olhos têm fome de ver seu rosto! Meus ouvidos estão atentos a um chamado: "Mamãe"; meu nariz fareja em busca do cheiro dela. Tragam para mim um cobertor onde ela se enrolou, sapatos que a calçaram, um cacho de seus cabelos! – eu cantava. Uma nuvem imprecisa de centro lilás.

Atravessando um rio desconhecido longe de minha morada, observei o comportamento dos cavalos, olhei a profundeza das sombras a distância e prestei atenção ao movimento das árvores. Ouvi passos que esmagavam agulhas secas e escamas. De repente senti na nuca um hálito humano.

– Mahmoud? – solucei.

Gwen endireitou o avental, arrumou os cabelos curtos atrás das orelhas e disse:

– Ele não sabia que eram rubis. Quer dizer, o meu pai. Ele trouxe consigo aquelas pedras empoeiradas lá da África do Sul e as colocou em sua oficina no jardim, junto com outros seixos e pedaços de aço. Um de seus amigos tinha contado a ele que ganhara os rubis de um mineiro e queria que meu pai ficasse com alguns. Ele os guardou no bolso de seu casaco de inverno e esqueceu do assunto até chegar a Swansea. – Ela passou manteiga num pãozinho, colocou-o num lindo prato que passou para mim. – Pois é, ele se esqueceu das pedras até que um dia, quando estava procurando seus binóculos, ele as viu na prateleira, escondidas num saco de papel pardo. Segurou uma delas na mão e começou a limar, para ver se era um rubi ou apenas uma pedra bruta das minas. Não consegui achar nada que lembrasse rubis sob a superfície cinzenta da gema. Continuou a limpar, a limar, a raspar, a tarde inteira, até que se irritou e jogou todas as pedras no chão. Mais tarde descobriu que os rubis precisam ser recortados de certa forma, para se chegar ao coração vermelho. Veja você, Salma, ele passou a maior parte dos anos seguintes procurando os rubis no chão da oficina, do barracão, do jardim, por toda parte. Da janela eu ficava observando meu pai de joelhos procurando os malditos rubis. – Fez uma pausa para respirar, tomou um pouco de chá e disse: – – Algumas semanas antes de morrer, ele encontrou um dos rubis. Pois é, ele encontrou um rubi bruto.

Senti o calor de um paletó macio sobre meus ombros; olhei para cima e vi um rosto familiar que não consegui reconhecer.

– Mahmoud? – perguntei num soluço.

– Não, sou eu, John – ele disse e me envolveu em seu paletó.

– Que John?

– John Robson. Seu professor.

De repente senti uma convulsão nos músculos do estômago e e vomitei nas pernas e nos sapatos dele. Eu estava tremendo, arquejando, passando mal.

– Banheiro – ofeguei.

Ele abaixou o ombro até posicioná-lo sob meu braço, equilibrou o corpo e me puxou para cima. Estive a ponto de desmaiar, mas finalmente senti o chão sob os pés descalços. Ele me ajudou a atravessar o gramado, subir escadas, passar pela porta, caminhar pelo corredor até o banheiro feminino. Fiquei ali parada e desorientada até que ele disse:

– Entre!

Uma nova onda de náusea me fez correr para o vaso sanitário, me debruçar sobre ele e vomitar de novo. Não consigo lembrar quanto tempo fiquei sentada no frio chão de ladrilhos, quanto tempo antes de ouvir a voz dele me chamar:

– Sally! Sally! Você está bem?

Apoiando as mãos no assento sanitário, levantei. Quando finalmente consegui caminhar até a pia, não consegui ver metade do meu rosto no espelho; a outra metade estava coberta de folhas secas, barro e grama. Meus olhos estavam inchados e vermelhos, meus cabelos estavam metade presos, metade soltos sobre os ombros, e o vestido de Gwen estava raiado de verde e marrom. Lavei o rosto diversas vezes com água e sabão, soltei os grampos dos cabelos e os prendi numa trança, e engoli uma enorme quantidade de água direto da torneira. Uma luz piscante deixou minha visão do olho direito borrada. Tentando me equilibrar, saí andando devagar.

John estava sentado num sofá, lendo um jornal. Minha bolsa preta, meus sapatos e minha flauta estavam no chão. Ele se levantou e perguntou:

– Você está bem?

– Acho que é enxaqueca – respondi.

– Há quartos lá em cima. Posso chamar o porteiro de plantão e pedir um para você.

Dobrou o jornal e o colocou na estante.

– Ainda estou com as chaves do quarto de Parvin. Ela me pediu que embalasse as coisas dela.

– Você pode ficar lá até as dez horas de amanhã – ele disse, segurou minha mão e me ajudou a subir as escadas acarpetadas. Destranquei a suíte reservada para os preparativos da noiva. Ele me ajudou a entrar e colocou minha bolsa e meus sapatos no chão. A cama e duas poltronas estavam cobertas de camisetas, jeans, maquiagem, bobes, roupas íntimas, toalhas. Com a mão na barriga, eu me sentei na cama: o enjôo estava voltando.

– Vou buscar alguma coisa para isso – ele disse e saiu correndo.

Tirei o vestido de Gwen para ver se estava estragado e como poderia ser consertado; vesti meus jeans e uma camiseta e me deitei na cama espaçosa. John voltou com uma bandeja cheia de coisas. Eu podia ver metade de seu rosto, seu olho injetado, metade de seu cavanhaque, de seus óculos que escorregavam.

– Iogurte, chá de ervas, uma garrafa de água e um comprimido para sua enxaqueca, senhora – ele disse e colocou a bandeja na mesinha-de-cabeceira.

Constrangida demais para encará-lo, fiquei olhando para as linhas de nanquim da pintura de uma mulher japonesa na parede. Singularmente, tomei o iogurte, bebi o chá e engoli o comprimido cor-de-rosa. Sentado em uma das poltronas, ele me observava comer.

– Posso lhe trazer mais alguma coisa, Sally?

– Salma – respondi. Metendo-me sob os lençóis e o edredom brancos, dei-lhe as costas e caí no sono.

– Meu pai voltou para casa em 1914 por causa da reação política da Alemanha, e a princípio esteve na Cavalaria, mas não foi mandado para a frente de batalha. Foi, então, colocado no projeto dos primeiros tanques, e o irmão dele, Archie, foi um dos que trabalharam na construção. Winston Churchill veio assistir aos primeiros testes, e meu tio trocou as botas de borracha que Churchill usou na ocasião pelas que ele mesmo estava usando, e, segundo contam, entregou as próprias botas ao pessoal que lhe pediu as usadas por Churchill! Não sei o que ele fez com as originais. Conhecendo meu tio, eu diria que ele provavelmente as vendeu mais tarde! Durante a maior parte da guerra meu pai esteve na Força Aeronaval, em balões dirigíveis, e tenho fotos do dirigível carregando um avião. Foram experiências feitas para tentar ajudar os aviões a voar sobre a Alemanha carregando bombas e ainda sobrar combustível suficiente para a volta para casa.

Gwen parou de falar, levantou-se e foi ao quarto, de onde voltou com um guarda-chuva preto. Quando o abriu, mostrou o cabo feito de um pedaço de metal enferrujado e irregular.

– Acredite se quiser: isto é um pedaço de dirigível.

Liz não estava em condições de me fazer um interrogatório. Ela ainda estava na cama. Preparei um mingau para nós, duas xícaras de chá, e levei a bandeja para o quarto dela. O lugar estava mais bagunçado e mais abafado que nunca. Suas roupas sujas estavam espalhadas pelo chão, um pedaço de pizza fria apodrecia num prato e as manchas vermelhas escuras no carpete bege estavam secas. O quarto cheirava a poeira, sabonete de alfazema, solução para limpeza de dentadura e remédios. Empurrei para um lado da mesinha-de-cabeceira o maço de cartas e a caixa de prata e coloquei a bandeja ali. Liz acordou, olhou em torno com seus olhos amarelados e disse, sem dentadura:

– Agora pode se retirar. Muito obrigada.

– Achei que nós podíamos tomar café juntas – arrisquei, hesitante.

– Ah, você achou, não é mesmo? – perguntou, seu velho eu retornando.

– O casamento foi lindo – provoquei.

Raias de sangue rodopiaram no líquido do copo quando ela pegou a dentadura. Enfiou-a na boca e mordeu, prendeu os cabelos, passou os dedos sobre o rosto inchado, tirou de cima o edredom branco de babadinhos coberto de manchas amarelas e vermelhas e olhou para a tigela de mingau. Coloquei a bandeja em seu colo. Ela começou a comer.

Sentei-me na beirada de sua cama imensa e tomei meu mingau.

– Como foi o casamento?

– Foi maravilhoso. O dia estava lindo. O sol brilhou sobre eles até o fim.

– Eles mostraram a você a liteira do elefante e os sete sáris no Shubbeah? – ela perguntou e tomou um gole do chá.

– O que é Shubbeah?

– É onde são exibidos o traje nupcial e a roupa íntima da noiva. E o noivo? Eles o colocaram num banco baixo de prata e untaram o rosto e os braços dele com manteiga? – quis saber. – Agarrou o maço de cartas amarrado com um elástico e disse: – Papai ainda está se escondendo na biblioteca?

Coloquei a bandeja na mesinha-de-cabeceira, limpei o rosto dela com um pano de prato e disse:

– Você devia repousar agora.

– Não me diga o que fazer – retrucou, desanimada.

O nariz de Noura estava sangrando por causa da alimentação forçada. Era meu quinto dia de greve de fome depois do parto. Já não restava mais nenhuma razão para viver, então eu comecei a golpear com força meu rosto, meu estômago e minhas pernas. Quando chegava à exaustão, me deitava no chão imundo e me recusava a tocar no pão e na sopa que traziam todo dia e deixavam embaixo de meu nariz, no almoço, até que Noura cambaleou de volta ao quarto, depois de ser alimentada à força. Naima e outra carcereira trouxeram-na arrastada, entraram pela porta de ferro e atiraram-na sobre o colchão. Seu rosto e seus braços estavam machucados, do nariz pingava sangue mesclado com catarro, em seus lábios estava grudado um líquido branco e seus olhos estavam fechados.

Cutucando-me com seu bastão, do jeito como eu costumava cutucar meu jumento preguiçoso, Naima perguntou:

– E esta aqui? Ainda está fazendo greve de fome?

– Não – sussurrou Noura.

Quando elas trancaram a porta, Noura abriu os olhos, sorriu para mim e arquejou:

– Coma, por favor.

Sua voz era ao mesmo tempo hesitante e forte, mas tinha algo assustador, como se Noura tivesse ficado cara a cara com o ogro que devora os viajantes. Eu me levantei, desatei a trouxa, reli a carta de minha mãe e olhei pela janela. Ela queria me visitar, mas meu pai e meu irmão devem tê-la proibido de cruzar a soleira de casa. Mordi um pedaço de pão seco. Na luz pálida do luar que entrava pela janela de grades, você conseguiu me ver comendo o pão agora molhado e salgado. Um sorriso tênue se desenhou sobre seu rosto quando você virou a cabeça para encarar a parede.

Fiquei observando o sol inglês se pôr atrás dos morros, deixando uma luminosidade incandescente, que flutuava sobre a água, tocava nos topos das árvores e brilhava nos cabelos das pessoas que levavam os cães para passear. Elas sorriam e sussurravam cumprimentos. Era um espaço sereno coberto de grama verde, plantas silvestres, em cujas bordas cresciam bétulas, castanheiras, carvalhos e sorveiras-bravas. Sentei-me na relva olhando as ladeiras íngremes sobre as quais a água escorria e tentei tocar uma melodia simples, que estivesse em harmonia com o ruído da água, a brisa suave que acariciava meus cabelos, o latido dos cães à distância, o som das cigarras escondidas no capim alto. Aquela melodia seria a Sally inglesa, de pé e ereta, cabeça levantada, costas retas, acenando com um lenço branco para o sol. Depois disso viria o trecho da pastora dizendo adeus ao dia, beijando o sol e chorando a partida dele, havia tanto bater de pés, arrancar de cabelos e rasgar de roupas. Aquela era a Salma árabe sentada no chão, meneando a parte superior do corpo e espalhando cinzas sobre a cabeça. Depois uma última ária, uma árvore que não fosse do oriente nem do ocidente, óleo de oliva e uma lâmpada de vidro, pombas arrulhando, branco sobre escuro, escuro sobre branco, luz sobre luz, exatamente onde o céu encontra os contornos escuros das árvores, ovelhas e morros no final do horizonte.

Eu ficava pensando no próximo encontro com John na universidade. Ir ou não ir. Simular doença, fraturar um braço ou simplesmente dizer que tinha uma emergência de família a atender. Eu estava tentando compilar um vocabulário do *Newsnight* da BBC2: "por outro lado", "conseqüentemente", "apesar do fato de fazer reféns ser um problema universal, constitui principalmente um problema árabe". Procurei as palavras no dicionário, escrevia-as várias vezes para memorizar e depois preparei meu discurso: "acho que é hora para mim de dizer adeus e ir para outro orientador. Entretanto, você tem sido muito bom, prestativo, embora seja nortista. Por outro lado, eu posso trazer um atestado de saúde e você pode continuar a orientar meu projeto. Mas, se você não tem respeito por mim, não posso trabalhar com você tão triste e desalentado também. E eu não sei onde estão os reféns. Espero ter sido clara."

– Olá, Max – eu disse.

Ele empurrou para cima os óculos bifocais, apontou para a foto e perguntou:

– Olhe para isso: a princesa de biquíni! Como diabos vamos vê-la como realeza?

Ele queria uma discussão e eu lhe dei o gosto.

– Ela é mulher. Humana como nós.

– Como você? Como eu? Não seja ridícula! Ela é realeza. Sangue azul. Vassalagem a Deus e depois a eles.

– Entendo – eu disse, tentando acalmá-lo.

– Nua, vergonhosamente nua.

– Mas ela está de maiô.

– Você chama de maiô aquelas faixas de lycra?

– Fotógrafos enxeridos! – eu disse. – Ela só queria passar umas férias tranqüilas.

Nossas discussões sempre terminavam do mesmo jeito, ou com: "Sal, você ainda precisa viver muito" ou "Sally, você ainda tem muito a aprender". Desta vez foi: "Sal, você não sabe muito sobre nós, os ingleses, não é? Como nós nos sentimos quando vemos nossa princesa nua no jornal."

Eu sempre dava a ele o prazer de me render à sua lógica:

– Acho que não.

– Eu não condeno você: afinal, é estrangeira, e tudo mais – ele disse e acendeu um cigarro.

John olhou para mim em minha bermuda larga e a camiseta velha, e a mochila cheia de comida ainda por comer como se eu tivesse acabado de aterrissar vinda de Marte. Eu me sentei, conforme ordenado. Ele parecia profissional e agia como se eu nunca tivesse vomitado nas calças e nos sapatos dele, como se ele nunca tivesse alisado meus cabelos antes que eu caísse no sono, como se ele nunca tivesse me levado um comprimido cor-de-rosa. Ele falou comigo como se eu fosse uma formiga se arrastando sobre seu assoalho acadêmico. O problema com meu inglês *Newsnight* é que eu não conseguia pronunciar a maioria das palavras. Tentei torcer a língua para dizer "supremacia", mas não consegui, então fiquei sentada ali como se fosse burra e surda, ouvindo John me dizer o quanto o meu texto era "ignorante, simplista e subjetivo", como se o ensaio tivesse se escrito sozinho. Engoli em seco para me impedir de cuspir algumas palavras de meu vocabulário inglês recentemente adquirido. Se eu não fosse ignorante, não estaria em seu escritório ouvindo-o estraçalhar meu primeiro texto; no entanto, eu não sabia muito sobre a instituição acadêmica ou a crise dos reféns. Ele falava sem parar. Olhando para seus óculos escorregadios de meia-lua, a calvície incipiente, os olhos azuis injetados de sangue, o cavanhaque grisalho, as costas curvas, os braços brancos e raquíticos cobertos de pêlos finos escuros, a camiseta branca, eu disse:

– Preciso ir embora agora.

Arranquei o texto que ele estava abanando na minha frente da mão dele e saí da sala.

– Você ainda quer se formar? – ele berrou às minhas costas, antes que eu fechasse a porta com um estrondo.

Na tempestade de desaforos que acabava de receber, reparei que ele mencionou algumas vezes o Projeto Palas. Dirigi-me a um dos porteiros, que fingiu estar classificando a correspondência quando me viu caminhar em sua direção.

– Oi! – eu disse.

– Olá, senhora – ele disse por trás da janela corrediça de vidro.

– Por gentileza, senhor, o que é o Projeto Palas?

– Queira me acompanhar, senhorita – ele disse e me conduziu por um corredor escuro, depois abriu uma grande porta que levava a uma sala grande e bem iluminada, cheia de telas cintilantes de computador.

– Então é isso? – perguntei

– É isso, senhora.

– É só isso?

– Sim, senhora. Aí se aprende a usar um computador.

Nós não estávamos muito ocupados naquela tarde. Max estava de bate-papo com as freguesas e eu estava experimentando um ponto espaguete na "nova máquina interloque de altíssima rotação". De repente ele me chamou usando meu nome árabe em sua plena extensão, a língua dele tropeçando no nome:

– Salmaa!

Eu quase caí da cadeira. Ele me mantinha no fundo e nunca me chamava à frente da loja enquanto os fregueses estivessem presentes.

– Pois não, Max.

Ele passou a mão sobre os cabelos empapados de gel para ter certeza de que estavam grudados em torno do crânio, limpou a garganta e disse, como se estivesse pronunciando um discurso no Parlamento:

– Para recompensar você por anos de bons serviços, decidi lhe conceder os dez por cento de aumento que você pediu.

Sem conseguir acreditar no que ouvia, ao mesmo tempo eu me ressentia de que ele tivesse dito na frente da senhora Smith, do Royal

Mail, e de um monte de gente. Amanhã de manhã toda a cidade teria ouvido a novidade:

– Ele é tão bondoso, o Max, dando aumento a sua aprendiz negra.

Eu sabia o que Max esperava de mim, então disse:

– Max, você sempre foi tão bondoso comigo. Obrigada, muito, muito obrigada.

A senhora Smith ficava fechando e abrindo a sombrinha verde de babadinhos, completamente deliciada com o espetáculo. Havia meses que Max vinha tentando fazer dela seu "caso".

Enchi meus olhos de gratidão e olhei para o rosto dele. A essa altura ele sabia que eu era uma tola sentimental e que pensava em tudo com o coração. O único sinal dele ter percebido minha gratidão foi o gesto de esfregar o nariz, que eu aprendera a conhecer muito bem.

Inalei mais vapor carregado de amido, segurei o cabo de madeira do pesado ferro, que fiz deslizar como o vento célere sobre o paletó azul que estava na mesa.

O lema de Max era "entra dinheiro, sai dinheiro", então no final do mês ele me entregava um maço de notas amassadas. Deixou meu salário em cima de sua nova máquina de costura; então, quando peguei o envelope em que estava escrito meu nome, vi no chão, ao lado da cadeira dele, o panfleto do Partido Nacional Britânico. Engoli com dificuldade e fingi que não tinha visto. Agradeci e saí correndo da loja para respirar. Não seja idiota, disse a mim mesma, tinta no papel não pode me fazer mal. Não era culpa de Max. Talvez o tivesse recebido do cunhado. Este acreditava que todos os estrangeiros deveriam ser postos em navios e jogados nas costas da África "como os bananas que eles são".

Quando fui para casa naquela noite, Liz estava mais relaxada. Usando as botas e calças de montaria, ela caminhava pela sala de estar como um general, com a gola rulê de seu suéter abaixada, o cabelo amarrado com uma fita de couro, um bastão de bambu na mão. Desde o incidente, o chicote ficava cuidadosamente escondido no guarda-roupa entre meus casacos de inverno. Pude ver o quanto ela deve ter sido bonita na juventude. Círculos brancos circundavam o azul de seus olhos. Uma teia de finos capilares se espalhava sobre as faces e o nariz;

o abdômen saltava da calça creme justa e os seios pendiam achatados sob o suéter azul. Eu estava segurando a bandeja de sanduíches estilo Queen Anne, folheada a prata, que eu acabara de comprar para Parvin como presente de casamento. Quando Liz me viu espiando através da porta ligeiramente aberta, estalou os dedos e chamou:

– Bint, me traga o jantar! Sim, estou falando com você. Não finja que não está ouvindo.

Eu não sabia o que fazer: se entrava na sala de estar e fingia que era a empregada indiana de Elizabeth ou se lhe dizia para onde ir. Ela devia estar sentindo falta de seus cavalos, cujas fotos enchiam as paredes do patamar; devia estar sentindo saudade de Peshawar, ou seja lá onde foi que ela morou antes da guerra; devia estar saudosa de seu amante Hita, e do pai, ou até do falecido marido Charles, mas eu não podia ajudá-la. Se eu fingisse que era a empregada indiana, ela iria afundar ainda mais em seu mundo de embriaguez. Para nós duas seria mais fácil que eu o fizesse, mas eu não podia, não devia. Deixei-a dando ordens a imaginárias *bints* e *wallahs*, subi as escadas para meu quarto e fui embrulhar o presente de Parvin.

Embora Parvin o tivesse chamado de porco racista e machista, Max me deu emprego quando ninguém mais o faria. Se eu não o tivesse abordado naquela manhã, teria ficado sem ter o que comer. Parada diante da Lord's Tailor, fiquei passando de um pé para o outro, esfregando as mãos. Eu tinha passado meses ensaiando como subir as escadas, bater na porta e dizer que tinha experiência em uma instituição de meu país, que tinha acabado de me mudar para a cidade e que estava procurando emprego. Tentei decorar todas as frases em inglês de que precisaria para fazer o gerente pensar que meu inglês era bom. Enxuguei o rosto com um lenço bordado que o ministro Mahoney me dera de presente de Natal e subi as escadas. Meus joelhos estavam muito fracos para me sustentar, então me apoiei no corrimão. A porta de vidro parecia embaçada. Empurrei-a e entrei. O mesmo homem que havia expulsado a mim e a Parvin estava costurando, falando ao telefone e dando um trago de vez em quando no cigarro, tudo ao mesmo tempo. Quando me viu parada ali, alternando o peso de uma perna para outra, ele parou. Passou a mão na cabeça e disse:

– Sente-se.

Eu me sentei olhando para as máquinas de costura. Como eu poderia dizer a ele que tinha experiência, quando a única máquina em que trabalhei foi uma Singer manual? Quando desligou o telefone, ele olhou para mim.

– Bom dia, sinto muito, não consegui emprego – eu disse.

– Bom dia – ele respondeu. – Você é a moça do vestido branco?

– Você lembra? – perguntei.

– Você fez aquele vestido?

Ele gesticulava enquanto pronunciava as palavras devagar.

– Sim – respondi com as mãos enfiadas entre os joelhos.

– Você sabe costurar?

– Todos eles.

Ele jogou uma calça cinza para mim e pediu que eu fizesse a bainha. Sequei as mãos, me concentrei nas linhas marcadas a ferro e comecei a costurar. Fiz o ponto pé-de-galinha, que normalmente não é usado para bainhas, só para mostrar a ele que eu tinha experiência. Ele ficou olhando para minhas mãos trêmulas e balançando a cabeça. Levei cinco minutos para terminar uma perna. Ele deu uma olhada na linha dupla, os fios que se entrecruzavam segurando com firmeza a bainha no lugar, e com os dedos médio e indicador fez no ar um sinal de V, dizendo:

– Que tal duas libras e meia por hora?

– Sim – respondi balançando a cabeça.

– Você está contratada. Volte amanhã às oito da manhã em ponto.

No começo eu não entendi o que ele tinha dito, mas depois percebi que ele tinha me dado o emprego. Estava cansada e faminta demais para sorrir. Fiz uma reverência agradecendo e fui embora antes que ele mudasse de idéia.

Vesti uma calça jeans limpa, uma camiseta azul e prendi os cabelos com uma fita. Afora um pouco de creme, eu não usava maquiagem. Depois de tentar com o velho computador que Allan tinha no escritório, eu me sentia um pouco mais confiante para aprender. Queria mostrar a John que eu não era uma alcoólatra, nem uma bárbara, e que tinha sido bem criada por meus pais lá em Hima, e nem ele nem o papa poderiam me criar melhor. Quando abri a porta da sala, ele deu um leve sorriso e me convidou a sentar. A essa altura eu devia ser um fardo pesado para ele, uma daquelas donas de casa em regime de educação parcial. Retribuindo o sorriso, perguntei a ele diretamente:

– Do que você gosta no livro de Margaret Atwood?

Ele torceu a boca e eu notei que ele tinha sido pego de surpresa.

– Qual livro?

Os ingleses são uma raça precisa, não são como nós, que deixamos inacabada a maior parte de nossas sentenças, que são compreendidas com base no gestual, no ângulo da cabeça, na escolha de vocabulário.

– *The Handmaid's Tale.*

– Um livro interessante, bem escrito – respondeu esfregando o queixo.

– Você deveria ter recomendado este, em vez de *Justine.* Foi muito, muito difícil. Um difícil bom.

Ele sorriu como se eu fosse uma criança descrevendo um dia no circo. Eles nunca dizem, mas a maioria deles me trata como se eu fosse um babuíno subindo em árvores. Certa vez Gwen me explicou o motivo. Porque eu uso demais a palavra "muito".

– Não existe nada que seja muito, muito bom – ela disse.

Um dia eu disse a Parvin:

– Você é muito, muito escura.

– Não sei o que fazer para tirar o "muito" de seu inglês – respondeu.

John me olhou por cima dos óculos de meia-lua, ainda coçando o cavanhaque, como se eu fosse um quebra-cabeça. Eu vinha de países escuros, com dívidas de sangue e reféns; se eu fosse ele, não me ensinaria nada.

Finalmente, ele ergueu os olhos, tirou os óculos, colocou-os numa caixinha antiga, fechou o jornal, dobrou-o lentamente e então disse, como se estivesse falando com as costas da mulher do pôster:

– Você mentiu para nós.

Eu fiquei ruborizada e esqueci todo o inglês que tinha decorado. Senti calor e resolvi que abandonaria completamente a graduação. Olhei para o tapete persa.

– Em seu formulário de matrícula consta que você é solteira, mas sempre que se atrasa você alega que sua filha ou sua família estão em dificuldades. – Bateu na mesa com o jornal dobrado e continuou: – Você não tem filha e não tem marido.

Eu tinha esperado que o ataque viesse de um ângulo diferente, da direção de minha falta de inteligência e instrução, e do fato de não saber como usar um computador; não esperava ser atingida diretamente no nariz daquele jeito. Sentada na cadeira, endireitei as costas. Eu não sabia como lidar com o ataque. Eu precisava abandonar a graduação ou mudar para a sociologia ou a antropologia.

Quando ele se levantou e deu a volta na mesa, eu me encolhi, esperando que me batesse; mas, intrigado com minha reação, ele se sentou a meu lado, onde eu podia sentir o cheiro de limpeza de sua camisa recém-lavada, e disse:

– Você não tem nem filha nem marido.

Olhando para seu tapete persa, a vivacidade dos motivos, a intensidade do colorido, eu murmurei:

– Só uma filha.

ROSAS MOSQUETAS E CORNISOS

MEU IRMÃO Mahmoud recebeu uma espingarda carregada para matar o melhor garanhão de Daffash. A voz de meu pai rugia:

– Eles mataram nosso cavalo, nós temos de matar o deles, senão vão começar a matar os homens de nossa tribo a tiros.

Meu irmão demorou a chegar naquela noite, mas quando ouvimos os disparos, Mahmoud galopou de volta para o pátio às escuras.

– Seja abençoado, meu filho! O cavalo é um membro da família El-Musa. O sangue dele tinha que ser vingado.

Nós nos reunimos em grupos, famílias, clãs, tribos; nossa honra deve ser defendida, nosso sangue deve ser vingado; comemos juntos, dormimos juntos, dez de nós em cada quarto ou tenda, nossos destinos agrilhoados juntos na mesma corrente. Recebendo feliz a luz pálida da manhã em meu rosto, a garoa delicada, percebi que, por bem ou por mal, eu havia quebrado o elo de metal que me prendia a minha família. Aqui estava eu em meu novo país, indo para o trabalho com uma mochila nas costas, cheia de folhas de papel, livros, uma garrafa térmica de café e um sanduíche de queijo *haloumi*. Fora o dinheiro que o ministro Mahoney me dera, tudo o que eu tinha fora ganho com meu trabalho. Eu caminhava acorrentada somente aos meus pesadelos. Se você não tem família, você não mata cavalos.

– Então, diga-me, por favor, de onde você vem? – John me perguntou e tomou um gole de café. Estávamos sentados na sala dos funcionários da universidade.

Olhei para os cabelos grisalhos dele, com um princípio de calvície, seus olhos azuis cansados, suas orelhas grandes, seus dedos gordos, a caixa dos óculos no bolso da camisa pregueada, seus braços magros cobertos de pêlos escuros e finos, e balancei a cabeça.

– Não, eu não. Você, de onde você vem? – perguntei.

– Venho de uma pequena aldeia no nordeste da Inglaterra, chamada Aycliffe. Minha mãe tem uma casinha de pedra junto ao rio – ele disse e tirou os óculos do estojo de couro.

– Vocês têm penhascos, ovelhas?

– O terreno é quase plano, mas nós temos muitos carneiros, cachorros, galinhas. É no campo – ele disse e colocou a mão em cima da minha.

A mãe do ministro Mahoney usava um ferro vitoriano a carvão para passar as camisas do marido. Devia ser muito quente e pesado. Reprimi um soluço.

– Escaldante de tão quente, John. Muitas cabras no lugar de onde eu venho. Parreiras e oliveiras e ameixeiras e amendoeiras e figueiras e macieiras.

– Parece paradisíaco – ele comentou e colocou os óculos de leitura.

– Em certos aspectos.

– Por que você está aqui? – ele perguntou.

– Por que você está aqui? – eu perguntei.

– Estou aqui porque não consegui encontrar emprego no norte. Por isso estou aqui, insulado neste sul sem humor.

– Insulado?

– Uma pessoa isolada em lugar ermo, incapacitada de sair dali.

– Bom. Eu insulada nesta ilha Grã-Bretanha – eu disse e olhei a distância através das paredes de vidro do café. Estava chovendo e as flores brancas do corniso brilhavam ao pôr do sol.

Espirradeiras de flores rosa-escuras e vermelhas acompanhavam as margens do riacho até o moinho. Minha mãe e eu caminhávamos para a residência mais próxima, para visitar a prima dela. Fazia tanto calor que dava para ver as rachaduras no chão fervilharem de formigas pretas que carregavam cascas secas de cereais. Naquela tarde minha mãe disse: "Vamos nos sentar no riacho fresco para descansar as pernas." Ela caminhou através da vegetação densa do campo procurando uma melancia madura. Quando encontrou, livrou-a dos cipós e depois golpeou a fruta com força contra uma quina aguçada de pedra até abri-la. Nós nos sentamos com as pernas na água fria, comendo a carne vermelha da melancia e mastigando as pequenas sementes negras. Minha mãe cuspiu fora as sementes e eu as mastiguei e engoli. Ela mergulhou as mãos na água fria para limpar o sumo pegajoso e depois lavou meu rosto.

– Mãe, a água está tão fresquinha... Eu posso nadar?

– Se eles virem você, vão me matar. Só uma mulher imoral tira a roupa e fica nadando em público. Os homens podem ver você – ela disse e puxou para cima a máscara preta que usava no rosto; depois de hesitar, acrescentou: – Não demore!

Tirei a camisa laranja comprida, fiquei com as calças bufantes e pulei na água. Estava tão clara e fria que no momento em que entrei minhas pernas pareciam quebradas. Mergulhei a cabeça na água bem acima dos seixos cintilantes e nadei em direção aos raios de luz. A água fria contra minha pele quente foi um choque que me fez gritar de excitação. Minha carne estava viva de carência.

– Shh, sua escandalosa! Não queremos que os homens da tribo ouçam você.

Ela deveria ter dito não, mas disse sim.

– Por que ela não disse não? – perguntei a John.

– Quem?

– Minha mãe.

– Sally, você está bem?

Puxei minha mão de sob a dele, virei a cabeça, olhei para seu rosto borrado e ansioso e disse:

– Eu estou bem. Deve ter sido o café. Está muito, muito quente.

Apertando as mãos no beiral da janela, olhei através do vidro empoeirado para o moinho à distância e para o brilho atenuado do rio. Em geral, depois do trabalho, eu me encontrava com John no Reed Hall, mas hoje ele estava de volta à aldeia de Aycliffe visitando a mãe. Enquanto observávamos as árvores florescerem, passávamos as horas falando sobre literatura, tipos de flores silvestres, espécies de pássaros e a sensação de não estar à vontade. Ele não se sentia à vontade no sul e eu, nesta nova terra, me sentia “como um peixe fora d’água”, que era uma das expressões favoritas de Parvin. Um dia ele recebeu um telefonema de um vizinho avisando que a mãe dele estava com bronquite. "Ela tossiu tanto que nós a levamos para a emergência."

Meus dedos deslizaram lentamente pela toalha de mesa áspera e seguraram o tosco polegar dele. Suas mãos tremiam quando ele disse:

– Eu tenho que ir vê-la.

– Sim, você tem. Não perca tempo. Vá ver sua amada... – engasguei.

– Você deve sentir uma falta terrível dela – ele disse e segurou minha mão.

– Eu sente horrível falta dela – assenti, enxugando uma lágrima irreprimível.

Ele segurou a ponta do nariz entre o polegar e o indicador, pigarreou e disse:

– Quero contar a minha mãe sobre você, se você não se importar.

Relaxei os ombros, coloquei a mão no encontro das costelas e concordei com a cabeça.

As árvores à distância lembravam braços finos e escuros se estendendo em direção ao céu. Hamdan se negou a se casar comigo e desapareceu. Ele disse que eu era uma vadia, uma mulher imoral, "mercadoria avariada", que é o que dizia Parvin descrevendo a si própria, e uma mentirosa. Jim talvez estivesse pensando, Sally piranha estrangeira. Dorme com todos e lhes oferece chá de sálvia. A mãe dele pode tê-lo prevenido contra mulheres estrangeiras que transmitem doenças. As árvores lembravam mãos que se estendiam em direção às nuvens escuras. Eu suspirei. O coração nortista de John talvez fosse bastante caloroso, bastante espaçoso para acolher uma mulher beduína com "bagagem", como diria Parvin. E que dizer de mim, cansada e tudo mais? Será que eu poderia oferecer a ele um oásis com um poço cheio de água fresca e árvores carregadas de tâmaras doces? Talvez não. Um pouco de sombra para seu coração cansado talvez fosse suficiente, pensei, e larguei o beiral.

– No final de meu período de orientação ele me deu uma caixa, amarrada com uma fita de cetim vermelho grosso. "É para você", ele disse. "Pode abrir!"

A luz do sol que entrava pelas grandes janelas do café transformava os olhos cor de avelã de Parvin em mel translúcido. Ela parecia radiante e satisfeita.

– Quando abri, quase chorei. A caixa estava cheia de doces do levante: um pacote de tâmaras, baclavá com pistache, *halvah* e *rahat-lokum*. Ele disse que conhecia pouco sobre o Levante, mas contente de aprender.

Alisei meus cabelos crespos com as mãos, esfreguei o queixo e disse:

– Parvin, John quer casar comigo.

– Que lindo! – ela disse sinceramente.

– Ele também disse que ele feliz de se tornar muçulmano. Ele não acredita em Deus, mas vai ser "pro forma". O que significa?

– Não verdadeiro. Só de nome – ela explicou.

– Eu disse a ele muçulmano é difícil. Você não quer muçulmano.

– Muçulmano é complicado como o diabo – ela disse e tomou um golinho de café.

– Mas ele leu muito sobre isso e sabia o que estava fazendo. Eu disse que eu mercadoria avariada, que é como diz Elizabeth. Eu disse perigo: eu animal ferido. Eu posso enlouquecer.

– E isso o desanimou?

A luz do sol parecia tecida nos cabelos escuros de Parvin; os olhos estavam luminosos, a pele saudável; o anel de brilhantes do noivado e a aliança de casamento brilhavam em seu dedo delicado.

– John também tem seus próprios problemas. Não santo. Ele quer casar comigo. É só isso.

– E você? Você gosta dele?

– Não capaz de amor. Cansada demais, passado demais.

– Você não pára de falar dele. Aposto que vai se casar com John.

– Não, eu não casar ele – eu disse, e bebi um pouco do leite caramelizado que ela havia pedido para mim.

Parvin parou de dobrar e desdobrar o guardanapo, olhou-me nos olhos e disse:

– Salma, eu aposto que você vai se casar com o John.

– Meu irmão me trouxe um saco de biscoitos e de doces sírios – eu disse.

O florista sorriu quando pedi rosas mosquetas vermelhas. Carregando um buquê de rosas vermelhas inglesas, peguei um táxi até o crematório para comparecer ao funeral dela. Ela morreu subitamente durante o sono, abraçada à caixa prateada de manteiga rançosa. Insuficiência hepática. Quando saltei do carro, um arrepio me percorreu até os dedos dos pés. O tempo estava "glorioso" e fazia calor nos trechos ensolarados, mas na sombra fazia frio.

Os parentes dela chegaram em lustrosos carros pretos e os amigos acompanharam o cortejo. Todas as mulheres vestiam preto: vestidos, terninhos, chapéus, com óculos grandes e negros. Os homens pareciam pouco à vontade em seus ternos cinzentos ou azul-marinho. Uma moça ficou parada na entrada para receber os apertos de mão; alta, as costas curvadas, vestida num conjunto de vestido e blazer pretos, os cabelos louros caprichosamente ocultos sob um barrete preto com uma rede que cobria a testa e os olhos vermelhos e inchados. Ela devia ser Natasha. A cadeira de rodas da mãe dela bloqueava a entrada. Aproximei-me das duas e me apresentei. A irmã de Liz, pequena e ruborizada de tristeza reprimida, apertou com força minha mão e disse:

– Muito obrigada por ter cuidado dela.

– Não me agradeça por cumprir meu dever – respondi, traduzindo do árabe.

Quando fomos introduzidos na pequena capela para a cerimônia fúnebre, vi o buquê de rosas vermelhas num vaso de vidro sobre o mogno polido do piano. Os raios de sol acendiam o recinto e o vaso de vidro os decompunha em numerosos pequenos arco-íris. Eu me sentei, me apoiei na pequena almofada do balaústre e me afastei da Bíblia.

Poucos pares de olhos estavam descobertos; os restantes estavam ocultos por trás de grandes óculos escuros, chapéus ou redes. Os lábios estavam apertados. As lágrimas eram envergonhadas.

Quando minha tia morreu, mulheres em *madraqas*, véus e lenços negros tiraram as máscaras do rosto, lamentaram e se menearam por três dias. Elas a lavaram na despensa, no meio do trigo e da cevada; envolveram-na em metros e metros de algodão branco ralo, colocaram-na num caixão improvisado que os homens carregaram nos ombros até a mesquita. Minha mãe e minha avó se recusaram a ficar em casa e acompanharam o cortejo até o alto do morro. Outras mulheres ficaram para trás, esfolando o cabrito do sacrifício, quebrando o *jamid*

– pedaços de coalhada seca – contra os frascos de barro, cozinhando a carne, e suas lágrimas chiavam ao cair sobre as assadeiras quentes. As pancadas sincronizadas no peito e o ruído de roupas sendo rasgadas podiam ser ouvidos na mesquita no outro lado do vale. Quando minha mãe finalmente voltou para casa à noite, estava coberta de cinzas, com a túnica rasgada até a cintura, o colete manchado de catarro e lama, a cabeça descoberta. Como havia perdido a voz, apontou o vaso de barro no canto. Eu lhe dei uma xícara de água. Ela bebeu e tornou a sair. Sob a luz do luar eu via o contorno de seu corpo escuro se balançando para a frente e para trás em desespero.

O discurso foi feito por um dos amigos de seu marido, com uma papoula na lapela. Ele elogiou o marido dela, a coragem dele, seu senso de humor e no final completou com um sotaque BBC:

– Elizabeth e Charles finalmente estão unidos. Vamos orar por eles.

– Upah e Hita estão finalmente unidos. Vamos orar por eles – eu disse entre dentes.

Uma moça loura de conjunto branco tocou ao piano uma peça clássica, uma das favoritas de Liz. Ela gostava de música clássica e me dizia:

– Música divina. Imagino que você não saiba muito sobre nossa música.

Ela ficava sentada na cozinha, ouvindo a Radio 3, bebericando seu chá Darjeeling numa delicada xícara de porcelana, folheando um exemplar de *Homes & Gardens*, embora tivéssemos um lugar que você mal podia chamar de casa e nenhum jardim. Liz sorria para mim e dizia, apontando uma caríssima sala de jantar antiga:

– Não é esplêndido?

– Esplêndido – eu tentava imitar o sotaque dela.

No final da música o capelão apertou um botão e o caixão de pinho deslizou através de um buraco na parede, depois uma cortina elétrica se agitou e se fechou com um zumbido. Nada de cavar uma cova, baixar caixões improvisados, recitar o Corão. Nada além dos discretos soluços e suspiros de pessoas enlutadas e bem vestidas.

Eu estava quase chorando, então saí andando depressa antes que meus uivos de beduína fizessem os pássaros tremer nas árvores. Natasha me seguiu e disse:

– Sally, muito obrigada por tudo que você fez por ela. Estamos querendo colocar a casa à venda. Em breve passaremos por lá para pegar uma parte da mobília.

– Em quanto tempo?

– Algumas semanas.

Ela parou de falar e estava a ponto de se afastar e se juntar à família quando puxou para baixo a rede do chapéu, hesitou e disse:

– Minha tia lhe queria bem, Sally.

Meu queixo tremia tanto que não consegui dizer nada. Elizabeth costumava falar sobre as rosas mosquetas e os *flamboyants*, os jacarandás e os hibiscos da Índia. Protegendo os olhos da luz com a mão, caminhei pelo jardim procurando um pé de acácia em flor, e então percebi que não iria reconhecê-lo. Acabei me sentando sob um castanheiro-da-índia, a única árvore deste país que eu seria capaz de nomear. Sozinha, cercada de frascos cheios de chupetas, obturações, alianças de ouro, restos mortais e cinzas, acalmei meu coração.

Através da pequena janela redonda do avião que me levava para a Grécia – que em breve deixaria de ser oculta –, eu via as nuvens fofas e brancas flutuando felizes no céu brilhantemente claro. As formas delas se transformavam em cavalos que se afastavam a galope, em nuvens que lutavam e venciam uma a outra e em gaivotas pairando sempre acima do rio. Um poço fundo, água fria, sementes brotando, um corpo se libertando, abandonando: "Quisera nunca ter posto meus olhos em você", "*C'est la vie, ma fille!*", "Jesus morreu para nos salvar a todos", "Você está por sua conta, Salma", uma espingarda pendente do ombro, unhas dos pés cobertas de sujeira, "Chega, pode atirar em mim!", vomitando na lata de lixo, "Rock the Casbah", "excesso de passado", pombas chorando, cheirando falafel, *"Min il-bab lil shibak"*, bem atrás de você, casar com Sadiq, comendo pão seco, o sangue e o catarro de Noura lhe escorrendo pelo queixo, um uivo de cortar o coração.

– Mais alguma coisa, senhora? – perguntou a comissária de bordo.

– Não, obrigada.

Suspensa entre a terra e o céu no pequeno avião, ela abria o caminho de volta a meu coração, num formigamento. Eu conhecia aquele ar. Layla estava me chamando. Um súbito arrepio percorreu meu corpo das raízes às pontas de cada fio de cabelo e meu peito se afundou como se eu estivesse me afogando. Ele segurou minha mão e disse:

– Sua mão está suada. Você está bem? Tem medo de voar?

– Não, não tenho medo de voar – disse na defensiva e me agarrei a sua mão.

Ela estava cansada, choramingando, faminta, procurando um apoio para seus pezinhos. Eu estava mais perto do velho país, então olhei pela janela circular, coloquei um abraço e um beijo numa garrafa que atirei entre as nuvens. As ondas talvez a carregassem para a praia do outro lado. Um velho pescador árabe poderia encontrar a garrafa coberta de areia e sal marinho e levá-la para ela. Meu cheiro familiar, meu mamilo macio, meu peito quentinho iriam lhe dar confiança, fazê-la sentir-se segura e protegida. Um dia ela iria parar de chorar.

A camiseta de meu marido estava encharcada quando ele disse:

– Você precisa abrir mão dela, querida. Nunca se sabe, vocês talvez voltem a se ficar juntas algum dia.

Eu vinha tentando abrir mão dela desde que ela nasceu. Eu tentava e fracassava, e então tentava melhor para fracassar melhor.

Layla era esmeralda, turquesa engastada em prata, seda indiana caindo dos rolos em cascata e grãos de café moído na hora num enfeitado almofariz de sândalo, mel e manteiga líquida condimentada envoltos em pão fresco, uma pérola em sua cama, uma mecha de cabelos negros finos e macios, dedinhos enrugados como as folhas novas da vinha, romã, perfume puro selado em frascos azuis, diamantes brutos, uma planície coberta de orvalho no amplo vale verdejante, aberto e plano, um azul acinzentado nos bordos e azul intenso no centro, as moedas otomanas de ouro de minha avó, reunidas por um torçal preto, o chapéu de moedas de prata do casamento de minha mãe, uma lua cheia escondida por trás de nuvens translúcidas, as crinas de cavalos brancos puro-sangue, a imaculada brancura de meu olho, meu braço direito e o sangue jorrando de meu coração partido.

Layla estava ali em pé, por trás de nuvens brancas translúcidas, uma égua puro-sangue, seu rijo corpo moreno, café com cardamomo, seus olhos de âmbar cintilante, a boca de Hamdan, grãos de romã madura, os cabelos dela caindo em cascata sobre os ombros. Ela sorriu, uma pérola em seu berço, e se afastou caminhando entre as parreiras, cintilando em meio às folhas tenras, uma coluna de poeira de diamante. Meus membros estavam cortados. O ramo de figueira, prenhe de frutos, mas oco, subitamente desabou. Uma amputada refugiada, cheia de passado, futuro e dor-fantasma, eu apanhei meu braço e acenei para as partículas de poeira que flutuam eternamente nos raios do sol.

Aquela noite estava tão quente que eu fiquei me virando e revirando debaixo do mosquiteiro de tule branco. Bebi o sherbet que minha aia tinha deixado antes na mesinha-de-cabeceira. Papai estava fora de casa numa expedição de caça com alguns de seus amigos indianos. Rex ficava latindo o tempo todo para a escuridão. Acordei sufocada, com falta de ar, e olhei pela janela. O pé de tamarindo, carregado de vagens, brilhava ao luar, e o perfume das mangas maduras enchia o ar.

John disse:

– Pare de provocar – e me beijou.

– Ayye! – respondi.

Descalça, em minha camisola de algodão branco, fui à cozinha pegar gelo. Ontem compramos um bloco grande de gelo, e eu esperava que ainda houvesse alguns pedaços.

Bloqueando Hamdan, durante nossas transas freqüentes, recebia os beijos delicados de meu marido. Ele corria os dedos com leveza sobre meu corpo, como se eu pudesse quebrar.

– Ônix – ele dizia.

Hita estava sentado na sacada da cozinha, olhando a escuridão. Sorriu ao me ver. Fiquei parada ali, uma garota de 17 anos, branca, intocada e transbordante de carência.

O sol estava me chamando através das folhas das amendoeiras. Eu ouvia o latido dos cães pastores e o zumbido das abelhas.

– Quero um pouco de gelo – eu disse a Hita.

– Não temos mais gelo, Upah, mas eu preparei kulfi.* *Você quer um pouco? – ele perguntou e deslizou os dedos finos sobre a madeira acidentada da mesa da cozinha.*

– Lá fora está calmo – eu disse.

---

* Espécie de sorvete indiano.

– Uma noite perfeita para uma tempestade – disse Hita, enquanto me servia um pouco de sorvete, nozes frescas de pistache, verde-claras, e sementes de cardamomo.

Eu queria ser dominada, assassinada, mas John tratava igualmente cada parte de meu corpo. Ele explorava, acariciava, examinava, apalpava. Eu mordia, arranhava, apertava, gritava, até que ele dizia:

– Você está me machucando.

Hamdan teria dito: "Mais apertado, mais forte, mais perto".

Comemos juntos o kulfi, *ouvindo os trovões. Seu peito largo, açúcar mascavo, brilhava cada vez que um relâmpago iluminava a cozinha. Ele se levantou, atravessou o mar que nos dividia, segurou minha cabeça com força entre as duas mãos e me beijou intensamente nos lábios, com tal intensidade que senti o sabor de seu sangue acre.*

Nos braços dele eu procurei o esquecimento, o descanso, a cor de novas sementes.

Ele se transformou no senhor e eu na escrava, atendendo a cada necessidade sua. Ele sussurrava ordens e eu, a senhora inglesa, obedecia.

Nossas peles haviam se dissolvido, expondo veias pulsantes, corações palpitantes, fígados que se contorciam.

– Não consigo me cansar de você – disse John.

Se você nos visse caminhando de mãos dadas pela praia, pensaria que éramos um casal comum. Em nós não havia nada de excepcional, exceto a cor escura de minha pele. Sentada num penhasco em Santorini, contemplando o profundo mar turquesa, eu observava um menino grego num velho barquinho de pesca branco. Ele lançava o caniço para cima, depois deixava a linha de pesca cair no mar. John estava lendo um livro enorme sobre mitologia grega. Eu fiquei sentada quieta. Não farejava o ar nem procurava nuvens ou espingardas. Fiquei sentada quieta. O menino colocou mais iscas no anzol e jogou a linha de novo na água ondulante. Os penhascos brancos e a areia fina e limpa emolduravam o sereno mar verde-azulado, deixando de fora a praia do outro lado. Finalmente vi um peixe se contorcendo no ar. O garoto pulou de alegria, ficou de pé, soltou o peixe e o colocou num grande cesto de rede.

– Deve ser bom nadar.

– Sim – respondeu John mecanicamente.

– Eles não pensar que eu sou uma mulher imoral – eu disse.

– Não, e por que deveriam?

– Quero aprender a nadar – eu disse à margem oposta, a Hima.

– Você pode fazer um curso quando voltarmos – ele disse enquanto continuava a ler.

Tomei o livro de sua mão e o fechei. Seus finos dedos dos pés pareciam ridículos na grande sandália de couro marrom. Acariciei seus cabelos ralos e beijei seus olhos cansados.

– Salma! – ele sorriu.

Vindo de seus lábios, meu nome soava bem. Eu tinha ensinado a ele como pronunciá-lo, quais letras enfatizar e quais ignorar.

Max não aprovou meu casamento com um nortista.

– Lá no norte eles acham que os franceses são macacos – ele disse dando uma palmada no joelho e rindo com afetação. – Torturaram o pobre do bicho até que ele guinchou confessando que era um espião francês. – Empurrou a cadeira para trás e rugia de rir. Quando finalmente parou, disse: – Eu não os condeno por terem ódio dos malditos franceses. – Curvei a cabeça e continuei a passar a máquina na bainha. – Eles também são usurários. Querem ganhar dinheiro à nossa custa, dos sulistas – declarou e passou a mão na cabeleira grudada de gel para ter certeza de que não saíra do lugar com as risadas.

Naquele dia fazia calor, e o local precisava muito de um ventilador ou um ar-condicionado, mas ele insistia em que cinco dias de sol aberto não justificavam a despesa. Meu suor escorria entre os seios sensíveis até alcançar a barriga inchada. Enxuguei a testa com um lenço de papel e ouvi um médico na Radio 2 falar sobre um homem com problemas de fazer a coisa subir.

Max apurou os ouvidos.

Fingi que não estava ouvindo.

– Do que ele está falando? Aqui no sul nós somos muito viris – deu de novo o sorriso afetado.

Esfreguei a barriga onde meu bebê tinha acabado de chutar e entreguei a Tracy o vigésimo par de calças para passar a ferro.

Ela piscou para mim.

Eu sorri.

– Sou casada com um escocês – declarou.

– Os nortistas são terríveis, não são? – eu disse.

Nós rimos.

O médico disse que na Inglaterra os espermatozóides eram fracos demais para subirem até o óvulo.

– Mas e se a contagem de espermatozóides estiver bem, e o "você sabe o quê" não conseguir "você sabe o quê"? – ele perguntou ao velho rádio no beiral da janela.

Reprimi uma risada.

– Não lhe promovi para que você risse de mim – disse Max.

Atirando no chão a calça que estava reformando, ele começou a comer seu sanduíche de sardinha.

Ainda que tivesse estado no quarto dela diversas vezes, eu tinha a sensação de estar invadindo. O cômodo estava uma bagunça: lençóis amassados, roupas sujas espalhadas pelo chão, um resto de sopa mofado numa tigela, manchas escuras no carpete bege onde tinha caído vinho. O quarto tinha cheiro de poeira, sabonete de alfazema, solução para limpeza de dentaduras e umidade.

Coloquei o maço de cartas atado com um elástico, a caixa de prata com a manteiga rançosa e o diário de Liz na caixa de cetim vermelho, que fechei e escondi em meu guarda-roupa no alto da pilha de casacos de inverno.

Quando puxei as cortinas de veludo e renda para abri-las, libertei nuvens de poeira que saíram flutuando para o chão nos raios de sol. Despi o colchão, os travesseiros e o edredom, tirei as cortinas, enrolei os tapetes e toalhas de mesa de renda, agora amarelas de tão velhas, e coloquei tudo no patamar. Passei aspirador nos dois lados do colchão forrado de cetim, no metal prateado da cabeceira e dos pés, no V, no R e no I e na moldura metálica, e depois passei lustra-móveis. O aspirador retirou as teias de aranha dos recantos do teto, a poeira do alto do guarda-roupa antigo, que estava na lista de Natasha dos móveis que deveriam continuar na família, as migalhas mofadas de comida de debaixo da mesinha-de-cabeceira, a teia dos cabelos lisos de Liz no carpete, junto à cômoda onde ela costumava se maquiar e pentear os cabelos olhando o próprio reflexo no espelho de barbear do avô, de carvalho com colunas retorcidas. Lavei o carpete, poli os móveis, limpei as molduras e vidraças das janelas, espanei o papel de parede William Morris e pendurei cortinas novas.

Quando finalmente me deitei ao lado de John, embaixo do edredom forrado de algodão do Nilo, presente de casamento dado por Sadiq, uma meia-lua que lembrava uma fatia de limão estava brilhando através das cortinas, prometendo para breve a lua cheia. Dormi profundamente, como se a cama de Elizabeth, que ela herdou do avô, que a herdou de sua avó, fosse um espesso colchão feito à mão, estofado com a lã de carneiro penteada, com uma almofaça beduína e coberto de coloridos cobertores de lã feitos no tear manual pelas mulheres de Hima, ao crepúsculo.

A última vez que eu engravidara, tinha sido sem me casar; desta vez era com um estrangeiro. Coloquei a mão sobre as marcas de estrias, à espera de um chute dos pezinhos minúsculos. Na prisão eu me deitava de costas no colchão, na esperança de que minha barriga inchada desaparecesse, na esperança de que a gravidez se dissolvesse como açúcar em chá de hortelã quente. Quando a vergonha pesava muito em meu peito, eu sonhava com um terremoto, semelhante ao descrito por minha avó. "A terra começou a rachar, depois se escancarou. Primeiro estava com sede, depois estava com fome. Ela começou a comer o que estava seco e o que estava verde. Foi como se o Todo-Poderoso tivesse golpeado o solo com sua força, fazendo com que se abrisse. O que restou daquilo foi o Mar Morto e o Mar Vermelho" – ela contava. Então eu sonhava em me afogar no Mar Morto ou desaparecer dentro de uma ravina. Depois a rachadura iria cicatrizar e eu já não existiria. Mas numa manhã de frio a pele de minha barriga se distendeu e eu senti um chute contra meu útero. Depois disso, comecei a comer, porque o bebê não tinha culpa, mas era eu quem merecia morrer. Imaginei-a nadando cegamente nas águas escuras de meu útero e de repente meu coração ficou dominado. Como eu própria poderia morrer sem matar o bebê dentro de mim? Mas como eu suportaria viver com toda aquela vergonha?

Quando fizeram o ultra-som, me disseram que era um menino, e que era saudável. Vamos chamá-lo, talvez, de Imran, cidades harmoniosas e civilização.

– Imran – eu cochichei –, a luz dos olhos de sua mãe, o ar que ela respira, o coração dela bombeando, bombeando amor e dor, desça com segurança num tapete feito de seda, num frasco cheio de mel, num jardim coberto de perfumadas flores brancas de jasmim. Chegue seguro e inteiro a este mundo, pois seu bondoso pai inglês e sua mãe árabe e beduína estão esperando ansiosos para ver seu rosto de lua.

Naquele domingo a King Edward Street estava cheia de carros sendo lavados, roupas sendo penduradas no varal e crianças jogando *frisbee* e andando de bicicleta no meio da rua. Na semana passada foi aceita nossa oferta pelo número 15. Soltei os dois pregos enferrujados, libertando a placa de madeira com a inscrição "Swan Cottage", e acenei para Sadiq. Ele ergueu no ar os dedos em V sinalizando vitória, depois baixou os braços ao lado do corpo e inclinou a cabeça. Ele devia estar triste porque Elizabeth não era apenas sua amiga, mas sua melhor freguesa. Vestindo um conjunto branco de calça e camisa longa, ele parecia um fantasma, gesticulando por trás dos vidros empoeirados da vitrina de sua loja.

– Eu vou comprar cortinas, nem daqui nem de lá – declarei.

Parvin bateu as pestanas e disse:

– Eu não sei o que você quer dizer!

John e Mark estavam manobrando o antigo guarda-roupa de pau-rosa para descer os degraus da escada. Parvin disse que Mark gostaria de ajudar e que a mão amputada nunca o impediu de continuar a viver normalmente. Com o gancho de metal ele até conseguia segurar melhor os objetos.

Parvin estava sorvendo lentamente seu chá de ervas. Quando ficou grávida, parou de tomar café ou chá preto. Imran estava chupando o dedo e babando no carregador de bebê preso a meus ombros quando a campainha tocou. Era Gwen, corada e ofegante, carregando uma maleta.

– Tudo bem com você? Não está a caminho do hospital, não é? – perguntei enquanto nos beijávamos no rosto.

– Não, não, meu quadril está bem – respondeu. Colocou a mala na mesa da cozinha, sentou-se numa das cadeiras e, enxugando a testa, suspirou. Ouviam-se os grunhidos de John e Mark enquanto lutavam com o guarda-roupa.

– Vocês têm aí dois homens fortes – disse ela e riu encabulada.

– Tira a mão! – disse Parvin piscando um olho para mim. Tinha acabado de comer a fatia de bolo de frutas que eu lhe dera. Com seus dedos delicados, catou as migalhas da toalha de papel os restinhos e os pôs na boca.

Passei a mão na cabeça de Imran, em seus cabelos escuros e finos, contei os dedos das mãos, dos pés, os olhos, e coloquei a mão delicadamente sobre a cavidade macia de seu crânio.

Enchendo de água a chaleira, perguntei em voz alta:

– Alguém quer café?

– Sim, por favor – cantaram John, Mark e Gwen.

O café de Gwen estava do jeito que ela gostava: forte, com pouco creme e uma colher de açúcar mascavo. O sol de inverno estava ameno, mas conseguia iluminar uma parte do corredor e do vestíbulo. Gwen manipulou os ferrolhos da mala de couro marrom, apertou-os para abri-los e levantou a tampa.

A velha mala empoeirada estava cheia de roupas de bebê: algumas peças eram brancas, bordadas com fios brilhantes fúcsia, algumas cor-de-rosa, algumas lilases, com patinhos, cavalos, ursos correndo ou voando, calcinhas com rendas na bainha, macacões de algodão, casaquinhos de tricô azul e branco, um deles com biquinho de crochê e fita de cetim, o outro com jasmins de crochê nas bordas e chapéu combinando, um conjunto de vestido estampado de flores, com a cola bordada em ponto casa de abelha, e calções bufantes combinando, meias com rendinha na borda, botinhas enfeitadas com figuras de ursinhos e babadores com bordados de palhaços e fadas.

– Alguns eu comprei, outros eu fiz para sua Layla. Mas ela agora já deve ter 16 anos, deve estar crescida, talvez até noiva, para se casar – ela disse e mordeu a língua.

O vestido branco que eu fiz para Layla com sua bainha em forma de ziguezague, o decote florido, os bolsinhos imitando rosas, as pequeninas mangas bufantes estava numa mala sobre o guarda-roupa, no andar de cima, junto com a passagem de trem de ida e volta, que o ministro Mahoney tinha me dado, a carta de minha mãe, a mecha de cabelos, os pentes de madrepérola para prender os cabelos e o frasco de perfume que foram presentes de Noura, o colar de turquesa e prata de Françoise, o Corão, o batom Mary Quant de madame Lamaa e uma *madraqa* preta. Eu tinha passado horas tentando imaginar a aparência de um lótus branco numa luminosa noite feliz, Layla. Tentei reproduzir na modelagem do vestido a forma do lírio.

Quando Gwen balançou o chocalho de plástico de patinho amarelo e vermelho, dizendo: "Este foi do meu filho pródigo. Eu o guardei durante todos esses anos", eu saí para o corredor, mordendo o lábio, fingindo que ia procurar John e Mark. Tantos casaquinhos, macacões e vestidos para ela, mas onde estava Layla? Estava morta ou viva?

O guarda-roupa de pau-rosa, a cristaleira de pinho, duas cômodas de mogno, duas mesinhas laterais antigas, o espelho indiano, as mesinhas-de-cabeceira e o baú de viagem de tampa curva, cheio das roupas e objetos pessoais de Elizabeth, estavam enfileirados na calçada, esperando que o namorado de Natasha viesse buscá-los.

Voltei à cozinha e, olhando as roupas infantis desembaladas e amassadas que cobriam a mesa, dei uma risada. Gwen e Parvin também começaram a rir.

– Ela é maluca – explicou Parvin.

Segurando a mãozinha de Imran, Gwen começou a revirar os olhos e a balbuciar.

– *Salaam jiddu*: olá, Avô! – eu disse ao velho da van de churrasco grego da rua principal. John estava segurando Imran, lindo no casaquinho azul e chapéu combinando, que Gwen fizera em crochê para Layla, um rei com guirlandas de jasmim.

– *Ahlan wa sahlan binti*: seja bem-vinda, Filha! – ele respondeu.

– Lembra de mim? Sou a mulher que ficava sentada atrás de sua van, farejando o ar.

– Sim, sim. Nós pensamos que você fosse prostituta ou agente da MI5.

Ele sorriu. Era alto e espigado, com olhos grandes desbotados pela idade, a barba grisalha por fazer, cabelos ralos cobertos por um solidéu de crochê branco, calças largas bordadas e apertadas nos tornozelos, babuchas pontudas de couro marrom e uma camisa bordada norte-africana.

– Este é meu marido, John, e meu filho, Imran.

– *Ahlan wa sahlan*. Por Alá, vocês têm que comer um falafel – ele disse.

Meu marido nortista devorou o falafel e disse:

– *Shukran*: muito obrigado!

– *La shukr ala wajib:* não me agradeça por cumprir meu dever – ele respondeu.

Dando uma palmadinha no ombro de um rapaz moreno de jeans e camiseta preta, com "Bon Jovi No Pain No Gain" escrito em grandes letras vermelhas, o cabelo espesso e escuro espetado para cima com gel, os olhos grandes ocultos sob os fartos cílios negros e curvos, as sobrancelhas pinçadas, o rosto liso brilhando na luz suave da van, e os lábios cheios e vermelhos, queimados do frio, se abrindo com um sorriso, ele disse:

– Conheçam meu filho Rashid; ele é um pouco afeminado, como os ingleses, mas é gente boa.

– *Marhba*: olá! É só o que sei de árabe, na verdade não sei falar muito – desculpou-se, sorrindo.

Trocamos um aperto de mãos, conversamos e comemos na calçada junto à van de churrasco grego. Se você não me conhecesse, teria nos julgado uma família comum dando um passeio para desfrutar o fugaz sol de inverno. Eu deveria estar feliz, mas alguma coisa estava detendo meu coração. Noura, eu imagino você pairando sobre nossas cabeças, morena, digna, sobrancelhas arqueadas, olhos sedutores, lábios cor de carmim, dentes em forma de pérola mastigando chiclete e depois soprando bolas rosadas, Rima e Rami, ele curado do diabetes, segurando suas mãos. Você olha para o teto quadrado da van branca, os círculos pretos de nossas cabeças, olha para Imran ensaiando os primeiros passos em direção ao pai, uma flor azul de babadinhos, olha para os carros derrapando atrás da van, olha meu rosto que procura sua luz e seu riso, o riso irreverente, resistente, eterno, que reverbera em seu peito.

ÍRIS NEGRA

ERA UMA escura noite sem lua e eu não conseguia pegar no sono. Sempre que fechava os olhos, ouvia um resfolegar distante, mas amplificado, como se viesse do fundo de um poço. Eu corria no escuro seguindo as pegadas, por todo o trajeto morro abaixo, do Poço Fundo até a fazenda. Então ficava parada, arquejante, cheirando o ar, esperando ouvir o ruído de folhas secas, à espreita de movimento. Guinchos rítmicos vinham do extremo oposto da fazenda. Fui seguindo o fedor de leite materno estragado e membros em putrefação. Foi o cheiro que me levou até ela. Layla pendia nua da figueira, balançando, mãos e pés atados juntos de forma obscena e acorrentados ao tronco, com o pescoço retalhado, o rosto cortado e as partes íntimas apodrecendo. A seu redor zumbia freneticamente uma nuvem negra de moscas. Ela estava queimando. Levantei-me encharcada de suor, uma mariposa indefesa.

– Eles vão matar você – disse Parvin.

Segurando-lhe seu rosto, eu disse:

– Eu tenho que ir. Procurar por ela. Ela está me chamando. Ela precisa de minha ajuda.

– Eu não falo com minha família desde que vim embora. Eles não sabem de meu paradeiro. Você acha que meu coração é feito de pedra? Eu também tenho saudade deles, *yaar* – ela disse e soprou para cima a franja lisa. Estava irritada.

– Ela minha filha, Parvin – argumentei afastando os cabelos do rosto.

– Isto é loucura. O que há de errado com você? Desde que deu à luz você está indo ladeira abaixo. Não come, chora o tempo todo, anda parecendo uma mendiga. Você começou a ver de novo os homens de espingarda?

– Eu deprimida. Eu sonho com Layla quase toda noite. Alguma coisa deve ter acontecido a ela. Um coração de mãe sabe – eu disse.

– Não sei o que dizer. Se Salma pensa que deve ir, então eu acho que não podemos impedi-la – disse Gwen.

– Não vou deixar você ir, Salma. E o que vai ser de nosso filho? E de mim? – disse John, engasgado.

– Podemos notificar a polícia. A Interpol pode entrar em contato com sua amiga, pode procurar por ela – disse Mark.

– Eu agora sou cidadã britânica, e os britânicos vão me proteger – eu disse.

– Ah, com certeza! Olha a cor de sua pele. Você é cidadã de segunda classe. Eles não vão lhe proteger – argumentou Parvin.

– Ninguém me reconheceria agora. Principalmente se eu cortar e tingir meu cabelo.

– Eles vão reconhecer seu cheiro. Tantas garotas asiáticas são mortas quando voltam... – ela disse.

– Ela não vai parar de chorar. Seus soluços ecoam em minha cabeça.

Parvin se pôs de pé com dificuldade e me abraçou com força.

– Por favor, por favor, não vá!

– Você não consegue entender? – gritei. – Eu não tenho nomes. Não tenho o nome de família de Noura nem o de madame Lamaa. Eu tenho que ir. Minha filha está em perigo.

– E quanto a seu filho? – cobrou Gwen.

– Os filhos são mais bem tratados. Eles podem se defender sozinhos. As filhas são indefesas – aleguei.

– Você se engana. Ele precisa de você – ela disse.

– Ele tem um bom pai. O pai cuidará dele, se alguma coisa me acontecer.

John escondeu o rosto molhado e saiu da cozinha segurando Imran contra o peito, do mesmo jeito que meu pai costumava me segurar.

Tive de novo o mesmo sonho, mas dessa vez os gritos abafados de Layla se intensificaram. Meu coração sabia que eu tinha de ir procurá-la antes que fosse tarde demais. Tirei do guarda-roupa a caixa chinesa de seda vermelha que Parvin me dera de presente de aniversário, abri-a e comecei a arrumar o conteúdo: uma passagem de trem para Exeter, ida e volta, agora com as bordas amareladas, a carta de minha mãe, uma mecha dos cabelos de Layla, os pentes de madrepérola de Noura para prender cabelos, o frasco de perfume, o batom Mary Quant de madame Lamaa e o colar de prata e turquesa de Françoise. Quando puxei o cacho de cabelos para fora da bolsinha de couro que tinha feito especialmente para ele e a carta de minha mãe, uma corrente elétrica me percorreu, subindo pelos dedos da mão direita, pelo braço, pelo ombro, até chegar à nuca. Ali os cabelos se arrepiaram e meu couro cabeludo coçava. Devolvi tudo para dentro da caixa, fechei a tampa e passei o laço em torno do botão feito de seda torcida e costurada.

Comecei a escrever uma carta em minha cabeça: "A quem interessar possa: meu nome é Salma Ibrahim El-Musa; eu estive na prisão Islah. Durante o primeiro ano, dei à luz uma menina e ela foi levada imediatamente para uma casa de filhos ilegítimos. Talvez você possa me ajudar a localizá-la. Minha caixa-postal é..." então rasguei a carta imaginária. Como poderia revelar minha verdadeira identidade e endereço? Eu me arriscaria a ser localizada e assassinada. Como poderia ignorar os gritos de Layla, seus chamados, suas súplicas constantes? Fiquei parada no meio da cozinha, uma mulher de pescoço torcido olhando em duas direções: para trás para frente. O chá que preparei às quatro da madrugada era morno e sem gosto; os ladrilhos do piso eram tão frios sob meus pés descalços... Os morros, que estavam cobertos de grama verde, ervas daninhas e arbustos, foram subitamente apagados e transformados em áridas montanhas marrons cobertas de oliveiras cinza-prata, ameixeiras, amendoeiras, figueiras e parreiras. O que era melhor: viver com metade dos pulmões, dos rins, do fígado, do coração, ou voltar para o velho país e correr o risco de ser morta? Se meu filho, que estava dormindo pacificamente em seu bercinho no quarto, começasse a chorar, eu correria escada acima sem pensar e o apertaria junto à jugular até ele se sentir novamente seguro e parar de chorar. Com o passar dos anos as coisas deviam ter mudado no velho país, as pessoas mudam, eu mudei. Talvez não me matassem, ainda que me reconhecessem. Cortei o cabelo, alisei-o, o tingi de louro e comprei um batom vermelho vivo. Se eu usasse uma blusa decotada e sem mangas, uma saia curta e óculos escuros, eles jamais pensariam que eu pertencia a sua tribo, eles só me veriam como uma estrangeira sem-vergonha cujo corpo, tesouros, estava sendo oferecido a troco de nada. Se podia consegui-la de graça, por que você daria vinte camelos à família dela? Quando finalmente levantei os olhos, os morros estavam cobertos com as íris negras de Hima, que se balançavam ao vento em uníssono e murmuravam o nome dela. Um som débil ecoou em minha cabeça: "Mamãe? Mamãe?", e então parou subitamente. Cobri o rosto com as mãos, apertando a testa com força, exatamente acima dos olhos e sobrancelhas. Até que ponto sua vista era preciosa? Até que ponto sua filha era preciosa? Eu não podia ir, eu não devia ir, eu não iria.

Imran tinha nove meses de idade e chegara o momento de desmamá-lo. Eu enrolava o mamilo num chumaço de algodão e lhe dava o peito. Ele o cuspia e começava a chorar. Eu segurava a mamadeira cheia de chá de camomila e de erva-doce e colocava o bico plástico em sua boca. Ele o cuspia, derramando chá em torno do pescoço gorducho, e começava de novo a chorar. Seu babador macio tinha uma frase impressa: "Eu amo qualquer um que me dê comida." Enxuguei as lágrimas dele no babador e o levantei do berço. Quando o segurei junto ao peito, ele parou de chorar, mas, quando beijei seus cabelos escuros macios, começou a chorar de novo. Desta vez era um grito de cortar o coração, como se ele tivesse acabado de perder um braço ou uma perna.

O desmame levou três dias de choro intermitente, noites sem dormir, salivação, tentativas de lhe dar comida na colher, suborná-lo com açúcar e carregá-lo no colo andando pela casa toda até que finalmente ele dormisse. Minha mãe só desmamou meu irmão Mahmoud depois que ele completou três anos e ficava com as pernas compridas penduradas, quase tocando no chão. Ele ia brincar com o cachorro e voltava agitado dizendo: "Me dá sua *ziza*: teta!"

Mas eu tinha que parar de amamentar Imran e ensinar a ele a comer comida normal. Eu precisava ir procurar Layla. Comecei a ver o rosto inchado dela em toda parte, nas vidraças das janelas, flutuando no leite em minha tigela de cereal, na água que descia em espiral pelo ralo da pia da cozinha, em todos os espelhos. Comecei a ouvir seus gritos abafados sempre que uma brisa tocava meu rosto.

Um dia, de manhã bem cedo, eu me apoiei na pia gelada e vi meus olhos injetados de sangue no espelho. Imran havia finalmente se acostumado a comer de colher qualquer coisa que eu misturasse para ele, e a beber na caneca. Ele estava profundamente adormecido ao lado do pai. Quem não estava comendo nem dormindo era eu. Também tinha começado a falar sozinha. "Ah, como eu te amo, Imran! Ah, como eu te amo, Layla! Ele vai ficar bem. Vou fazer para ele comida suficiente para um mês e guardá-la no freezer, um saquinho para cada dia que eu passar longe daqui. Marcado claramente", eu dizia a meu reflexo. "Abrace-o todas as vezes que você puder, e não o deixe na creche por mais de três horas. Segure a mão dele quando ele caminhar em sua direção, porque seus pés ainda estão fracos. Ponha a mão em concha no alto da cabeça e segure-a contra o peito bem de perto, ele está habituado com isso. Quando ele chorar, faça uma trouxinha de pano fino com sementes de erva-doce e açúcar cristal e ponha com todo cuidado atrás do dentinho branco dele. Cubra-o com seu cobertor de veludo azul e deixe-o bem perto da mãozinha dele. Ame-o por três: uma vez por você, uma vez por mim e uma por sua avó árabe. Eu o encomendo à sua proteção, John", eu disse e enxuguei as lágrimas com o dorso da mão gelada.

A corrida de táxi do aeroporto até meu povoado levou umas duas horas. Com meu cabelo tingido, o chapéu de palha, os óculos escuros e as mangas curtas, o taxista beduíno, com a *kufiyya* quadriculada de branco e vermelho fixada no lugar por um torçal preto, supôs que eu fosse uma *khawajayya*: uma estrangeira. Ele resmungou sua desaprovação entre dentes. Pensou que eu tinha vindo a seu país para estudar o estilo de vida deles e lhes dar algum dinheiro para encorajá-los a continuar vivendo na miséria, dormindo com seus camelos e carneiros.

– *Cigara?* – perguntou, apontando para mim um cigarro apagado, deixando o carro no automático na estrada estreita e maltratada.

– Não, obrigada – eu disse.

Acendeu o cigarro, abriu a janela para soltar o copo de chá, preso entre o teto e o vidro de sua janela, tomou um gole e deu uma tragada. Virava o volante à esquerda e à direita sem derramar uma gota;

o líquido pegajoso rodopiava na vasilha, uma minitempestade num copo de chá.

– Fumar ruim – apontei para o cigarro dele.

– Esposa ruim. Fumar bom – ele disse, inclinando o lenço para um lado e erguendo as sobrancelhas.

Lembrou-me do chamado secreto de acasalamento de Hamdan, ao qual eu respondia correndo para o vinhedo e tirando as calças. Hamdan iria propor casamento, eu pensava, mas ele me deixou no vale e fugiu para as montanhas.

Olhando para as montanhas marrons quase nuas, os olivais, o sol implacável e o enevoado céu azul, senti correrem sobre meu rosto as mãos ásperas de minha mãe. Aspirei o perfume de almíscar de meu pai e me aconcheguei contra seu peito.

Quando avistei as oliveiras à distância, tive vontade de sair correndo de volta. Eu queria muito estar tomando chá com John em nossa cozinha em Exeter, mas o motorista estava cantando junto com alguma nova cantora pop: "*Bahibak ahhh:* eu te amo, yeah", e pisando fundo no acelerador. A rua corria em minha direção e o povoado estava se aproximando, com suas casas de concreto improvisadas e celeiros de adobe. O sol estava instalado atrás dos morros cobertos de espinheiros e os latidos de cães pastores e o chamado para a prece enchiam os ares. Enxuguei o suor frio da testa e estive a ponto de pedir ao motorista que pegasse o retorno e me levasse de volta ao aeroporto. Então vi um grupo de rapazes caminhando para a mesquita, batendo nas costas uns dos outros, ajeitando o lenço na cabeça, torcendo os bigodes, e subitamente mudei de idéia. Layla estava ali, em algum lugar, e eu tinha que encontrá-la. Oliveiras, macieiras, ameixeiras passavam correndo pela janela do carro. Eu a ajudaria a se instalar no novo país, lhe ensinaria inglês, a matricularia na faculdade. Se meus olhos conseguissem encontrar os olhos dela, tudo ia dar certo para nós.

Quando vi os dois paióis de víveres que foram nossa casa, pedi ao motorista que parasse e lhe entreguei quarenta dinares.

Ele cuspiu no chão e disse:

– *Adjnabiyyeh wa bakhileh*: estrangeira e mesquinha.

Uma mulher vestida de preto estava sentada na plataforma elevada diante de duas novas peças mal construídas. Acenei para ela. Ela não devolveu o aceno.

Os dentes de meu filho, meu coração, estavam começando a nascer. Ele estava babando, irritadiço, mordendo tudo sem parar. Começou a chorar de novo, e então eu o levei para o quarto de hóspedes, que tinha sido meu quarto quando Elizabeth estava viva; coloquei-o na cama, limpei seu rosto com um pano molhado e passei um dedo delicadamente sobre suas gengivas doloridas. Ele mordeu meu dedo e começou a chorar de novo. Eu o abracei bem apertado e comecei a balançá-lo e a cantar:

> Vá dormir, *habibi*, vá dormir.
> Que os olhos de seu inimigo nunca durmam!
> Por favor, pombas, não chorem.
> Imran quer ir dormir.

Finalmente ele fechou os olhos e deu um suspiro. Eu o cobri com um cobertor, peguei uma tesoura e cortei um tufo de seus cabelos brilhantes e macios, escondendo-os rapidamente no bolso. Cheirei seu pescoço, enchendo meu coração com seu cheirinho de bebê; passei a mão sobre sua cabeça delicada, coloquei a palma de minha mão em cima de seu coração. Será que ele ficaria bem se eu o deixasse por duas semanas? John era um bom pai, que o tempo todo sussurrava em seus ouvidos poemas em inglês e palavras carinhosas em árabe truncado.

Olhei pela janela a silhueta escura das árvores que limitavam com os campos na encosta do morro. Todas estavam se balançando ao vento, ora numa direção, ora em outra. Quando empurrei a janela para cima uma lufada de vento invadiu o quarto. Meti a cabeça para fora e olhei o contorno dos morros, o brilho do rio e os trilhos de aço. O farfalhar das folhas foi seguido de um estalar de chicote.

Ali estava ele. O punhal preso do lado, o cinto de balas cruzado no peito, as sandálias de couro gastas, os pés cobertos da poeira do deserto, com as unhas amarelas e compridas, quebradas e cobertas de sujeira, e o rifle pendurado no ombro direito.

Ouça o galope dos cavalos, o clangor das adagas sendo retiradas das bainhas, o pio das corujas de caras achatadas no escuro, os morcegos batendo as asas, os passos cautelosos, a túnica *abaya* farfalhando ao vento, o ruído sibilante de sua adaga afiada. Fareje no ar o suor dos assassinos. Escute quando o braço dele agarra Layla pelo pescoço e o puxa para trás, a adaga dele cortando a carne e quebrando ossos para alcançar o coração. Ouça o sangue vermelho de sua filha jorrar borbulhante e ficar pingando sobre a areia seca. Ouça as convulsões do corpo dela no chão. Uma voz uivante. Um grito. O rasgar de *madraqas* negras. O ruído rítmico de golpes no peito. Um derradeiro estertor.

– Mata-me, no lugar dela – eu gritei para a sombra de Mahmoud junto aos trilhos de aço.

Tudo parecia menor, o poço no quintal, os paióis, o cavalo amarrado na figueira, o cachorro, a sela de montaria de meu pai, as panelas e caçarolas, e até as macieiras e ameixeiras.

– *Hajjeh*, você está bem? – perguntei à mulher sentada na plataforma elevada e com o rosto escondido pela máscara negra. Sua cabeça estava coberta por um véu negro mantido no lugar por uma faixa de tecido negro, o sinal do luto. Suas veias verdes e protuberantes corriam pelas suas mãos coriáceas, secas e rugosas.

– Quem é?

Levantou a cabeça coberta em direção ao som.

Ali estava ela, *hajjeh* Amina, minha mãe, cuja carta me havia mantido viva todos aqueles anos; delicados túneis de rugas desciam pelas suas faces, a secreção amarela porejava de seus olhos pegajosos. Ela parecia estar sorrindo: nos cantos dos lábios pálidos as rachaduras vermelhas se inclinavam para cima.

– Uma visita para sua morada – eu disse em árabe, refreando meu coração.

– *Ya hala bi il-daif*: boas-vindas a nossa hóspede. – Ela se levantou, apoiando-se na moldura de metal da porta. – Vou lhe fazer um chá – disse, tateando a parede mofada. Ficou parada no meio do cômodo, perdida, sem saber que direção tomar. – Onde está o maldito fogareiro de pressão?

Estava bem à sua frente, mas ela não conseguia vê-lo.

Segurei a sua mão e pedi que se sentasse. Ela puxou sua mão de volta, como se a minha fosse barras de ferro fumegantes, prontas para cauterizar.

– Quem é você?

– Shahla me mandou – eu disse.

– Ela está morta – retrucou, e sentando-se no piso acidentado de cimento, enxugou os olhos com a ponta do véu e acrescentou como quem se dirigisse à tribo inteira: – Todos os nossos hóspedes são bem-vindos.

Coloquei sete colheres de açúcar e uma colher de chá no bule de bronze e dexei a água ferver. Cuidadosamente, entreguei a ela uma xícara fina. Quando provou o chá, começou a chorar.

– Nós estamos sozinhas? – perguntou.

– Sim, mãe – eu disse.

Passei horas sentada no piso da cozinha, apoiada ao armário. Quando John me encontrou, eu não conseguia falar – o músculo do lado direito de meu rosto, abaixo do olho, tinha sofrido uma contratura. Abri a boca, mas não saiu nenhum som.

– Você está deixando este pesadelo destruir nossa vida. Você tem uma chance de felicidade e o que está fazendo? Está jogando fora a oportunidade – ele disse, me puxando para cima e me abraçando. – Você está magra e gelada. Precisa parar com essa loucura, meu amor.

Ele me fez sentar e me preparou uma xícara de chá com açúcar.

Depois que eu tomei alguns goles, os músculos de meu rosto começaram a se mexer.

– Prometo que vou parar.

Minha voz estava rouca, como se não fosse a minha própria.

– Por favor, segure-se a Imran e abra mão de Layla – pediu.

Quando ouvi o nome dela saindo dos lábios dele, meu peito desmoronou, como se eu tivesse levado um soco. Aspirei o ar, mas nem um pouco dele penetrou meus pulmões. Comecei a tossir com força para conseguir respirar.

John me abraçou e disse:

– Calma, calma. Tudo vai acabar dando certo. Você vai ver.

Mas uma xícara de chá e "calma, calma" não bastavam.

Despedi-me deles enquanto estavam dormindo. Minha mala arrumada estava escondida no guarda-roupa, entre minhas roupas de inverno; o passaporte britânico e a passagem estavam em minha bolsa à espera do momento certo para a viagem. Imran estava dormindo no bercinho de madeira perto do aquecedor, ao lado da janela. Ele chupava os lábios e choramingava, com os olhos girando sob as pálpebras fechadas. Cheirei sua cabeça, beijei sua testa, ajeitei sob seu corpo o cobertor com o Snoopy voando entre as estrelas, beijei sua mãozinha e me endireitei. John estava dormindo em seu lado da cama. Passei os dedos por seus cabelos ralos, beijei o topo da sua cabeça, beijei o sinalzinho das costas, beijei a parte de trás de suas pernas cabeludas, e quando ele suspirou, virou-se e se acomodou do outro lado, virado para Imran, saí do quarto na ponta dos pés.

A cada passo que eu dava em direção a ela eu repetia:

– Me perdoa, Imran, me perdoa.

Eu tinha que encontrá-la. Tinha que me encontrar.

A loja de Sadiq já estava aberta e ele estava fazendo suas orações matinais. Fez o *tasleem* e então ergueu os olhos. Quando me viu, saiu da loja e disse:

– Você está parecendo um fantasma. Está indo a algum lugar, também?

– Sim, Sadiq. Tem uma coisa que eu preciso fazer.

– Partindo para uma missão?

– Estou voltando para casa.

– Tenha cuidado. Você não só coco. Seu filho repolho.* Eles não vão estar na lua.

– Eu sei. Você pode pedir ao John que me perdoe?

– Espere. Espere. Você não pediu permissão?

– Não. Nem me diga. Os anjos vão pairar sobre minha cabeça me amaldiçoando dia e noite.

– Você disse tudo.

– Eles estão me rogando praga desde o dia em que nasci.

– Isto já está virando um filme indiano.

– Por favor, me escute! Peça ao John que me perdoe e diga a ele que eu amo muito ele e o Imran. Eu amo muito eles.

– Ama eles? Pois então fique.

– Não posso. Minha filha está chamando.

– Você tem uma filha lá? Você deve ir salvar. Eu tenho dois filhos e uma filha. A mãe diz que um velho quer casar com ela. Ela só tem 17

* Gíria inglesa para descendentes de irlandeses. (N. da T.)

anos – ele disse e passou a mão pelos cabelos untados de óleo. – Eu penso todo dia em voltar lá.

– Você cuida deles para mim? – pedi apressada e lhe dei um beijo em cada bochecha.

– Repolho ou não repolho, eu vou cuidar – prometeu.

– Peça a eles que me perdoem – insisti.

– Meus olhos vão esperar por sua visão, Salma. Tenha cuidado! – ele disse, balançou o queixo e depois apertou os cantos internos dos olhos com os indicadores finos e escuros.

Colocando um pé após o outro, caminhei em direção à estação de trem como se estivesse em transe. Acho que ouvi soluços abafados, alguém fungar, um homem chamando meu nome, o apito de partida, um tênue chamado. *Ya Allah!* Eu chegaria lá a tempo?

– Feche a porta e as janelas depressa. Não se preocupe com seu irmão Mahmoud. Ele está quase sempre "procurando consolação" na capital – ela disse, aos soluços.

Era difícil fechar a porta, que provavelmente nunca tinha sido fechada antes. Dei a volta pelo cômodo fechando e escorando as duas janelas, atenta a vozes, observando os movimentos. Quando tive certeza de que estávamos sozinhas, sentei-me ao lado dela, segurei sua mão e a deslizei sobre meu rosto. Ela beijou minha testa e disse:

– As últimas palavras nos lábios de seu pai antes de morrer foram o seu nome e o nome dela. O desgosto o consumiu. Veja, ele me deixou aqui cega e sozinha.

– Eu lhe trouxe óculos, mãe.

– Que utilidade vão ter? – ela disse, enxugando as lágrimas.

Beijei suas mãos ásperas, o alto da cabeça, e disse:

– Suas lágrimas são pérolas, diamantes, não deixe ninguém vê-las – que era o que ela sempre me dizia, quando eu era criança.

– No dia em que levaram você, ele de repente se tornou um velho, andando com dificuldade e se apoiando no bastão. De cavaleiro da tribo, passou a ser o alvo das piadas e chacotas de todos. Sua filha tinha manchado a honra da tribo e escapado sem castigo.

– E Hamdan?

– Ele é um homem mudado. Virou uma sombra, se arrasta por aí.

O toque dele era terno, meu amor estava chutando e se mexendo em meu coração como uma mula, sua traição foi definitiva. Ela estava destinada a nascer, bela e perfeita como a flor vermelha da romã.

Com o coração contido, o queixo tremendo, eu perguntei:

– E minha filha, Mãe?

– A pequenina? Eu a tomei dos Sociais. Disse a seu irmão que ela era inocente. Ela encheu nossos corações de alegria, tão nova, tão linda – ela disse e enxugou os cantos rachados da boca com o indicador e o polegar. – Graças a Deus eu estou cega. Só queria que meu coração também pudesse ficar cego – completou e cobriu o rosto com as mãos.

Um arrepio me percorreu das pontas dos cabelos até os dedos dos pés. Apertei a mão contra o peito para evitar que o coração saltasse fora.

– Faz dois meses que aquele inútil daquele tio dela jogou-a no Poço Fundo. "Tal mãe, tal filha", ele falou. Seu pai e o amigo dele Jadaan retiraram ela do poço e enterraram os restos no cemitério, contra a vontade dos homens da tribo.

Ela puxou a máscara para cima do rosto e disse:

– Então, consumido de aflição, seu pai também morreu.

– *Yubba*! Meu pai! *Yumma*! Minha mãe! – uivei, desvendando meu disfarce para a tribo; depois caí no chão e comecei a cantar o lamento fúnebre de minha avó para a morta: "Minha preciosa vista, não consegui salvar você dele. Espalhem cinzas em meu rosto! Enrolem-me na mortalha dela! Enterrem-me em lugar dela! *Ya Allah*, onde ela está? Eu quero ver seu rosto. Tragam-me um cacho dos cabelos dela!"

Com o rosto enegrecido de cinzas, a camiseta pegajosa do chá derramado, suor e lágrimas, sentei-me no chão espalhando areia sobre meus cabelos desgrenhados. Meu braço direito desabou sobre o colo, paralisado. A cova dela era quase impossível de distinguir das outras covas. O terreno era ligeiramente elevado, e meu pai tinha espetado nele um caixote improvisado de madeira apodrecida com a inscrição "Morreu 1990" entalhada nele. Com a mão esquerda, comecei a arrancar as ervas daninhas e os espinheiros que cobriam o montinho de terra e a limpar o espaço em torno.

A íris negra no fundo do cemitério parecia mais alta e mais ameaçadora à luz do crepúsculo. Parada ali, coberta de areia, os braços cortados e machucados erguidos para o céu, Layla abriu o caminho de volta a meu coração, num formigamento. Eu conhecia aquela brisa. Um calafrio súbito me percorreu das raízes às pontas de cada fio de cabelo do corpo e meu peito afundou como se eu estivesse me afogando. Ela estava cansada, choramingando, faminta, procurando um apoio para seus pezinhos. Eu me ajoelhei e abracei seu túmulo. Meu cheiro familiar, meus seios macios, meu peito quentinho talvez a reconfortassem, talvez a fizessem se sentir segura e protegida. Um dia "a enterrada" poderia parar de chorar.

Layla estava parada ali, onde as nuvens brancas se encontravam com o dilacerado céu azul, uma égua puro-sangue, o corpo rijo e escuro, café-com-leite, os olhos luminosos cor de âmbar, a boca de Hamdan, grãos maduros de romã, os cabelos dela descendo em cascata sobre os ombros. Ela sorriu, uma pérola em seu túmulo, e caminhou para longe entre as parreiras, cintilando em meio às folhas novas e macias, uma coluna de poeira de diamante. Tentei me agarrar a ela, mas a coluna rodopiou em direção à íris negra e depois desapareceu, no ponto em que John, segurando junto ao peito nosso bebê, nosso filho, estava de pé entre a íris negra e o céu nublado.

De repente, ouvi vozes às minhas costas. Uma mulher estava suplicando a um homem que não fizesse alguma coisa. Um rapaz disse:

– É o dever dele. Ele precisa manter a cabeça erguida. *Il 'aar ma yimhiyeh ila il dam*: a desonra só pode ser apagada com sangue.

– Me larga, sua velha senil! – gritou um homem.

Acho que ouvi minha mãe dizer:

– Pode ficar com a fazenda, com tudo que eu tenho; ela agora tem um bebê de colo, eu lhe imploro...

Quando virei a cabeça, senti uma dor gelada me perfurar a testa, ali entre os olhos, e então, como sangue na água, ela se espalhou.

AGRADECIMENTOS

COMECEI A ESCREVER *Meu nome é Salma* em 1990, mas um inverno de desesperança se instalou. Finalmente, emergi de sob o teixo e retomei o livro em janeiro de 2005. Enquanto escrevia, e não escrevia, *Meu nome é Salma*, tive meus próprios espíritos guias: Angela Carter, Malcolm Bradbury e Lorna Sage, agora mortos, cujas almas irão sempre pairar acima de minha cabeça.

A história da visita do rei Shahriyar a seu irmão Shahzaman foi adaptada de *As mil e uma noites*, na tradução de N. J. Dawood. O pai de Gwen foi inspirado em relatos factuais de minha querida amiga Gwyneth Cole e adaptados com sua permissão.

Também agradeço a Mike Daley, Sue Rylance, Sue Frenk, Anne Woodhead, Carol Seikaly, Carmen Boulton e Ronak Husni por sua amizade, que me sustenta nas torres cinzentas de Durham. Tenho uma dívida de gratidão também com meu amigo galês Roger Fenwick.

Estou grata a toda a minha família por seu apoio contínuo, principalmente minha excelente mãe, minha irmã mais nova, Eman, *malikat ruhi*: a rainha/ dona de minha alma, meu irmão Salah e meu primo Samir Makanay. *Shukran jazilan habayib!*

Este livro foi composto em EideticNeo 11/14
e impresso pela Ediouro Gráfica sobre papel
pólen soft 70g para a Agir em janeiro de 2008.